De hondenman

TONI COPPERS

De hondenman

Een Liese Meerhout-thriller

Manteau
MEESTERS IN MISDAAD

facebook.com/CoppersToni

www.manteau.be
info@manteau.be

Vertegenwoordiging in Nederland:
WPG Media
Wibautstraat 133 – 1097 DN Amsterdam
Postbus 1050 – 1000 BB Amsterdam

Eerste druk februari 2016

Omslagontwerp: Wil Immink
Omslagfoto: Wil Immink Design/iStock
Opmaak binnenwerk: Ready2Print

ISBN 978 90 223 3246 7
D/2016/0034/285
NUR 330

Opgedragen aan Pat Donnez
Copain, soulmate, mens

'Ik en iedereen weten
Wat schoolkinderen al leren:
Al wie kwaad wordt aangedaan
Doet kwaad terug.'
W.H. AUDEN

Dankwoord
Oprechte dank aan Griet Vervinckt voor het taaladvies, aan Peter Voortmans, commissaris en afdelingshoofd bij het Labo voor Technische en Wetenschappelijke Politie Limburg, aan Frank Van Saelen, hoofdcommissaris van de 'Moord' bij de Antwerpse Federale Politie en aan Ella Remy, voor de info over het zeilen.
Dank ook aan Ilse Van Nerum, mijn redactrice bij Manteau en aan Karel Dierickx, mijn uitgever.

1

Nog maanden na het drama herinnerde Yente zich vooral hoeveel plezier ze hadden gemaakt op die laatste zaterdag van maart.

Het waren kille wintermaanden geweest, met eindeloze regenbuien en korte, mistige dagen, maar uitgerekend op de eerste lesdag van het nieuwe seizoen verscheen de zon en stond de lucht zo helder en strak als vers gestreken linnengoed.

Op het Galgenweel, het uitgestrekte zeilmeer op de Antwerpse Linkeroever, tekenden zich tientallen lichtblauwe bootjes met grote, witte zeilen af. De eerste wandelaars kuierden langs de oevers en namen hun tijd om naar de bedrijvigheid op het water te kijken, met een hand boven hun ogen tegen het felle licht. Ze droegen nog hun dikke jassen en sjaals. Iedereen snakte naar de lente.

Yente hing achterover in haar bootje en hield de joystick van het roer stevig vast. Vooraan zat haar fokkemaatje Lukas. Ze waren allebei dertien en hadden in de zomer hun eenmans Terra verruild voor een Feva. Maar Lukas was een tengere jongen, klein van gestalte, en dus was de taakverdeling op het bootje van meet af aan duidelijk geweest. Yente zorgde voor het grote zeil achteraan en stuurde, de dromerige Lukas zat aan de boeg en hanteerde het voorste zeil. Ze hadden meer dan een uur rondjes gevaren toen ze in de verte het kleine stipje van hun monitor zagen die bij de aanlegplaats in hun richting stond te zwaaien. Het was helaas tijd om terug te keren, maar ze hadden wel lol gehad samen. Een gemiddelde snelheid van 3 à 4 knopen, schatte Yente. Drie beaufort, niet meer. Yente wist zulke dingen. Ze hield van zeilen en als ze ergens haar zinnen op had gezet, dan lette ze extra goed op en werkte hard om er alles van af te weten.

Om aan te kunnen leggen moesten ze met hun bootje een grote bocht maken in een van de hoeken van het meer, een geul die van de oever tot aan de zeilclub nauwelijks twintig meter breed was.

Haar fokkemaat hing half over de boeg en liet zijn rechterhand door het water klieven.

'Let je een beetje op, Lukas?'

De jongen ging gemaakt eerbiedig rechtop zitten en salueerde.

'Ik ben er helemaal klaar voor, kapitein!'

Een grapjas, die Lukas. Ze zaten in dezelfde klas en als ze 's middags op school met hem aan tafel zat, moest ze soms zo hard lachen dat ze nauwelijks aan haar broodje toe kwam.

Toen ze bij de geul waren, wakkerde de wind met felle stoten aan tot 5 beaufort. Door de rukwind dook de boeg van het bootje bruusk naar voren en Lukas viel voorover in het water. Yente probeerde in allerijl bij te sturen, maar alleen kon ze de beide zeilen niet aan en de boot ging aan het kapseizen.

'Ik zei je nog op te letten, loser!' riep ze gemaakt boos.

Haar fokkemaat lag in zijn zwemvest te dobberen in het water en lachte.

De wind dreef het bootje dieper de geul in, waar het volledig kapseisde. Yente ging ook overboord. De Feva dreef heel langzaam naar de oever, met de lange mast diep in het water.

Ze lachten en foeterden tegelijk. Het water was nog erg koud, maar ze waren op lesdagen als deze al tientallen keren uit hun bootjes gevallen en ze hadden geoefend op wat ze moesten doen. Yente wist bovendien dat het water in de geul bij de oever nauwelijks drie meter diep was en dat het hun niet zoveel moeite zou kosten om de mast opnieuw boven water te krijgen.

'Goed dat je een sterke kerel zoals ik bij je hebt vandaag', zei Lukas.

'Ik wil straks een kom warme soep, op jouw kosten', schamperde Yente. 'En nu zwijgen en trekken.'

Met hun volle gewicht hingen ze aan het zwaard van de boot en trokken zo hard ze konden, maar de mast bewoog nauwelijks.

'Harder!' riep Yente. 'Komaan, duwen!'

Ze duwden en trokken uit alle macht en langzaam, heel langzaam, voelden ze dat de punt van de mast stilaan naar boven kwam.

Wat zij toen zagen, zou nooit van hun leven meer weggaan uit hun hoofd. Yente had er jaren later nog nachtmerries van. Met een schreeuw schoot ze dan wakker, badend in het zweet, en met opengesperde ogen keek ze de kamer rond.

Toen de mast eindelijk een stukje boven het water uit kwam, lag er een lichaam van een vrouw op. Ze droeg een kort jeansjasje en verder niets.

Gillend van angst lieten de kinderen de boot los, waardoor de mast met zijn lading weer onder water verdween, maar in die paar seconden stonden de beelden voorgoed op het netvlies van de jonge Lukas gebrand: een dode vrouw die op haar buik half over de mast hing, haar zwarte haren in dunne slierten langs haar hoofd, haar naakte benen en billen besmeurd met modder en troep.

2

Die ochtend om halfelf reed een oude, vaalgele Saab met een kaduke uitlaat over de Beatrijslaan op Linkeroever, sloeg rechts af en kwam hortend en met veel lawaai tot stilstand voor het blauw-witte politielint dat de toegang tot het paviljoen van de Vlaamse Vereniging voor Watersport belemmerde. De bestuurster stapte traag en met zichtbare moeite uit en sloeg het stof van haar kleren. Ze zette haar beide handen tegen haar onderrug en rekte zich voorzichtig uit. Met half dichtgeknepen ogen tuurde ze rond. Links van haar, achter de Beatrijslaan, stroomde de Schelde. Rechts lag het grote meer.

Bij het politielint stond aspirant-agent Robin Claes, een opgeschoten jongen van twintig die nu vier maanden bij de lokale politie werkte. Hij was een vrolijke, enthousiaste kerel met het hart op de tong en een grote mond die hem bij zijn makkers in het café populair maakte, maar wat door zijn oversten minder werd gesmaakt. Daardoor kreeg hij vooral de rotklusjes, zoals portier spelen bij het politielint, waar hij onder andere al te nieuwsgierige dames moest tegenhouden. Hoewel je het exemplaar dat nu aarzelend op hem toeliep niet echt in de categorie 'dames' kon onderbrengen, vond Robin. Ze was verre van lelijk, met haar donkerblond, licht krullend haar, maar ze was gekleed als een dokwerker: een vuile cargobroek waarvan de zijzakken uitpuilden, een sweater die ooit groen was geweest, zware bruine schoenen waarmee je een bergwandelaar een plezier zou doen. Ze liep lichtjes gekromd, waardoor Claes opnieuw aan een dokwerker moest denken.

'Het is hier gesloten vandaag, mevrouw. En doe iets aan die uitlaat, we zijn hier niet op het circuit van Monaco.'

De vrouw keek schuldig.

'Ik weet het, ik moet dringend naar de garage.'

Ze ging met haar hand in een van de broekzakken, haalde haar politiekaart tevoorschijn en toonde ze hem.

De aspirant-agent slikte.

'Sorry, commissaris Meerhout, ik had u niet herkend.'

'Kennen we elkaar dan?' vroeg Liese oprecht verbaasd.

'Nee, ik bedoel...' De jongen slikte opnieuw. 'Aspirant-agent Claes, lokale politie.'

'Ik zou mezelf ook niet herkennen', zei ze opgewekt.

Er waren twee soorten hoge omes, had Robin Claes ondertussen tot zijn eigen scha en schande geleerd. Ofwel waren het bullebakken, en dus te mijden, ofwel zat er een steek aan los en kon je ze ook maar beter uit de weg gaan. Deze leek in de tweede categorie thuis te horen.

'Uw collega's zijn hier al.' Hij wees nerveus naar de aanlegsteiger in de verte.

Liese knikte alsof ze dat spijtig vond.

'Ik ben aan het verhuizen', zei ze. 'Kun je het lint even omhoog houden? Ik kan me niet meer bukken.'

De jongeman deed wat ze vroeg en Liese liep zwijgend langs hem heen en sjokte traag in de richting van het water.

Overduidelijk de tweede categorie, dacht Robin.

Niet lelijk, maar zo gek als een deur.

'Sorry dat ik je belde', zei Masson.

Haar hoofdinspecteur stond schijnbaar afwezig over het

water te staren. Het was een gewoonte geworden voor Liese om, telkens als ze hem zag, zijn ogen te peilen. Ze had zijn blauwgrijze ogen de laatste jaren al in vele toestanden gezien, van rozig, dof en dooraderd tot scherp en helder, al naargelang zijn bezigheden van de avond ervoor. Vanochtend was zijn blik kalm en vast.

Links van hen een heel eind verderop stonden vier personen op de groene oever van het meer. Ze hield haar hand boven haar ogen en probeerde de wazige gezichten te onderscheiden. Ze dacht dat ze haar collega's herkende, maar helemaal zeker was ze niet.

'Laurent en Sofie,' zei Masson, 'en twee agenten. Ze filmen de plaats delict.'

'Dat had ik wel gezien.'

Sinds een tijdje had ze gemerkt dat haar zicht achteruitging. Van dichtbij of om te lezen was er geen probleem, maar alles verderaf zag ze niet meer zo scherp. Masson had het al een paar keer opgemerkt en de woorden 'bril' en 'oogarts' laten vallen, maar ze had hem telkens verontwaardigd geantwoord dat er met haar zicht niets aan de hand was.

Nu pas merkte ze zijn pak op, driedelig en donkergrijs. Ze had het hem nog nooit zien dragen en zelfs voor een ernstig man als Masson zag het er nogal formeel uit. En dat terwijl zij in haar slonzige werkplunje naast hem stond.

Masson zag haar staren.

'Het is vrij nieuw. Ik draag het alleen voor begrafenissen.'

'Oh. Wie is er dan gestorven?'

'Een oom van Nadine. We zaten al in de auto toen de oproep van het parket binnenkwam.'

'En nu?'

'Nu gaat Nadine alleen naar de begrafenis', zei Masson. Hij leek het helemaal niet zo erg te vinden.

'Vertel eens.'

'Twee dertienjarigen van de zeilclub hebben het lijk van een vrouw gezien in het water. Hun boot kapseisde niet ver van die oever daar.' Hij wees naar de plek waar hun collega's stonden te filmen. 'Toen ze de mast weer bovenhaalden, kwam er een lichaam mee.' Nu wees hij met een vinger even over zijn schouder. 'De kinderen zitten daarbinnen, de mensen van slachtofferhulp zijn bij hen.'

Achter hen stonden twee combi's van de lokale politie voor een langwerpig stenen gebouw waarvan de dubbele toegangsdeur openstond. Enkele volwassenen en kinderen stonden er op een kluitje, zo te zien wachtten ze op toestemming om naar huis te mogen gaan. Binnen zag ze enkele witte rompen van boten.

'De man van de zeilclub staat op instorten, hij is al twee keer komen vragen waarom we dat lichaam niet uit het water halen.'

Liese knikte. Het was nogal walgelijk te weten dat er vlak bij je zeilclub een lichaam in het water lag, maar ze konden de arme man niet vertellen welke gruwelijke kleuren dat lichaam meteen zou aannemen zodra ze het uit het meer zouden halen. Dat zou pas gebeuren als de mensen van het Lab en de dokter arriveerden.

'Ze zijn laat', zei Liese.

Zoals zo vaak had haar collega haar gedachtekronkels gevolgd.

'Het Lab komt er aan, ik had ze daarnet nog aan de lijn.'

'En Fabian?'

'Dokter Steppe was net klaar met zijn speech op een congres in De Singel, hij zal pas over een halfuur hier zijn.'

'Oké.' Ze keek afwezig naar haar handen en merkte tot haar afgrijzen dat ze rouwrandjes onder haar nagels had.

'Je ziet er goed uit', zei Masson.

Bij ieder ander zou ze gelachen hebben om die opmerking, met haar vieze, vuile kleren en haar haren die schreeuwden om een kapbeurt, maar ze kenden elkaar zo goed dat ze wist wat hij bedoelde. Hij zag het in haar blik, hij hoorde het in haar stem.

'Dank je.'

Ze was tevreden. Nee, corrigeerde Liese zichzelf, dat was te zwak uitgedrukt: ze was gelukkig. Ze kon zich niet herinneren hoe lang het geleden was dat ze zich zo goed had gevoeld, opgewekt, blij om wat haar overkwam, opgewonden zelfs bij het vooruitzicht in haar nieuwe woning in te trekken. En natuurlijk, om dicht bij Matthias te zijn, de man die ze zo'n vier maanden geleden had ontmoet. En die ze elke dag een beetje beter leerde kennen, afwachtend en aftastend in het begin, maar intenser naarmate de uren en nachten van praten en intimiteit en vooral van herkenning zich aaneenregen. Twee dagen geleden was ze 's ochtends heel vroeg wakker geworden van het doordringende geluid van een brandweerwagen die op de kaaien langsreed en had ze in het ochtendlicht minutenlang naar de slapende Matthias gekeken, naar zijn wilde, springerige haardos, zijn brede schouders en zijn beginnend buikje dat hij door de dag angstvallig opspande. Ze was half rechtop tegen haar kussen gaan zitten en had geglimlacht, alleen dat maar. Verwonderd geglimlacht.

Masson keek naar een roofvogel die over het meer vloog en traag begon te klapwieken zodra hij de oever bereikte.

Zo stonden ze een tijdje zwijgend over het meer te staren.

De roofvogel hing nu biddend boven de velden, klaar om zich op zijn prooi te storten.

De witte, ietwat aftandse Sprinter van het Lab arriveerde zowat gelijktijdig met de stoere 4x4 van de Civiele Bescherming. Terwijl twee duikers zich klaarmaakten, begonnen de speurders in hun witte pakken de oever af te zoeken. Twintig meter verderop stond de slachtoffertent al klaar.

Niet veel later, op die laatste zaterdag van maart om halftwaalf 's middags, haalden duikers het druipende lichaam van een vrouw uit het koude, rimpelende water van het Galgenweel.

'Ze is ingetapet,' zei Maite Coninckx, 'hoewel ik betwijfel of het iets zal opleveren. Water en sporen gaan niet zo goed samen.'

Ze stond met Liese en Masson bij de ingang van de slachtoffertent. Het hoofd van het Lab had haar mondmaskertje omhooggeschoven tot op haar voorhoofd. Hier en daar stak een haarspriet uit de capuchon van het witte pak.

'Heeft ze lang in het water gelegen, denk je?' vroeg Liese.

Maite knikte. 'Toch een aantal dagen, in ieder geval. Fabian zal dat natuurlijk preciezer kunnen zeggen.'

Liese staarde naar het water, waar een van de duikers voor de zoveelste keer kopje-onder ging.

Masson veegde een denkbeeldig pluisje van zijn pak.

'Zodra we naar binnen kunnen, mevrouw Coninckx...'

Het hoofd van het Lab was er allang aan gewend geraakt dat Masson, buiten zijn vertrouwde kringetje, bijna niemand tutoyeerde.

'Ja,' zei ze, 'jullie kunnen naar binnen.'

Het lichaam lag in het midden van de tent. Een jonge vrouw, constateerde Liese, ergens tussen de twintig en de dertig, voor zover ze dat kon beoordelen. Gitzwart haar. Ze lag op haar rug en zowat iedere centimeter van haar lichaam was bedekt met genummerde tape, zodat eventuele sporen niet verloren gingen. Ze droeg een dichtgeknoopt jeansjasje en verder niets. Zelfs onder de tape zag je de bruingroene verkleuring, die nog zou toenemen hoe langer het lichaam hier bleef liggen.

Fabian Steppe zat op zijn hurken naast het slachtoffer.

'Ze heeft al een tijdje in het water gelegen,' zei hij zonder inleiding, 'ik schat een week of zo. Ik wil haar zo snel mogelijk in het mortuarium, dus we zullen een beetje opschieten hier.'

'Doodsoorzaak?' vroeg Liese. Ze hurkte voorzichtig en met veel moeite neer aan de andere kant van het lichaam.

Fabian haalde zijn schouders op.

'Ik denk dat ik sporen van wurging zie, maar dat verklaart dit zootje hier niet.' Hij wees naar het ingetapete bovenlichaam van de vrouw. Het jeansjasje zag bruinzwart. 'Haar borstkas is ingedeukt en er heeft veel bloed gevloeid. Misschien is ze van grote hoogte gevallen, maar haar gezicht is intact.' Hij bleef het lichaam observeren. 'Ik heb er ooit een gehad die met een jachtgeweer van dichtbij was neergeschoten, dat leek er wel een beetje op, zijn halve borstkas was weg. Maar dan zou het jasje aan flarden moeten zijn en dat is niet zo.'

Hij kwam energiek overeind. Bij Liese duurde het ettelijke seconden. Ze kreunde en zette haar handen in haar onderrug.

'Ha, de geneugten van het verhuizen', glimlachte Fabian. 'Lukt het zo'n beetje, tussen de dozen?'

'Als je was komen helpen, dan wist je het.'

'Je hebt me niet gevraagd.'

'Dat is ook waar', zei ze.

Masson schraapte ongeduldig zijn keel.

'Wanneer doet u de autopsie, dokter?'

Steppe klapte zijn koffertje dicht en gaf Liese een vluchtige kus op haar wang. Masson trok een gezicht alsof hij azijn had doorgeslikt.

'Vanmiddag', zuchtte Fabian terwijl hij naar de uitgang van de tent liep. 'Ik zei het al, ik wil er zo snel mogelijk aan beginnen. Tot straks.'

Toen ook zij weer buiten stonden, moest Liese haar ogen dichtknijpen. De lucht was zo helder blauw dat het bijna pijn deed, en niet voor de eerste keer in haar carrière trof haar de absurditeit van hun werk: terwijl honderd meter verderop nietsvermoedende wandelaars op de eerste mooie lentedag in de natuur slenterden, stonden zij hier naast het toegetakelde lichaam van een dode vrouw.

'Goedemiddag, chef', zei Laurent.

Inspecteur Vandenbergh wachtte naast de slachtoffertent, leunend op een kruk. Zijn collega, hoofdinspecteur Sofie Jacobs, stond vlak achter hem. Zij knikte alleen maar.

Vorige winter was Laurent beschoten tijdens een actie. Al bij al was alles nog redelijk goed afgelopen, het had veel en veel erger kunnen zijn. Het dijbeen van de jonge inspecteur was verbrijzeld, maar hij had zich met veel branie door die eerste, ellendige maanden in het ziekenhuis gesleurd, later zijn tijd in een rolstoel verbeten, vastbesloten om opnieuw zo sportief te worden als hij voor het ongeval was geweest. De dokters gaven hem tien procent kans dat hij opnieuw normaal zou kunnen lopen. Laurent zelf schatte zijn kansen koppig op negentig procent. Sinds enkele weken draaide hij weer mee in het team. Sofie waakte als een kloek over hem en liet hem geen seconde alleen, wat hem meestal ergerde, maar hij was veel te beleefd om daar iets over te zeggen.

'We moeten nog starten met het buurtonderzoek', zei Sofie. 'De verhoren van de leden van de zeilclub zijn aan de gang, de "lokale" helpt mee. Voorlopig valt er niets te melden, behalve dat verscheidene zeilinstructeurs klagen over een man die hier vaak rondhangt, een hengelaar.'

Na maanden van twijfelen had Sofie de knoop doorgehakt en haar overplaatsing aangevraagd, en sindsdien fietsten zij en Liese vakkundig om elkaar heen. Er was een rustige kantoorbaan vrij bij de collega's van Ecofin, de dienst die zich met economische en financiële misdrijven bezighoudt, en Sofie had alle kwalificaties om die ook te krijgen. Dat ze een veel regelmatiger leven zou leiden en weg zou zijn van de goorheid die nu eenmaal bij Moordzaken hoorde, was maar een stuk van het verhaal. Ze wilde minstens even graag weg bij Liese.

'Hoe zit het met die man?' vroeg Liese. 'Die hengelaar?'

'Volgens de instructeurs maakt hij hun al jaren het leven zuur. Verwensingen, zeuren over de zeilers die zijn lijnen lieten breken, dat soort dingen. Een beetje een zonderling volgens de baas hier. Hij zou tot twee keer toe al een boot onklaar hebben gemaakt, maar ze konden niets bewijzen. En net voor de winterstop heeft hij een zeilinstructeur fysiek bedreigd.'

'Missen ze iemand bij de club? Een instructeur, of een van hun leden die niet is komen opdagen?'

'Voorlopig niet, nee.'

'Die dode dame hoort niet bij de zeilclub', zei Masson rustig. 'Dat is gewoon zo.'

Niemand voelde de behoefte hem om uitleg te vragen.

'Is er camerabewaking?'

'Nee', antwoordde Sofie. Ze staarde naar het water zodat ze Liese niet hoefde aan te kijken. 'En zelfs als die er al zou zijn, dan was die bij het gebouw met de boten, niet hier bij de oever.'

'Oké. Laurent, zoek jij die boze hengelaar op. Ik vermoed dat we hem meteen...'

'Dat doe ik wel', onderbrak Sofie haar bruusk.

Liese knikte. 'Voor de rest moeten we het buurtonderzoek coördineren en de verhoren...'

Nu werd ze onderbroken door het gerinkel van haar telefoon.

'Met mij,' zei Matthias, 'sorry, maar ik heb een dringende vraag. Ik heb hier een doos van jou met "Fot S en U" erop. Waar moet die naartoe?'

'En dat noem jij een dringende vraag?'

'Yep.'

Uitgerekend vandaag was de dag van haar verhuizing, van haar flat aan de achterkant van de dierentuin naar haar nieuwe woning in de Goedehoopstraat, op een zucht van de Schelde. Het telefoontje van Masson vanochtend was gekomen toen ze ongeveer halverwege was met het monteren van een kast en eindelijk doorhad hoe het moest. Nu vreesde ze dat ze het verdomde ding nooit meer in elkaar zou krijgen.

'Oude foto's, van school en universiteit. Zet maar in de keuken.'

'Die staat al vol met andere dozen.'

'Matthias...'

'Heb ik je vandaag al gezegd dat ik blij ben met jou?' vroeg hij.

'Ja,' lachte ze, 'wees er dus maar beter zuinig mee.'

Toen ze haar telefoon in een van de zakken van haar cargobroek stopte, merkte ze dat Sofie niet gewacht had op verdere orders. Ze zag haar naar het gebouw van de zeilclub lopen, haar geblokte lijf als een schaduw over de hinkende Laurent. Dat was wel het grootste verwijt dat hoofdinspecteur Jacobs haar maakte, een verwijt dat niet werd uitgesproken maar dat als een soort waas permanent over het team hing: dat Laurent onrechtstreeks door Lieses toedoen was neergeschoten. Door haar koppigheid, haar eigengereidheid. Ze was alleen naar het huis van een moordenaar gereden, Laurent en Masson waren haar in allerijl te hulp gesneld, Laurent werd neergeschoten. Voor Sofie was dat de druppel geweest.

Masson stond haar aan te kijken.

'Kom,' zei hij, 'we gaan naar het ziekenhuis.'

Het lichaam lag op de obductietafel.

Er was een tijd, nog niet zo lang geleden, dat Liese er een kunst van maakte om bewust te laat te komen voor een autopsie, zodat ze niet met eigen ogen hoefde te zien – en te ruiken – hoe een lichaam uit elkaar werd gehaald.

Dat was grotendeels voorbij. Ze gruwde nog steeds van de horror die in die vrij kleine ruimte achter het mortuarium plaatsvond, maar sinds kort dwong ze zichzelf aanwezig te zijn. Ze wist precies wanneer de omslag gebeurd was: toen ze naast het lichaam van een jong meisje had gestaan dat haar dochter had kunnen zijn. Ze had die dag gezien hoe Fabian en zijn assistent zich klaarmaakten om haar laatste restje waardigheid uit te wissen en een gevoel van totale eenzaamheid had haar bij de keel gegrepen. Daar lag een kind op de snijtafel en er was niemand bij haar die aan haar dacht zoals ze geweest was: een spelende, vrolijke meid die een etmaal daarvoor nog foto's en filmpjes deelde met haar vriendinnen op Facebook. Wat Liese die middag voelde, had ze aan niemand verteld, maar sindsdien beet ze op haar tanden en was ze er bij iedere autopsie bij, uit respect voor de dode.

Een medewerker van het Lab had ondertussen de camera aangezet die boven de obductietafel hing. Een voor een haalde hij de genummerde stukjes tape van het lichaam en borg ze zorgvuldig op. Fabian gaf met zachte stem inleidende commentaren in de richting van de microfoon.

'Volgens de lijsten zijn er elf vermiste personen, onder wie drie in het Antwerpse', fluisterde Masson terwijl hij zijn telefoon wegstopte in zijn binnenzak. 'Laurent vertelde het net, hij is al op kantoor.'

'Torfs zal weer blij zijn.'

De hoofdcommissaris had toegestaan dat Laurent weer in het team kwam, zij het dan op parttime basis en dan nog alleen maar om kantoorwerk te doen. Toen de jonge inspecteur protesteerde, had Torfs in nogal plastische bewoordingen en in het bijzijn van iedereen geschetst hoe het zou zijn mocht Laurent met zijn kruk een verdachte moeten achtervolgen. Zoals gewoonlijk had Masson gezwegen en vervolgens zijn zin gedaan: hij had na het telefoontje van het parket niet alleen Liese, maar ook Laurent gebeld en zelfs Sofie, die niet eens weekenddienst had.

'Ik verwijder nu de aanwezige bovenkleding van het slachtoffer', zei Fabian ten behoeve van de stemopname.

Liese probeerde weg te kijken van de bruinzwarte smurrie op het jeansjasje en concentreerde zich op het gezicht van de vrouw. Ze was niet heel jong meer, zag ze nu. Eerder naar de dertig toe. Gitzwart haar, een vrij laag voorhoofd, mooie jukbeenderen. Ondanks de vreselijke, bruingroene kleur van haar gezicht en haar opgezwollen lichaam kon je nog zien dat ze een mooie vrouw was geweest. Haar mond stond half open in een soort verstilde verbazing.

Toen deinsde Fabian Steppe opeens achteruit.

'Jezus christus!' hijgde hij.

Liese slikte.

En keek.

En bleef slikken terwijl ze samen met de anderen naar het verminkte lijk van de vrouw staarde, en naar het obsceen grote gat in haar borstkas.

'Haar hart is weggesneden', fluisterde Fabian.

Liese draaide zich om en liep gedecideerd naar buiten.

3

‘We weten zo goed als zeker om wie het gaat’, zei Michel Masson.

Het was halfvijf in de namiddag. De vier vaste leden van het team zaten samen in hun kantoor op de achtste verdieping van het politiegebouw aan de Noordersingel.

‘Onder de drie vermiste personen in het Antwerpse zijn twee vrouwen. Een is achter in de veertig. De andere heet Kaat Thierens, en ze lijkt heel sterk op de vrouw die we deze middag uit het water haalden. Sofie heeft de details.’

Op het moment dat Liese met de gapende wond in de borstkas van het slachtoffer was geconfronteerd, had ze een besluit genomen. Ze was naar buiten gelopen, had op de parking van het ziekenhuis een minuut of tien tegen een boom aan geleund gestaan om tot zichzelf te komen, en was toen weer naar binnen gegaan.

Haar besluit stond vast, dit was een zaak als een andere. Een moordonderzoek. Gruwelijk, dat zeker, maar als commissaris werd ze ervoor betaald om zulke zaken op te lossen. Ze vertikte het dit keer om, zoals haar zo vaak overkwam, meegezogen te worden in haar empathie of zich te laten overweldigen door haar woede. Ze weigerde om de prille vaste grond te verlaten die ze in haar privéleven eindelijk onder haar voeten had. Ze zou een voorbeeld nemen aan Masson en net zoals haar hoofdinspecteur, door pure analyse en deductie, trachten de dader te pakken te krijgen. Niet minder, maar zeker ook niet meer.

'De odontoloog is bezig met de gebitsidentificatie', zei Liese. 'Ik verwacht ieder moment uitsluitsel.' Ze draaide zich naar de casewand en noteerde enkele gegevens. 'De lijkschouwing heeft aangetoond dat ze door wurging om het leven is gekomen en dat ze seksueel misbruikt werd. Het misbruik heeft volgens Fabian hoogstwaarschijnlijk plaatsgevonden net na de dood. Vervolgens heeft de dader haar hart uit haar borstkas verwijderd.'

Sofie Jacobs schoof langzaam en geconcentreerd een cactuspotje naar de uiterste rand van haar desk. Het werkblad van Sofie was vanaf dag één omzoomd geweest met potplanten in alle formaten, maar sinds een week stonden er nog slechts drie exemplaren. Voor de rest was haar desk zo goed als leeg.

'Er zijn DNA-sporen gevonden onder haar nagels, maar de kans dat die iets opleveren is, door het water, vrij klein', ging Liese verder. Ze deed alsof ze het gebaar van Sofie niet had gezien. 'De stalen zijn al verstuurd naar een laboratorium, maar omdat het morgen zondag is, zullen we daar niet zo snel een resultaat van krijgen.' Ze gooide de stift in het bakje onder aan de casewand. 'Kaat Thierens, dan. Sofie?'

'Alleenstaand, zevenentwintig jaar oud, woont aan de Paul van Ostaijenlaan op Linkeroever.' Sofie sloeg langzaam een pagina om in haar aantekenboekje. 'Werkt als loketbediende bij de ING-bank in de Quellinstraat. Ze ging acht dagen geleden in de vooravond joggen. Langs het Galgenweel, dat deed ze altijd. Haar bovenbuurvrouw is goed bevriend met haar, ze heeft Kaat omstreeks 18 uur zien vertrekken met haar fiets. Ze droeg haar sportkleren en had er een jeansvestje en een sjaal over aangetrokken omdat het nog bar koud was buiten.'

'Die odontoloog hoeft dus niet verder te zoeken', zei Laurent.

'Haar fiets en haar sjaal zijn teruggevonden langs het jaagpad. Ze had een los-vaste vriend, hij heeft een waterdicht alibi. Een oudere man heeft haar om 18 uur 15 langs de Beatrijslaan aan het Galgenweel voorbij zien fietsen. Het opsporingsbericht heeft niets bruikbaars opgeleverd. Dat is het.' Ze klapte haar notitieboekje gedecideerd dicht.

'Hoe zit het met die boze hengelaar?' vroeg Masson.

'Die is nog altijd boos', zei Sofie. Haar stem klonk vlak, alsof ze de beursberichten voorlas. 'Hij heeft een alibi, het is gecheckt en het klopt. Hij was rond de tijd van de verdwijning van Kaat Thierens naar Nederland, een hengeltweedaagse, met twee van zijn maten.' Ze opende opnieuw haar notitieboekje. 'Karper', zei ze droog en sloeg het boekje weer dicht. 'En nu zou ik naar huis willen, ik was dit weekend niet eens stand-by.'

'Tot maandag', antwoordde Liese neutraal.

De deur viel achter Sofie dicht en het was even stil in de teamkamer. Laurent keek van terzijde naar zijn chef. Toen het hem duidelijk werd dat ze er geen woorden meer aan wilde vuilmaken, fronste hij zijn wenkbrauwen.

'Even samenvatten', zei Liese gedecideerd. 'Een vrouw – laten we haar bijna met zekerheid Kaat Thierens noemen – gaat acht dagen geleden joggen. Iemand wurgt haar, kleedt haar uit en misbruikt haar. Daarna snijdt hij haar hart uit haar borstkas en trekt hij haar haar jasje weer aan. Waarom? Waarom dat jasje?'

'Omdat hij niet wilde dat het onmiddellijk zichtbaar was, dat van haar hart bedoel ik', zei Laurent weifelend. 'Voor het schokeffect daarna.'

'Mm.' Liese schudde zachtjes het hoofd. 'Dat voldoet niet, denk ik.'

'Nee', zei Masson. 'Want in dat geval had hij haar niet in het water gegooid, maar ergens in een veld open en bloot achtergelaten.'

Liese dacht na.

'Laat haar sjaal morgen opnieuw onderzoeken op sporen.'

'Dat is al gebeurd, denk ik', antwoordde Laurent.

Liese glimlachte.

'Daarom zei ik ook "opnieuw".' Ze keek naar Masson: 'Wie zit er naast jou in de zondagploeg?'

'Madihi, Sels en Vanderhout.'

Iedere speurder, of hij nu bij Drugs, Ecofin of Moordzaken zat, draaide regelmatig een speciale dienst in de algemene weekendploeg. Omar Madihi van de Drugs kende ze, de beide anderen niet.

'Zet hen dan morgen maar aan het werk, goed? De getuigenissen moeten worden overgedaan, ook die van haar bovenbuurvrouw en van haar vriend. En zodra we zekerheid hebben dat het om Kaat gaat, moeten de ouders worden ingelicht.'

Masson knikte. Hij haalde zijn vulpen uit zijn binnenzak en noteerde enkele woorden in een van zijn vele notitieboekjes.

'Hoe ver is het van het jaagpad naar de oever van het meer?' vroeg ze.

'Vijfhonderd meter, schat ik', antwoordde Laurent. 'Ik zal een situatieschets laten maken voor op de casewand.'

'Is de omgeving uitgekamd na haar verdwijning?'

'Ja.' Masson had het pv voor zich. 'Het hele stuk van het jaagpad tot aan de oever van het Galgenweel. Ze hebben niets gevonden.'

'Je snijdt niet zomaar iemand aan stukken zonder sporen achter te laten', zei Liese. 'Die vrouw is niet vermoord bij het jaagpad, laat staan dat al de rest daar gebeurde. Dan hadden de collega's bloed moeten vinden, en veel.'

'Dus is ze ontvoerd', zei Laurent. 'Verdoofd of meteen ter plekke gewurgd, en dan meegenomen. De dader heeft haar hart verwijderd en is daarna teruggekomen naar het Galgenweel om haar lichaam in het water te gooien.'

Liese staarde naar de casewand en naar de foto van Kaat Thierens. Ze was inderdaad een vrij mooie vrouw geweest, een zuiders type, zevenentwintig, met ravenzwart haar. Met lichtjes gekrulde lippen en een zelfverzekerde blik keek ze in de lens.

Iedereen keek in stilte mee naar de foto.

'Haar joggingkleren zijn nog altijd spoorloos', bromde Masson.

'Haar hart ook', zei Liese. 'Bel me morgen als er iets nieuws is.'

Ze greep haar handtas, wuifde over haar schouder naar haar collega's en liep naar de deur.

Toen ze weg was, zuchtte Laurent.

'Ze reageert zo cool, vind je niet? Zo... rustig. Zo kennen we haar niet.'

'Ze is gelukkig, Laurent.'

'Wat heeft dat ermee te maken?'

'Alles, jongen', zei Masson. 'Alles.'

Liese was nauwelijks op de Singel toen haar telefoon overging. De tandanalyse bevestigde dat het slachtoffer inderdaad Kaat Thierens was. Ze belde het feit door aan Masson, gooide haar gsm op de passagiersstoel en concentreerde zich op het verkeer.

Zondag verdeelde ze haar tijd tussen haar oude en haar nieuwe woning. In de oude flat moest worden opgeruimd en schoongemaakt, een klus waarbij ze de hulp van Sura kreeg, haar vriendin en ex-collega van haar tijd bij Moordzaken in Brussel. In haar nieuwe woning leek er geen einde te komen aan de stapels onuitgepakte dozen.

Haar kersverse flat besloeg de derde verdieping plus de piepkleine dakkapel van een vrij smal, witgepleisterd huis aan de Goedehoopstraat, een rustige dwarsstraat tussen de trendy Kloosterstraat met haar antiekzaken en bistro's en de brede Scheldekaaien.

In de afgelopen maanden had ze kennisgemaakt met de andere bewoners van het huis, allebei boezemvrienden van Matthias. Op de benedenverdieping woonde Magnus. Hij was hoofd van een culturele vereniging in de stad en na zijn werktijd liet hij zich bijna volledig opslorpen door zijn passie: zijn oude rivierboot die hij al jaren minutieus aan het restaureren was. De kleine tuin van het huis lag vol met wrakhout en onderdelen, iets waar de anderen zich blijkbaar niet aan stoorden. Bram, die op de eerste verdieping woonde, was de enige van het trio vrienden die een gewone kantoorbaan had bij een administratieve dienst van de stad. Zijn vaste vriend Sven kwam regelmatig langs. Matthias zelf betrok de tweede verdieping.

De kleine dakkapel die Liese vanaf haar derde verdieping met een trapje in de woonkamer kon bereiken, was precies groot genoeg voor haar bed. Als ze op haar knieën op de matras ging zitten, het raampje openwrikte en naar links keek, zag ze de Schelde. Dat had ze al meermaals gedaan: het was een van die kleine geneugten die haar intens gelukkig maakten.

In de eerste maanden van haar nieuwe relatie was ze vaak onrustig en bezorgd geweest, bang als ze was dat het te snel ging, dat ze nog helemaal niet klaar was om half te gaan samenwonen met iemand. Maar Matthias voelde alles goed aan: hij drong zich niet op, gaf haar de tijd en de ruimte die ze nodig had. Hij had trouwens precies dezelfde angsten, kwam ze te weten: hij was een vrijgevochten man die al lang alleen woonde en die niet stond te springen om zich door iemand te laten verstikken. En dus pendelde ze vrolijk en voor de zoveelste keer op en neer die dag, haar haren grijs van het stof, haar trui vol met zwarte vegen, haar handen die brandden en tintelden van het sleuren met dozen.

Ze parkeerde haar oude Saab in de Provinciestraat. Ze had net de voordeur geopend toen Fabian belde.

'Vertel me niet dat je op zondag aan het werk bent', zei Liese.

'Ja en nee. Ik ben gewoon thuis. Ken je Neyrinckx nog?'

'Wacht even,' zei ze hijgend, 'ik loop net voor de honderdste keer vandaag de trap op. Blijf aan de lijn.'

Ze gooide de deur van haar flat open. Sura was aan het schrobben in de kleine keuken. Ze stak haar hand op.

Liese haalde diep adem.

'Ik ben er weer. Dokter Neyrinckx, zei je. Je oude goeroe. Ja, die herinner ik me nog, wat is er met hem?'

'Ik heb hem foto's van de autopsie van gisteren gestuurd, meer bepaald van de incisies in de borstkas. De man is altijd blij als je hem om advies vraagt, dan voelt hij zich niet zo nutteloos nu hij met pensioen is.'

'Je hebt foto's van ons lijk aan een gepensioneerde patholoog gestuurd, begrijp ik dat goed?'

'Ik heb ze aan Neyrinckx gestuurd', zei Fabian, lichtjes verontwaardigd. 'Er is niemand in België die zoveel af weet van snijwonden als hij.'

'Oké', zei Liese, terwijl ze heftig gesticuleerde naar Sura, die op het punt stond een oude, dichtgeknoopte vuilniszak open te maken. Hij stond er al een maand en ze vreesde dat de inhoud zelfs voor een geharde Brusselse rechercheur als Sura van het goede te veel zou zijn. 'Sorry, ik luister.'

'Hij heeft me net gebeld. Hij is er zo goed als zeker van dat het om een kartelmes gaat.'

'Ah.'

Het bleef even stil.

'Zeg dan gewoon dat je niet weet wat een kartelmes is in plaats van "ah" te zeggen', zuchtte Fabian.

'Ik weet niet wat een kartelmes is.'

'Een bijzonder handig mes van zo'n vijftien centimeter lang dat je in de beter uitgeruste keuken vindt. Vrij verkrijgbaar, uiteraard. Extreem scherp, met een fijn, gekarteld lemmet, vandaar de naam.'

'Heb jij er zo een in je keuken?'

'Natuurlijk. Iedere hobbyhok heeft een kartelmes. Erg handig voor het snijden van worst of gebraden vlees.'

'Gezien het onderwerp vind ik dat niet bepaald een gelukkige woordkeuze, Fabian.'

'Je vroeg erom', zei hij.

'Hoe was ik?' vroeg Liese een tijdje later.

Ze zat met Sura wat uit te rusten op het kleine balkon aan de straatkant. De lucht was niet meer zo strak blauw als de vorige dag, maar de grote koude was definitief voorbij.

'Toen ik bij jullie in Brussel werkte, bedoel ik. Hoe was ik toen?'

'Hetzelfde als nu.'

Liese zweeg.

Sura stak een sigaret op, blies langzaam wat rook uit en corrigeerde zichzelf.

'Nee, je was anders. Onzekerder, denk ik.'

'Ik ben nog altijd onzeker.'

'Misschien kun je het nu beter verbergen.'

Een halfuur later opende Sura de voorraadkast, terwijl ze in de keuken rondkeek en zei: 'Hier is bijna alles al ingepakt, zie ik.'

'Eh... de keuken is nog niet ingepakt, Sura.'

Haar vriendin inspecteerde de zo goed als lege kast. Twee blikken tomatensoep, een pak broodstengels en een blikje tonijn. Het laatste had zijn houdbaarheidsdatum al grandioos overschreden.

'Hm. Ik kan je alvast één ding zeggen, meid. Wat je culinaire kwaliteiten betreft, ben je nog geen spat veranderd.'

'Mijn nieuwe vriend is een kok, telt dat?'

'Het kan zeker geen kwaad. Wat mij eraan doet denken', ging Sura verder, 'dat ik nog niets gegeten heb, behalve een appel vanochtend. Ik heb honger.'

Liese pakte haar gsm.

'Sura heeft honger,' zei ze, 'en ik ook, eigenlijk. Valt daar iets aan te doen?'

'Daar valt iets aan te doen', antwoordde Matthias.

Een halfuur later stond hij in Lieses oude flat met enkele borden en bestek en een grote kom met daarin een rijkelijke Caesar's salad.

Toen hij weer weg was en Liese met zichtbaar genoegen het laatste blaadje sla in haar mond stopte, zei Sura: 'Dat valt best mee.'

Ze had het niet alleen over het eten maar ook over Matthias, wist Liese, en het was duidelijk een compliment: haar wederhelft was er een klein jaar geleden vandoor gegaan met een veel jongere vrouw, en sindsdien kregen mannen bij Sura nog maar weinig krediet.

In de woonkamer van Lieses nieuwe flat kon je doolhofje spelen tussen de opgestapelde dozen. De woonkamer was niet al te groot, maar ze was licht en aangenaam, en vormde één geheel met de keuken, zodat alles ruimer leek dan het was.

Terwijl Sura zich wat opfriste in de badkamer, pakte Matthias Liese stevig vast en kuste haar in haar hals.

Ze maakte zich lachend los en keek hem aan.

'Weet jij wat een kartelmes is?'

Hij grinnikte. 'Dat vraag je aan een chef?'

'Heb je er een? In je keuken beneden?'

'Momentje', zei Matthias.

Even later was hij terug.

'Opgepast, het is een scherp ding.'

Het heft was driehoekig en geperforeerd voor een betere grip. Het puntige, gekartelde lemmet zag er inderdaad vreselijk scherp uit. Ze gaf hem het mes voorzichtig terug.

'Waarom wilde je dat weten?' vroeg hij.

'Die zaak van gisteren', zei ze. 'Aan het Galgenweel.'

'Ah.'

Hij zweeg en slikte.

'Het is mijn werk, Matthias.'

'Dat weet ik.'

Hij glimlachte en wreef met zijn vrije hand over haar schouder. 'Dat weet ik toch, lieverd.' Hij legde het mes op een vrij plekje op het overvolle aanrecht en scheurde een doos open. 'Laat me je hier maar eens mee helpen.'

Liese rekte zich voorzichtig uit en keek een tijdje toe hoe hij een van de keukenkastjes vulde met de borden die ze ooit nog van haar oma had gekregen. De meeste hadden randen beschilderd met zoetsappige bucolische taferelen in blauw en roze. De borden waren zo lelijk dat Liese ze mooi vond. Matthias zette ze voorzichtig en stuk voor stuk in de kast. Zijn stugge, wilde haardos danste telkens mee als hij zich oprichtte. Dat is 'm, dacht ze, glimlachend. Matthias Sandberg, zoon van Nelle, de Nederlandse boezemvriendin van Michel Masson en uitbaatster van een hotelletje aan de Torfbrug. De plek waar hij iedere avond zulke lekkere schotels klaarmaakt dat de gasten komen voor zijn keuken en de ietwat aftandse kamers er maar bij nemen. Vader: onbekend. Waarschijnlijk een Franse beeldhouwer die met de noorderzon is vertrokken voor hij wist dat Nelle zwanger was. Waarschijnlijk, want haar eigenste hoofdinspecteur had als student ook iets gehad met Nelle, iets wat Liese weet, maar Matthias niet.

'We weten het niet zeker,' zoals Masson het verwoordde, 'en we willen het ook niet weten.'

Maar terwijl ze zich moeizaam bukte en een van de dozen in de woonkamer oppakte, besefte ze dat er met die onzekerheid wat haar betrof niet te leven viel, toch niet lang, toch niet als ze met deze man verder wilde. Het was een van de weinige dingen waar ze dezer dagen over tobde: moest ze het hem zeggen? En wanneer dan?

In de vooravond belde ze naar de teamkamer.

'Ja, Liese', zei Masson.

Gedronken, maar nog niet veel, hoorde ze.

'Wat ben je aan het doen?'

'Aan het verbroederen met Madihi. We drinken vruchtensap. Hij van pompelmoes, ik van druiven.'

'Welke druiven?'

'Cabernet sauvignon. Een redelijk goeie medoc, moet ik zeggen. Madihi weet alles over Flaubert, wist je dat? Hij is in de krokusvakantie nog naar Ry geweest in Normandië, waar Flaubert *Madame Bovary* situeerde.'

'Dat is fijn,' zei ze, 'maar...'

'En hij heeft een eerste druk van *L'éducation sentimentale*, dat is toch niet te geloven. Ik mag 'm eens gaan besnuffelen, een dezer.'

‘Mag ik je misschien even storen met iets dat met het werk te maken heeft?’ zei Liese droog. ‘Als het niet te veel gevraagd is, tenminste?’

‘Ik luister’, zei hij.

Ze aarzelde.

‘De... MO, Michel. De modus van die moord is ongezien. Zo gruwelijk hebben we het nog niet meegemaakt, toch?’

‘Nee.’ Hij klonk ernstig. ‘Nee, dit is hoogst ongewoon, dat klopt.’

‘Ik vroeg me gewoon af of...’

‘Of we daarom niet beter eens kunnen nagaan of er elders iets vergelijkbaars is gebeurd, bedoel je dat?’ Ze hoorde hem zijn glas weer neerzetten. ‘Ik heb vanmiddag Interpol en het AIK op de hoogte gebracht. Misschien weten we morgen meer.’

Het Arrondissementeel Informatie Kruispunt verzamelde alle pv’s en alle info die ze konden krijgen en stopten die in hun computers, op zoek naar mogelijke verbanden.

‘Oké’, glimlachte ze. Als hij zo helder bleef nadenken mocht hij van haar op zondag rustig aan het druivensap zitten, en liefst van een goed jaar.

‘De nieuwe verhoren zijn ook al zo goed als rond’, ging Masson verder. ‘Sels en Vanderhout zijn al bij die bovenbuurvrouw van Kaat en bij haar ex-vriendje langs geweest. En Madihi gaat straks nog praten met die getuige, die wandelaar die haar heeft zien fietsen, die is pas na zeven uur thuis.’

‘Je moet nu ook weer niet overdrijven’, zei Liese.

Ze had geen energie meer om nog veel te verhuizen, dus ruimde ze nog wat verder op, zodat de woonkamer en de keuken min of meer bruikbaar waren tegen de tijd dat ze hartelijk afscheid nam van Sura. Matthias was al naar hotel De Veluwe vertrokken om te gaan koken.

Maar de gesprekken met Fabian en met Masson bleven de hele tijd door haar hoofd spoken.

En dus stond Liese in de vroege avond in haar witte badjas en met vochtige haren van het douchen voor het raam van de keuken en dacht ze aan het vreselijke einde van Kaat Thierens.

Ze was niet zo maar vermoord.

Iemand had haar omgebracht en verkracht en daarna haar hart uit haar borstkas gesneden.

Ze zocht haar telefoon.

'Scheelt er iets?' vroeg Fabian.

'Moet je iets van anatomie weten om iemands hart uit zijn lichaam te snijden?'

'Wacht even,' zei hij, 'ik heb iets op het vuur staan. Zo terug.'

Er was een tijd geweest dat ze op zondagavond steevast in zijn flat aan de Sint-Michielskaai was geweest. Met een glas wijn in de hand stond ze dan te staren naar de Schelde, terwijl Fabian in de keuken met het eten bezig was. Hun relatie had een goed jaar geduurd, maar ze waren er gelukkig in geslaagd om min of meer vrienden te blijven.

'Ik ben er weer', zei Fabian. 'Het hangt ervan af hoeveel rommel je wilt maken, denk ik. Iedereen weet wel waar het hart in de borstkas ongeveer ligt, niet? Ook als je er niks van kent, kun je nog altijd iemands hart wegnemen, maar dan wordt het een beetje een slachting.'

'En bij Kaat Thierens? Is dat een slachting geweest?'

'Heet ze zo?' vroeg Fabian.

'Ja.'

Hij dacht even na.

'Niet echt, zou ik zeggen. De ribben links waren beschadigd en er is wel wat overbodig snijwerk aan te pas gekomen. Maar echt onwetend was de dader niet, denk ik.' Hij zuchtte. 'Maar om nu te zeggen dat je een dokter of een chirurg zoekt, dat gaat wat ver, hoor.'

'Misschien had hij al geoefend', zei Liese zacht. 'Misschien was dit niet zijn eerste keer.'

Ze stond voor het raam en keek afwezig naar buiten. Het werd stilaan donker.

Ze had een halfuurtje geleden zowel haar waterkoker als de thee kunnen opsporen, maar voor haar lievelingskopjes had ze op de verkeerde doos gegokt. Ze hield een knalrode beker in de hand die groot genoeg was om in te leren zwemmen en waar in schreeuwerige letters *shut up, I'm still asleep* op stond, en ze keek naar buiten. Jarenlang had ze zo vanuit haar keuken kunnen binnenkijken in de dierentuin en bomen, struiken en giraffen gezien, vooral giraffen. Nu zag ze schoorstenen en donkere daken in alle maten en soorten, en ramen waarachter al licht brandde. Rechts onder haar, achter een raam aan de overkant, stak een oudere vrouw een lepel in de richting van een kleuter in een hoog babystoeltje. De kleine krijste zo te zien zijn longen uit zijn lijfje.

Op een piepklein dakterras had iemand vergeten het wasgoed binnen te halen.

4

'Voorlopig valt er weinig te melden', zei Masson. 'De nieuwe verhoren hebben niets opgeleverd.'

Het was negen uur en het team zat samen voor het ochtendoverleg. De regen sloeg met vlagen tegen de ruiten.

Liese pinde een foto vast op de casewand.

'Volgens Fabian Steppe is dit meer dan waarschijnlijk het mes waarmee de dader gewerkt heeft. Ik heb er een meegebracht, het is van Matthias.'

Ze gaf een zwartleren foedraal met daarin het kartelmes door.

'Ze is gewurgd', zei Sofie. Ze gaf het mes door aan Laurent zonder er ook maar een blik op te werpen.

Vanaf de eerste dag dat Liese als commissaris bij de Antwerpse Moord kwam, had hoofdinspecteur Jacobs grote moeite gehad met de manier waarop haar nieuwe chef een onderzoek leidde, en met haar methoden. Of het gebrek daaraan, wat volgens Sofie dichter bij de waarheid kwam. Voor haar was de weg tussen punt A en punt B bij voorkeur een rechte lijn en ze gruwde van de cirkeltjes die Liese steeds trok, van het intuïtieve, van de georganiseerde chaos waarmee ze aan een moordzaak werkte. Vroeger had Sofie Jacobs zich daar gewoon aan geërgerd en dat als volbloed Antwerpse ook kernachtig verwoord. Daar bleef het toen meestal ook bij. Maar de laatste tijd was het een bijna openlijk verzet geworden.

Liese beet niet.

'Dat klopt, ze is gewurgd. Ze is hoogstwaarschijnlijk ook meegenomen, voor of na de wurging. De... verminking heeft ergens anders plaatsgevonden.'

Ze bracht haar collega's verslag uit van het gesprek met Fabian gisteravond.

'Het is dus geen kenner maar ook geen kluns', vatte Laurent samen. 'Dit is misschien niet zijn eerste keer.'

'Misschien niet, nee.'

De rest van de ochtend gingen ze door de beschikbare informatie. Zodra de fiets van Kaat Thierens was gevonden, nu meer dan een week geleden, had de politie niet alleen de omgeving uitgekamd maar ook naar sporen gezocht die op een mogelijke ontvoering konden wijzen. Het jaagpad lag op nauwelijks twintig meter van een betonweg die in een flauwe bocht langs het meer leidde en door sommige automobilisten als sluipweg werd gebruikt. Er waren verschillende vage bandensporen gevonden, maar het had die dagen geregend en geen enkel profiel bleek bruikbaar te zijn. Het signalement van Kaat Thierens was doorgegeven en de media hadden een oproep verspreid, maar ook dat had niets interessants opgeleverd.

Tussendoor bracht Liese verslag uit bij de hoofdcommissaris.

Torfs was al dagen ziek, maar weigerde thuis te blijven. Griep, wist Sofie, die als moeder van twee een ervaringsdeskundige was. Een fikse verkoudheid, kraste Torfs.

Toen Liese zijn kantoor binnenliep, snoot haar chef net luidruchtig zijn neus en gooide het zakdoekje boven op de indrukwekkende hoop in zijn vuilnisbakje. Op zijn werkblad zag ze enkele flesjes en een paar pillenstrips.

'Je ziet er vreselijk uit', zei ze bij wijze van inleiding.

De ogen van Torfs lagen diep en donker in hun kassen. Zijn gezicht had de kleur van oud brood.

'Ik ben geen moeilijke man, maar ik verwacht een minimum aan respect van mijn ondergeschikten', hijgde hij. '"Goedemorgen, Frank" zou al een begin kunnen zijn.'

'Goedemorgen, Frank, je ziet er vreselijk uit.'

'Dit is een moordbrigade. Als je aan mijn kop komt zeuren over mijn verkoudheid, dan moet je een nummertje trekken, zoals bij de slager.'

'Wie zeurt er nog aan je kop, dan?'

'Mijn vrouw en die oude nurk van een huisdokter, om er maar twee te noemen.' Hij hoestte rauw en langdurig.

'Kaat Thierens', zei Liese. 'De vrouw van het Galgenweel.'

'Heb je al iets?'

'Nee.'

Hij keek haar met waterige oogjes aan.

'Waarom kom je me dan lastigvallen?'

'Het is louter een gevoel, maar ik vrees dat het niet zijn eerste keer was.'

'Shit,' zei Torfs, 'dat had ik nu echt nog nodig, zulk nieuws.'

's Middags liep ze tussen de druppels door naar buiten en nam de tram naar het centrum. Ze stapte uit aan de Meir, zuchtte van opluchting omdat het nu helemaal opgehouden was met regenen, en liep via de Schoenmarkt naar de Lombardenvest, waar ze met Matthias had afgesproken voor een snelle hap.

Het was niet haar soort zaak, met een clientèle die voornamelijk bestond uit opvallend trendy geklede mensen die te veel betaalden voor broodjes die met elkaar wedijverden in gezonde ingrediënten, maar Matthias kende de baas en ze wilde niet moeilijk doen.

'Ik moet me haasten', zei hij en kuste haar vol op de mond. 'Straks komt er een kandidate en dit keer hebben we prijs, denk ik.'

Matthias zocht al een tijdje iemand die hem kon bijstaan in de keuken van De Veluwe, zodat hij stilaan de handen vrij zou hebben voor andere dingen. Het was zijn droom om op termijn een eigen cateringzaakje te beginnen. Moeder Nelle was ronduit tegen, bang als ze was dat ze haar kip met de gouden eieren zou verliezen, maar Liese steunde hem voluit.

'Een kandidate', zei ze neutraal.

Een jonge kerel stond met zijn pen in de aanslag naast hun tafeltje te drentelen. Liese zocht op de kaart naar een broodje waarvan ze ten minste de helft van de ingrediënten herkende en bestelde.

'Wat wilt u drinken?' vroeg de hippe jongen. 'Ons drankje van de week is een detoxsapje op basis van gember, selderij en...'

'Doe maar een cola', zei ze.

De jongen vertrok geen spier en verdween.

'Een kandidate, inderdaad', grinnikte Matthias. 'En voor alle duidelijkheid: het enige dat ik van haar vraag, is dat ze goed kan koken en hard wil werken.'

Ze tuitte haar lippen in de aanzet tot een kus en glimlachte. Die ochtend was ze vroeg wakker geworden en verbazingwekkend fit uit haar bed gesprongen. Ze had de regen al gehoord nog voor ze de gordijnen opengooide. De iele takken van de lindeboom in de tuin van de buren dansten in de wind. Ze draaide zich om en was verrast dat Matthias haar lag aan te kijken.

'Kom er nog even bij, het is veel te vroeg', zei hij.

'Ik moet naar kantoor. En ik wil koffie.'

'Ik wil jou.'

Hij sloeg het dekbed open en toonde het haar.
'Eventjes dan', lachte ze.

Een kwartier later had Matthias zijn broodje in sneltreinvaart weggewerkt en zich ook nog over de helft van dat van haar ontfermd.

'Maar goed dat het allemaal zo gezond is', zei ze.

'Yep. Ik moet ervandoor.' Hij veegde zijn mond schoon, legde geld op de tafel en stond op.

Liese volgde hem.

'Hoe is het met Michel?' vroeg hij toen ze buiten stonden.

'Goed. Waarom?'

'Zomaar.' Hij huiverde en zette de kraag van zijn jas op. 'Ik heb hem al een tijdje niet meer gezien in De Veluwe. Nelle zegt er niets over, hoor, maar toch. Scheelt er iets met hem?'

'Misschien eet hij alleen nog maar gezond.'

'Hij komt zelden of nooit om te eten,' lachte Matthias, 'maar dat wist je al. Tot straks.'

Toen ze het kantoor binnenliep, zat Laurent op een stoel in het midden van de kamer. Masson stond voorovergebogen voor hem en hing een lijvig, in het midden opengeslagen boek over het linkeronderbeen van de inspecteur.

'Wat is het vandaag?' vroeg Liese.

'De *Encyclopaedia Britannica*, deel 12', bromde Masson.

Van de dokters mocht Laurent zijn dijbeen niet belasten. Thuis waakte zijn vriendin Evi er over dat hij dat ook niet deed, op kantoor ontfermde Sofie zich over hem.

Maar vanaf de dag dat Laurent weer op kantoor was verschenen, toen nog parttime en op twee krukken, was Michel Masson in het grootste geheim met hem gaan oefenen.

Hij was gestart met dunne boekjes die hij opengevouwen over Laurents onderbeen legde. Na twee weken lichtte de jonge inspecteur ze moeiteloos op en schakelden ze over op zwaardere lectuur. Toen hij een week erna voor controle moest, verbaasde de dokter zich erover dat Laurents dijbeen zo snel kalk aanmaakte en mocht hij een van de krukken thuislaten.

Vanaf dat ogenblik keek Laurent niet meer achterom. De volgende dag sommeerde hij zijn hoofdinspecteur om de dikste boeken mee te brengen die hij thuis had en de oefentijd te verdubbelen.

'Waar is Sofie?' vroeg Liese.

'Naar de dokter', kreunde Laurent. Hij probeerde de ingebonden klepper op zijn onderbeen zo vloeiend mogelijk op en neer te bewegen, maar het kostte hem zichtbaar moeite. 'Ze voelde zich niet goed.'

'Oké. Kunnen we even overleggen, heren?'

'Nog vijf keer', zei Masson. 'Kom op, jongen.'

'Mevrouw Coninckx van het Lab komt straks langs', zei Masson.

Ze zaten rond de vergadertafel in de teamkamer. De meeting was kort geweest: er kwam zo goed als geen schot in het onderzoek.

'Het jeansjasje van Kaat Thierens is van een bekend merk, volgens het Lab.'

'Welk dan?'

Masson opende zijn notitieboekje. 'Van ene Massimo Dutti.'

Om de twee jaar kocht hij tijdens de koopjesperiode twee deftige, oerdegelijke pakken, enkele overhemden en een paar dassen, bij een stokoude kleermaker aan de Wapper wiens zaakje al jaren tussen hangen en wurgen hing. Haar hoofdinspecteur wist ontzagwekkend veel over zowat alles, maar de modewereld en haar hoofdrolspelers hoorden daar niet bij.

'Duurder dan de Hema,' zei Liese, 'maar een stuk goedkoper dan Scotch & Soda.'

Ze jende hem graag.

Masson keek haar gefascineerd aan.

'Als jij het zegt. Verder had mevrouw Coninckx slecht nieuws, dat heeft ze me alvast meegegeven. De sporen onder de nagels van Kaat Thierens zijn niet bruikbaar. Te lang in het water gelegen.'

'Was er misschien ook goed nieuws?'

'Ik denk het,' knikte hij, 'maar dat wil ze persoonlijk komen vertellen. Je kent haar, hé.' Hij keek op zijn horloge en stond op. 'Ik moet ervandoor', zuchtte hij. 'Schietproeven.'

Iedere speurder moest vier keer per jaar op verplichte schietoefening op de schietstand van de politie in Wilrijk, en voor Masson was het weer zover. Hij baalde, wist Liese. Er was niemand die zo'n hekel had aan vuurwapens als Masson. Meestal droeg hij zijn pistool niet eens bij zich, en als het wel in zijn holster zat, zaten er geen kogels in.

'Mag je met de Smith?' vroeg Laurent gretig.

Masson keek hem meewarig aan.

'De hulpwerkwoorden van modaliteit zijn bedoeld om de communicatie vlotter te laten verlopen', doceerde hij. 'Gelieve ze dan ook correct te gebruiken, inspecteur. Het is niet "mogen", het is "moeten".'

De federale politie stapte geleidelijk over van het vertrouwde Glock-pistool op de Smith & Wesson M&P9, gemeenzaam 'de Smith' genoemd, en ook Masson moest ermee leren omgaan.

'Ik heb zin in koffie', zei Liese. 'Loop je nog snel even mee, Michel?'

'Natuurlijk.'

Toen ze bij de automaten en de lange tafel met versnaperingen stonden, keek Masson haar met gefronste wenkbrauwen aan.

'Wat scheelt er?' vroeg hij. 'Je haat de koffie uit de automaat. Je drinkt naar eigen zeggen nog liever afwaswater. Je gooit hem de laatste tijd zelfs stiekem in die vetplant daar.' Hij wees naar een treurig stuk groen dat naast de koffieautomaat stond te verpieteren.

'Soms moet je je grenzen verleggen', zuchtte ze theatraal.

Terwijl ze wachtte tot het bekertje was volgelopen, zei ze quasi achteloos: 'Ik heb vanmiddag een broodje gegeten met Matthias. Hij zei dat je nog zo weinig bij Nelle in De Veluwe komt.'

Masson deed alsof hij daarover moest nadenken.

'Ik ben er de laatste tijd misschien wat minder geweest, dat zou kunnen.'

'Om een bepaalde reden?'

Hij trok aan de revers van het jasje van zijn pak en fatsoeneerde traag de knoop van zijn das.

Ze ergerde hem, zag ze.

'We moeten hier iets mee doen, Michel', zei ze zacht.

'Definieer "we".'

'Jij en Matthias dan, oké? Het kan gewoon niet dat ik het weet en hij niet. Hij is mijn vriend, verdorie. Ik kan dat niet langer stilhouden. Ik wil dat ook niet, begrijp je dat?'

Massons ergernis maakte stilaan plaats voor boosheid.

'Ik zeg het je nog eens', fluisterde hij. 'Ik was twintig toen, ik ben nu bijna zestig. Het is veertig jaar geleden.'

'Achtendertig', zei Liese. Ze wist dat ze hem bloednerveus maakte, maar ze wilde hem bewust uit zijn comfortzone halen. 'Matthias is achtendertig. Mag die man niet weten wie zijn vader is, of wat?'

'Dat mag hij,' fluisterde Masson met ingehouden woede, 'maar misschien kun je eens nadenken over het volgende: Nelle wil het niet en ik wil het niet.'

Toen ze niet antwoordde, ging hij verder, minder boos nu: 'Wat als ik echt een test laat doen, Liese, en ik ben het niet – wat zo goed als zeker is, tussen haakjes – wat hebben we dan gewonnen? Hé? Dan ligt mijn relatie met Nelle in stukjes op de vloer, dan kan ik nooit meer een voet binnenzetten in De Veluwe.'

Toen ze nog steeds niet antwoordde, draaide hij zich om en beende met grote stappen in de richting van de lift.

Liese nam haar koffie, keek naar de drabbige substantie in het bekertje en gooide het leeg in de pot met de vetplant. Toen liep ze terug naar de teamkamer.

De technische recherche had in het hele gebied tussen het jaagpad, de betonweg en de oever van het Galgenweel nauwgezet naar sporen gezocht en hun bevindingen waren formeel: de vreselijke verminking van Kaat Thierens was niet ter plekke gebeurd. Er waren nergens significante bloedsporen gevonden. Maar het hoofd van het Lab bracht ook goed nieuws, net zoals Masson had voorspeld.

Maite Coninckx was een vrij jonge en meestal enthousiaste vrouw met een wipneus en stug, kort haar dat ze om de zoveel maanden in een ander kleurtje zette. Vandaag was het acajou.

'De sjaal van Kaat Thierens heeft vreemd DNA opgeleverd. Er zaten haarroos op en huidschilfers die niet van haar afkomstig zijn. We hebben ze voor analyse aan ons vaste laboratorium gestuurd. O ja, we hebben ze ook aan het NICC bezorgd, je weet maar nooit.'

Het Nationaal Instituut voor Criminalistiek en Criminologie was gespecialiseerd in het vergelijken van DNA-sporen via alle beschikbare databanken.

'Ze had een los-vaste vriend,' zei Laurent, 'misschien is het van hem.' Hij wreef afwezig met de palm van zijn hand over zijn dij.

Te veel geoefend, dacht Liese.

'Als dat zo is, dan weten we het snel', antwoordde Maite. Ze sloeg haar map voorzichtig dicht en leunde achterover. 'Maar er is nog iets. We hebben sporen gevonden in het borstzakje van het jeansjasje dat ze droeg. Keratine en een stukje van een witte veer.'

'Keratine?' vroeg Laurent.

'Michel is op de schietbaan,' zei Liese, 'dus...'

'Ik kan het jullie ook wel uitleggen zonder hoofdinspecteur Masson', antwoordde Maite iets te vinnig. De animositeit tussen de 'stijve intellectueel', zoals Maite hem noemde, en 'dat frivole meisje' – Massons woorden – was stilaan legendarisch.

'Keratine is een soort eiwit. Mensen hebben het, dieren ook. Het maakt de huid taai en waterafstotend.'

'Ah', zei Liese. 'En komen we daar verder mee?'

'Ja, daar kunnen we iets mee. Er zijn namelijk twee soorten, en onze sporen zijn bèta-keratine. Dat komt alleen voor bij vogels en reptielen.'

Maite glimlachte triomfantelijk.

'Het zit in klauwen en veren, en ook in snavels.'

'Misschien spotte ze vogels en verzamelde ze die dingen', zei Laurent. 'De meeste vogelspotters doen dat. Misschien was dat een hobby van haar en droeg ze toen dat jeansjasje.'

Maite stak haar handen pontificaal in de lucht.

'Wij verzamelen de informatie', zei ze. 'Het hoe en waarom is jullie winkel.'

Het kostte maar enkele telefoontjes om erachter te komen dat de hobby's van Kaat Thierens hardlopen en een wekelijkse afspraak met de vriendinnen van de volleybalclub waren. Ze had niet de minste interesse in vogels gehad, bevestigden haar vriend en haar buurvrouw.

Lieses gsm gaf een piepje. Een bericht, van Matthias.

Mijn hulp gevonden denk ik. Ze heet Britta en ze is goed. Mamma haat haar. Love you xxx

Haar glimlach vulde bijna de kamer.

'Goed nieuws?' vroeg Laurent.

'Jouw zaken niet, inspecteur', zei ze gemaakt autoritair. 'Ga verder.'

'Er zat hoogstwaarschijnlijk een witte veer in het borstzakje van haar jas', zei Laurent. 'En Kaat Thierens heeft die er even hoogstwaarschijnlijk niet zelf in gestopt. Wat leert ons dat?'

'Dat zeg ik meestal', antwoordde Liese.

'Pardon?'

'Wat je net zei. Dat zijn meestal mijn zinnen. En dan eindig ik met een vraag zoals "wat leert ons dat?" en dan moeten jullie die oplossen.'

'Het kan van alles en niets betekenen ', zuchtte Laurent. 'Het was een duurder merk, misschien heeft ze het jasje tweedehands gekocht en was de vorige eigenaar een vogelspotter. Misschien heeft ze tijdens een fietstochtje een mooie veer gevonden en ze meegenomen voor een of ander nichtje.'

'Checken', besloot Liese. 'We hebben nog zo goed als niets in handen, we kunnen niet kieskeurig zijn. Neefjes, nichtjes, opnieuw haar vriend en buurvrouw, haar moeder, de hele rimram. Ik wil weten waar die witte veer vandaan komt.' Ze keek hem aan. 'Lukt het trouwens met het rijden?'

'Dat lukt prima.'

Na zijn terugkeer was Laurent de eerste weken telkens

gebracht en afgehaald door zijn vriendin, iets wat hem zo tegenstond en waar hij zo over zeurde dat Liese met de mensen van de Logistiek was gaan praten. De recherche had welgeteld één dienstwagen met automatische versnelling, en die had ze voor onbepaalde tijd en tegen alle voorschriften in voor Laurent gereserveerd. Het was een wonder dat Torfs het nog niet wist, maar in ieder geval kon haar inspecteur nu autorijden en tegelijkertijd zijn linkerbeen laten rusten.

'Moeten we ons ook niet afvragen waar die veer gebleven is, dan?' vroeg Laurent.

Liese keek hem aan.

'Die vrouw heeft een week in het water gelegen, Laurent. Wat zou je denken?'

Voor hij kon antwoorden, ging Lieses telefoon. Het was haar moeder.

'Hij heeft het weer gehad!' riep ze met overslaande stem.

Papa, dacht Liese. Nee.

'Hij stond in de keuken en hij viel gewoon op de grond en ik heb direct om een ziekenwagen gebeld, ik...'

'Waar is hij nu? Ben je thuis?'

'Hij is onderweg naar het ziekenhuis,' jammerde haar moeder, 'kom je meteen?'

'Ik vrees dat het nogal ernstig is', zei de dokter. 'Het spijt me.'

Liese stond naast hem in een lange gang op de spoedafdeling. Aan het einde van de gang stond haar moeder voor een raam.

'Hij is hier een jaar geleden ook geweest', zei Liese nerveus. 'Hij heeft een hartaandoening. Cardiomyopathie. Zijn hart slaat soms heel onregelmatig. Dan gaat hij...'

De arts onderbrak haar. Hij was vriendelijk maar beslist.

'Dat weet ik, mevrouw. Ik heb zijn medisch dossier doorgenomen. Maar ik vrees dat het dit keer ernstiger is. Uw vader heeft een massieve hartaanval gehad. En er zijn zware complicaties.'

Rondom hen was het opvallend stil. Uit een van de kamers kwam een hoge biep, meerdere keren na elkaar. Twee verplegers liepen hen voorbij en een van hen stopte en vroeg iets aan de dokter.

Haar moeder stond opeens naast haar.

'Ik begrijp niet waarom wij helemaal naar Antwerpen moeten komen, er zijn prima ziekenhuizen bij ons in de buurt. Niet in Lembeek, maar in Halle en zo. Het UZ in Jette is een halfuur rijden.'

'Hij is hier in behandeling, mama. Hij was hier vorig jaar ook al.'

'Dan nog.'

De moeder van Liese was geboren en getogen in het Brabantse Lembeek, maar de hele familie van haar vader kwam uit het Antwerpse, iets wat haar moeder om een of andere onnaspeurbare reden altijd een onaangename gedachte had gevonden.

De arts keek hen beiden aan. Hij leek de opmerking over zijn ziekenhuis niet gehoord te hebben of, wat waarschijnlijker was, hij besteedde er geen aandacht aan.

'Komt het weer goed met hem?' vroeg Liese zacht.

'Dat kunnen we echt niet zeggen, mevrouw Meerhout. Een cardiomyopathie kan plots een hartstilstand veroorzaken. Of voor complicaties zorgen zoals nu gebeurd is. Als de patiënt zich na de diagnose aan de voorschriften houdt, kan het min of meer onder controle blijven, doch met een strikte medicatie. Maar ik heb van uw moeder gehoord dat dit bij hem niet het geval is geweest.'

Haar moeder wilde iets zeggen, maar Liese kapte haar af.

'Hoe slecht is het met hem?' vroeg ze. 'Eerlijk?'
'Slecht', zei de arts.

Ze stond achter het glas en keek de kamer in. Apparaten, buisjes, sondes.

En daartussenin, haar vader.

Een week geleden was ze onaangekondigd bij haar ouders op bezoek geweest. Haar moeder was boodschappen gaan doen. Hij had erop gestaan om zelf voor koffie te zorgen en hij had het dienblad zoals steeds volgestouwd met koekjes en enkele grote taartpunten, maar van de korte afstand tussen de keuken en de kleine woonkamer was hij zo buiten adem dat hij even moest uitpuffen in de sofa.

Hou vol, dacht ze.

Hou alsjeblief vol, je kunt het. Ik ben eindelijk gelukkig, papa. Ik wil dat je me nog lang gelukkig ziet.

'En wat denk je er zelf van?' vroeg Masson.

Ze zaten met hun tweeën in de teamkamer. Laurent was op pad om naar de herkomst van de witte veer te zoeken.

Masson kon meestal slecht omgaan met emoties. Hij gruwde van ontboezemingen en van persoonlijk drama. Maar Liese had hem het slechte nieuws over haar vader vrij kalm verteld. Paul Meerhout had een zware hartaanval gehad en lag op de intensive care, maar hij was in de beste handen en ze ging ervan uit dat het uiteindelijk wel goed zou komen.

'Hij slaat zich er wel doorheen,' zei Liese, 'hij heeft van nature een sterk lichaam. Maar hij zou verdorie echt wat gezonder moeten gaan leven.'

Daar was ze ook van overtuigd. Ze was minder in paniek dan toen het de vorige keer gebeurde. Ze had het in die bewoordingen ook aan Matthias verteld toen ze hem belde op de terugweg naar het bureau: hij komt het wel weer te boven, maar vanaf nu zijn er geen uitvluchten meer wat zijn medicatie en dieet betreft. En hij heeft thuishulp nodig.

Het bleef even stil. Liese zat wat onderuitgezakt op haar stoel en speelde afwezig met haar autosleutels.

'Heeft Laurent je gebrieft over het lab?' vroeg ze. 'Die keratine en zo?'

Masson knikte. 'Als het klopt, ligt die veer ergens in het Galgenweel. En het heeft weinig zin om daar naar te gaan zoeken.'

'Is het zo groot, dan? Ik ken het eigenlijk niet zo goed, daar', zei ze. 'Ik kom zelden op Linkeroever.'

'Het is het grootste brakwatermeer in Vlaanderen. Veertig hectare. Ontstaan bij een dijkdoorbraak. Het staat via een sluis in verbinding met de Zeeschelde zodat...'

'Michel,' onderbrak Liese hem, 'ik vroeg alleen maar of het groot was.'

Het bleef opnieuw even stil.

'Hoe waren de schietoefeningen?'

'Het is weer eens gelukt', bromde Masson. 'Met de hakken over de sloot. En dan alleen maar omdat Brusseleers de instructeur van dienst was, hij heeft de regels een beetje soepeler toegepast.'

Brusseleers was een oude bekende van Masson, een van die drinkebroers die hem af en toe vergezelden op zijn nachtelijke escapades.

'Ik blijf het toch vreemd vinden, Michel', zei ze zacht. 'Een rechercheur bij moordzaken die een virulente afkeer heeft van zijn eigen pistool.'

Hij haalde de schouders op.

'Ik heb een commissaris bij moordzaken die een hekel heeft aan bloed en die tot voor kort met geen stokken in de autopsiekamer te krijgen was', glimlachte hij. 'We hebben allemaal ons kruis te dragen, mevrouw Meerhout.'

In de vooravond reed ze nog een keer langs het ziekenhuis.

De toestand van haar vader was onveranderd. Het ging niet beter, maar ook niet slechter. Hij sliep, propvol medicijnen.

'Blijf je vannacht?' vroeg ze haar moeder.

'Natuurlijk,' antwoordde die bits, 'wat had je anders gedacht.'

Liese keek haar aan. Op het gezicht van haar moeder stond niet alleen verdriet te lezen, maar ook woede.

Toen Liese even later afscheid nam, kwam er geen woord over haar lippen, ze gaf alleen een kort knikje.

Thuis was het leeg en stil. Ze voerde niets uit en ging toen een verdieping lager naar de flat van Matthias. Daar trok ze de koelkast open, bevoorraadde zich met enkele dingen die ze lekker vond en liep terug naar boven.

Ze at aan haar keukentafel, langzaam en afwezig.

5

Om tien uur de volgende ochtend kwam onderzoeksrechter Myriam Carlens met onrustwekkend nieuws.

'Ik heb net een rapport binnengekregen van het NICC', zei ze aan de telefoon. 'Ik ben over een kwartier bij u. Laat u dat even aan hoofdcommissaris Torfs weten?'

'Wat scheelt er?'

'We hebben een match', zei Carlens. 'Uit het buitenland.'

Toen onderzoeksrechter Carlens in het kantoor van de hoofdcommissaris kwam, zaten Liese en Torfs al op haar te wachten aan de kleine vergadertafel tegen het raam. Torfs zag er iets minder grauw uit dan de vorige dag, maar daar was dan ook alles mee gezegd.

Carlens overhandigde aan beiden een dun, donkerblauw mapje en kwam meteen ter zake.

'Zoals jullie weten bestaat er sinds kort een uitwisseling van DNA-sporen met buitenlandse databanken. Enfin, dat is de theorie. Voorlopig werkt het alleen met Nederland en Frankrijk, en van Duitsland komt het mondjesmaat binnen.'

'Waarom mondjesmaat?' vroeg Liese. Ze herinnerde zich vaag dat ze er niet zo lang geleden een rapport over had gezien, maar ze had het, zoals zo vaak, op Massons bureau gelegd en er verder niet bij stilgestaan.

'Omdat er geen geld is, commissaris. Er is te weinig personeel om alle resultaten te interpreteren, dus vragen we aan onze Duitse collega's om het stukje bij beetje te doen. En aangezien het vriendelijke mensen zijn, doen ze dat ook.'

Carlens sloeg haar mapje open.

'De sporen die op de sjaal van Kaat Thierens werden gevonden, komen overeen met stalen uit Duitsland. Uit Trier, meer bepaald.'

'Een moordzaak?' kraste Torfs. Onmiddellijk daarop barstte hij uit in een langdurige hoestbui.

'Bent u ziek?' vroeg Carlens, op een toon alsof ze voor het eerst met een dergelijk fenomeen geconfronteerd werd.

'Een kleine verkoudheid', hijgde Torfs. 'Geen punt.'

'Vooralsnog gaat het om een onrustwekkende verdwijning', zei de onderzoeksrechter. 'De overeenkomstige DNA-sporen zijn gevonden op een kledingstuk van een jonge vrouw die twee maanden geleden als vermist werd opgegeven.'

'Ook huidschilfers en haarroos, net als bij Thierens', citeerde Liese uit het rapport.

Carlens knikte.

'Ik reken er op dat u mij op de hoogte houdt van de verdere ontwikkelingen.' Hierbij keek ze vooral naar Liese.

'Vanzelfsprekend', zei Liese.

'De verantwoordelijke rechercheur in Trier heet Lucia Geiger', zei Masson even later. 'Hier zijn haar gegevens.'

Ze zaten met zijn drieën in de teamkamer. Sofie, zo bleek, moest van de dokter voor onbepaalde tijd thuisblijven. Niemand wist precies wat ze had.

'Heb je haar nog gesproken?' vroeg Liese.

Masson en Sofie Jacobs mochten vaker wel dan niet van mening verschillen, over zowat alles, Liese wist dat als puntje bij paaltje kwam ze elkaar blindelings steunden.

'Ik heb haar bloemen laten bezorgen', zei hij.

Ze begreep aan zijn reactie dat hij geen zin had om er verder op in te gaan.

'Dan zal ik mijn Duits maar even oppoetsen', zei Liese. 'Als je me nodig hebt, ik zit in de vergaderzaal, daar is het rustig.'

Terwijl ze nog snel even door het mapje van Carlens ging, onderdrukte ze een geeuw.

Ze was de vorige avond vrij snel ingeslapen, maar midden in de nacht zat ze ineens klaarwakker rechtop in bed, angstig en met bonzende slapen. Ze was alleen, want Matthias wilde heel vroeg opstaan om naar de vroegmarkt in Brussel te rijden en was in zijn eigen flat gaan slapen. Ze had een hele tijd in het duister naar de vage contouren van de muren zitten staren. Ze kon niet achterhalen waarom ze zo bang was.

Ze had alleen maar het gevoel dat er groot onheil dreigde.

Het had lang geduurd voor ze de slaap weer kon vatten.

Rechercheur Lucia Geiger bleek voor het Landeskriminalamt van de deelstaat Rijnland-Palts te werken. Ze klonk als iemand van oudere leeftijd en sprak nogal formeel. Liese deed een poging in het Duits en de hiaten vulde ze aan met Engels. Geiger sprak haar vanaf het begin aan in correct maar schools Engels.

'De verdwijning dateert van twee maanden geleden', begon Geiger. 'Een jonge vrouw. We hebben haar zwarte, wollen jasje gevonden bij haar auto, net buiten Trier, op de parking van een klein hotel. In een van de zakken van het jasje zat een klantenkaart van een parfumerie en zo zijn we aan haar naam gekomen. Ze heet Hannelore Dorfmann.'

'En ze is al twee maanden spoorloos?' zei Liese.

'Dat vertelde ik u zojuist', antwoordde Geiger vlak.
Liese dacht na.
'Kunt u me snel een foto van de vrouw sturen?'
'Als u me uw mailadres geeft, dan hebt u die binnen vijf minuten.'

Hannelore Dorfmann, zo bleek toen ze geen vijf minuten maar een kwartier later de mail ontvingen, was een jonge vrouw van zesentwintig met ravenzwart haar, een ietwat zuiderse look en een nogal uitdagende blik.
'Valt jullie niets op?' vroeg Liese toen ze de foto op de casewand prikte.
Masson vond het overbodig om op zo'n retorische vraag te antwoorden. Laurent knikte overtuigd.
Hannelore Dorfmann leek akelig sterk op Kaat Thierens.

Bij de mail van Lucia Geiger zat behalve de foto van de verdwenen vrouw ook een document van acht pagina's. Het bevatte het oorspronkelijke pv, een getuigenverklaring van een dienster die in het landelijke hotel werkte en een samenvatting van de verdwijningszaak die zo te zien door Geiger zelf was geschreven.
Masson ging er geconcentreerd door.
'We moeten het cv van Kaat Thierens in kaart brengen en aan Geiger sturen', zei Liese. 'Familie, vrienden, werk, recente reizen, alles. Misschien is er een geografische link tussen beide vrouwen.'
'Ik begin eraan', antwoordde Laurent.

Een tijdje later probeerde ze tot twee keer toe haar moeder te bellen, maar telkens kwam ze op de voicemail. Ze zocht het nummer van het ziekenhuis op en werd doorverbonden met een verpleegster op de afdeling intensive care.

'De toestand van uw vader is bevredigend', zei de verpleegster. 'Er zijn geen bijkomende complicaties geweest vannacht. Hij reageert ook vrij goed op de medicatie.'

Liese voelde hoe haar schouders zich ontspanden.

'Hebt u toevallig mijn moeder gezien? Ik probeer haar te bereiken, ziet u.'

'Die is bij hem', bevestigde de verpleegster. 'Maar waarschijnlijk staat haar gsm uit, we vragen dat uitdrukkelijk aan onze bezoekers. Zal ik haar eventjes gaan halen?'

Liese zag hoe Laurent verwoede pogingen deed om haar aandacht te trekken. Hij stond achter zijn desk met de telefoon in zijn hand.

'Nee, laat maar,' antwoordde Liese snel, 'toch bedankt.' Ze hing op en keek haar collega aan.

'Ik heb Interpol aan de lijn', zei Laurent. 'Er is een vergelijkbare case in Spanje. En daar hebben ze wel een lijk.'

Tien minuten later zaten ze samen met hoofdcommissaris Torfs rond de vergadertafel in de teamkamer.

'Vijf maanden geleden is in de buurt van Córdoba het lichaam van een vierentwintigjarige vrouw gevonden', zei Masson. 'Ze lag in een greppel in een bosje.' Hij liet foto's zien.

Een volbloed Spaanse lachte hen toe. Zwart, glanzend haar, een vrij lange neus, een nogal zwoele blik in haar halfgesloten ogen. De overeenkomst tussen de Spaanse en Kaat Thierens was minder treffend dan die tussen Kaat en de Duitse vermiste, maar toch was er een meer dan oppervlakkige gelijkenis.

'De MO is identiek aan die van het Galgenweel', zei Masson rustig. 'De vrouw is zo goed als naakt teruggevonden, ze droeg alleen maar een truitje. Haar hart werd uit haar lichaam gesneden. De dader heeft het ook hier blijkbaar meegenomen.'

De uren die volgden, waren hectisch.

Masson hing voortdurend aan de lijn met medewerkers van Interpol, op zoek naar aanvullende informatie. Laurent overlegde met de mensen van het NICC en die beloofden alle specifieke DNA-vergelijkingen met Nederland en Frankrijk onder de loep te nemen.

Torfs trok zich een tijdje terug met enkele andere commissarissen van zijn dienst en riep daarna Liese bij zich.

Ze had al vaker ervaren dat haar chef in tijden van stress merkwaardig rustig en gefocust was, alsof hij alleen maar in die omstandigheden optimaal functioneerde. De lichtgrauwe kleur van zijn wangen en zijn rode neusvleugels waren nog de enige sporen van de snotterende, hoestende man van de afgelopen dagen.

'Ik stel een overkoepelend team samen', zei hij. 'We halen tijdelijk een aantal rechercheurs weg bij de andere teams.'

'Oké. Hoeveel zijn dat er dan in totaal?'

'Negen stuks, met jullie drie erbij.'

Drie, dacht ze. Geen vier. Blijkbaar ging Torfs er al van uit dat Sofie Jacobs niet meer bij het team hoorde.

'Jij wordt caseofficer', zei Torfs en keek Liese aan. 'Je hebt de dagelijkse leiding.'

'En ik rapporteer gewoon aan jou.'

'Niks "gewoon". Ik ben de casemanager, ik neem de structurele leiding van het team op me. Je rapporteert minstens twee keer per dag aan mij.' Torfs zuchtte en leunde achterover op zijn stoel.

Zijn borstelige haar was het laatste jaar een flink stuk grijzer geworden. Hij wreef met zijn wijsvinger traag over zijn wenkbrauw. Dat had ze hem al vaker zien doen: het was alsof het hem hielp om na te denken.

'Dit wordt een complexe zaak, Liese. Als het loopt zoals ik vrees dat het zal lopen, dan gaat het om meervoudige moord. Dan hebben we met dezelfde dader te maken.' Hij wees met een slap handje in haar richting. 'Dat gaf je gisteren zelf al aan, trouwens.'

Ze knikte. Vanaf het ogenblik dat ze Fabian in het mortuarium had zien achteruitdeinzen en ze de gruwelijke verminking bij Kaat Thierens had gezien, had Liese op een of andere manier gevoeld dat dit geen alleenstaand geval was.

Ook Masson had dat beseft, wist ze.

'Kun je het aan?' vroeg Torfs.

'Ja', antwoordde ze.

Voor Liese de zaal binnenliep waar de nieuwe rechercheurs wachtten, trok Masson haar discreet aan haar mouw.

'De meesten zijn oké', mompelde hij. 'Dexters en Moessen ken ik al jaren. Die twee jongens daar zijn vrij nieuw, maar volgens Dexters zijn ze prima.'

Liese loenste in de richting van twee boomlange rechercheurs die in de zaal bij de deur stonden te drentelen. Ze waren minstens dertig, maar voor Masson was iedereen onder de vijftig een jongen.

'Dan blijven er nog twee over', fluisterde ze.

Masson knikte.

'Die zijn niet echt oké. En ik geef je één goede raad: pak ze meteen aan, anders verknoeien ze de sfeer voor de rest van het onderzoek.'

'Collega's, voor diegenen onder jullie die me niet kennen, ik ben commissaris Liese Meerhout. Jullie zijn vrij onverwacht tijdelijk toegevoegd aan dit team en ik besef dat zoiets niet eenvoudig is.'

Ze keek rond in de grote ruimte. Wanden met lage kasten, waarop stapels papier, een legertje plastic flessen met water en een aftandse beamer die al jaren stuk was, maar niemand deed de moeite om hem weg te kieperen. Een wit scherm op een staander en een grote casewand, elk in een hoek achter haar, aan het plafond moderne projectieapparatuur. Een grote, ovale vergadertafel in het midden met computers en telefoontoestellen. En acht paar ogen die op haar gericht waren.

'Aangezien we samen in een team zitten, is het normaal dat we elkaar met de voornaam aanspreken. Ik ben dus Liese.' Ze keek de tafel rond. 'Jullie hebben waarschijnlijk jullie eigen onderzoeken onverwacht in de steek moeten laten. Zoiets is nooit leuk natuurlijk.'

'Blij dat u het zegt, commissaris', zei een gezette vijftiger in hemdsmouwen. Hij staarde haar koeltjes aan. Hij had een wat pafferig gezicht en een serieuze snor, geen echte knevel maar toch het soort bovenlipbegroeiing dat 's ochtends enig werk vereiste.

Liese keek een fractie van een seconde in Massons richting, genoeg om bevestigd te krijgen dat dit een van de twee exemplaren was die hij als 'niet oké' had bestempeld.

Ze lachte de man toe. 'Sorry, maar ik ben even je naam kwijt', zei ze.

'De Sutter, hoofdinspecteur.'

'Heb je ook een voornaam gekregen?'

'Ik vind De Sutter prima.'

De man naast hem maakte enkele grimassen waaruit moest blijken dat hij dat een geweldig goede mop vond. Waarschijnlijk de tweede van het stel paljassen, dacht ze. Zijn gezicht kwam haar vaag bekend voor, maar ze kon hem niet thuisbrengen.

'Goed, De Sutter, dan gaan we eerst enkele dingen verduidelijken', zei ze. 'We zitten hier meer dan waarschijnlijk voor meerdere weken samen, zo niet maanden. Ik weet niet welke hobby's je beoefent of wat je zoal in je vrije tijd doet, en ik hoef het ook niet te weten. Maar als je de boel hier probeert te verzieken, dan geef ik je op een briefje dat je de komende weken alle weekenddiensten draait die er zijn en alle rotklussen krijgt die ik maar kan bedenken. Duidelijk zo?'

Voor de man kon reageren, richtte ze zich tot de hele groep.

'We hebben een opvallend gewelddadige moord op Linkeroever', zei ze terwijl ze naar de grote casewand vooraan in de zaal wees. 'Het DNA van de vermoedelijke dader is teruggevonden in verband met een onrustwekkende verdwijning in Duitsland. En in Spanje is vijf maanden geleden een vrouw omgebracht met een identieke MO. Jullie hebben allemaal een dossiertje voor je liggen met daarin alle relevante stukken. We komen hier samen van negen tot elf en van vier tot zes. Voor de rest werken jullie separaat aan de zaak, behalve als het nodig is dat we hier met zijn allen zijn.' Ze pauzeerde even. 'Ik zou het bijzonder fijn vinden als we op een goeie, collegiale manier konden samenwerken. Ik heb een team nodig, geen solovliegers. Ik vraag het dus één keer, klaar en duidelijk: wie van zichzelf vindt dat hij of zij hier niet thuishoort, die kan het nu zeggen. Dan bespreek ik met je verantwoordelijke commissaris of je met iemand gewisseld kunt worden.'

Ze keek met een uitgestreken gezicht de tafel af. Niemand reageerde.

'Werkt dat voor jou, De Sutter?' vroeg ze vlak.

De hoofdinspecteur stak zijn handpalmen voor zich uit en grinnikte. 'Dat werkt voor mij, commissaris.'

'Was dat oké?' vroeg ze even later.

Ze stond dicht tegen Masson in een hoek van de zaal en vulde een bekertje met water.

'Dat was oké', glimlachte hij.

Commissaris Carlos Sanz van de Spaanse Policía Nacional sprak vrij goed Engels, zij het met een zwaar accent. Hij had een diepe, raspende rokersstem.

'Ik mail u de foto's van het slachtoffer zo dadelijk door, miss Meerhout', zei hij toen ze hem eindelijk aan de telefoon had.

'Liese, graag.'

Hij probeerde het enkele keren en gaf het toen op.

'*Can I call you Liz?*'

'Dat is prima. Vertel eens iets over de plaats delict', vroeg ze.

'Ze is gevonden in een bosje net buiten Córdoba, in El Alcaide. Ze lag in een ondiepe... een hol...' hij zocht duidelijk naar het juiste woord.

'*Ditch?*' probeerde Liese.

'*Correcto*. Ze lag in een greppel. Ze droeg een trui maar voor de rest was ze naakt. Maria Rivera, zo heette ze. Ze werkte parttime in een tankstation op enkele kilometers van de plaats delict, in Abejorreras.'

'Hoe is ze gestorven?'

'Gewurgd', zei Sanz. 'Daarna heeft de dader haar hart uit haar borstkas verwijderd. Dat is trouwens ter plekke gebeurd, in dat bosje, heeft onze technische recherche bevestigd.'

'Kun je even vertellen hoe het onderzoek vervolgens verlopen is?' vroeg Liese vriendelijk. Ze wist niet welk vlees ze in de kuip had met de Spaanse commissaris, dus speelde ze op veilig. Vijf maanden onderzoek zonder enig resultaat, daar was geen enkele speurder trots op.

Sanz had zo te horen weinig last van een te groot ego. Hij schetste in grote lijnen hoe ze zich eerst hadden vastgebeten in familie, vrienden en werkkring en daarna het onderzoek hadden uitgebreid. Er waren talloze mensen uit de buurt ondervraagd, er waren oproepen via de media geweest, ze hadden kortom alles gedaan wat een moordbrigade waar ook ter wereld zou doen.

'En jullie hebben in die vijf maanden geen enkel bruikbaar spoor gevonden?' vroeg ze.

'*No*', klonk het kortaf.

Dus toch een beetje een ego.

'Het tankstation is klein en echt afgelegen, ik denk niet dat er twintig klanten per dag langskomen', ging Sanz verder. 'Maria had de dag van haar verdwijning dienst tot zes uur 's avonds. Ze is het laatst gezien rond halfdrie, toen haar vriendje haar de lunch bracht met zijn scooter.'

Liese herinnerde zich dat ze in het zuiden veel later aten dan hier.

'Om zestien uur werd de eigenaar door een vriend van hem gebeld die zijn beklag deed dat hij al een kwartier aan het tankstation stond en dat er niemand was om hem te bedienen. In die tijd moet er iemand zijn komen tanken die haar ontvoerd en vermoord heeft.'

'En die iemand was in ieder geval niet haar vriendje.'

'*Correcto*', herhaalde Sanz. 'De klanten die elektronisch hebben afgerekend die dag, zijn allemaal gescreend. Hij moet dus contant betaald hebben. Zelfs het geld in de kassa is onderzocht op vingerafdrukken, zonder resultaat.'

'Misschien heeft hij niet getankt', zei Liese.

'*Excuse me?*'

'Misschien stopte hij om te tanken, heeft hij Maria gezien en heeft hij in een impuls gehandeld', verduidelijkte ze.

'Dat is mogelijk, Liz. Alles is mogelijk', zei Sanz zwaar. Ze hoorde hem een sigaret opsteken. 'Mag ik nu weten aan welke zaak jij in Antwerpen werkt?'

Liese schetste hem de grote lijnen rond de moord op Kaat Thierens.

'Ja,' zei hij, 'dat klinkt inderdaad erg identiek. En dan is de vraag: zoeken we een Spanjaard, of zoeken we een Belg?'

'Of zoeken we een Duitser?' zei Liese.

Ze legde hem uit wat er ondertussen in Trier was gebeurd.

'*Santa Maria*', zuchtte Sanz.

In de vergaderzaal begon het een beetje op een commandocentrum te lijken. Liese zag de twee jonge rechercheurs naar binnen lopen met printers en ander materiaal in hun armen. Er stond een koffiezetapparaat en een dienblad met frisdranken en er hingen kaarten van de verschillende plaatsen delict aan de muur. In een hoek had iemand een fotokopieermachine geïnstalleerd.

Haar gsm trilde. Matthias.

'Dag lieverd', zei hij. 'Hoe gaat ie daar?'

'Niet goed.' Ze vertelde het hem.

'En ik wilde je nog voorstellen om vanavond in De Veluwe te komen eten', zuchtte Matthias. 'Ik heb je lievelingsschotel op het menu staan vandaag. Sliptongetjes.'

'Matthias Sandberg, je kunt soms heel hardvochtig zijn, weet je dat?'

Hij grinnikte.

'Ik heb geen flauw idee wanneer ik hier weg kan', zei ze ernstig. 'Het wordt sowieso erg druk, de komende tijd. Het spijt me.'

'Niet doen', antwoordde Matthias zacht. 'We hebben nog alle tijd om dat in te halen.'

In de late middag belde rechercheur Lucia Geiger uit Trier haar. Ze klonk weer vriendelijk, maar nog steeds even formeel.

'*Frau Meerhout*, we hebben uw info gekregen in verband met de zaak in Córdoba. *Vielen Dank dafür*.'

Liese keek naar de casewand met daarop de foto's van de drie vrouwen.

'Ik vrees het ergste voor Hannelore Dorfmann', zei ze.

'Dan bent u niet de enige, *Kommissar*. Ik coördineer nu volop met de federale recherche hier bij ons. Nu de zaak een internationaal karakter heeft, is het natuurlijk iets voor het Bundeskriminalamt. Maar ik blijf verantwoordelijk voor de zaak, u kunt zich dus nog steeds tot mij richten.'

Liese keek op het scherm van haar laptop naar de pagina van het Landeskriminalamt Rijnland-Palts.

'Op de site van uw afdeling staat "POK Lucia Geiger"', zei ze.

'*Dass stimmt, ja.*'

'Waar staat dat voor?'

'*Polizeioberkommissarin*', antwoordde Geiger.

'Is dat hoog?' vroeg Liese.

'Hoog genoeg', zei Geiger.

Een hele tijd later leunde Liese tegen de snoepautomaat bij 'het tankstation' in de gang. Opeens stond Masson naast haar. Zijn adem rook naar pepermuntjes, wat voor Liese en de weinige mensen die hem echt goed kenden het bewijs was dat hij tussendoor aan de fles had gezeten.

'Heb je vandaag al iets gegeten?' vroeg hij.

'Ja. En gedronken ook, al was het dan voornamelijk water', zei ze.

Ze staarde naar de voorraad achter het glas van de snoepautomaat.

'Twee glazen wijn vanmiddag bij het eten', mompelde Masson. 'Meer niet, ik zweer het, juf.' Hij keek haar aan. 'Wat heb je vandaag al gegeten?'

Ze zuchtte.

'Ik weet het niet, Michel. In ieder geval een reep uit de

automaat. Twix, denk ik. Nu ga ik eens iets anders proberen.'

'Het is zes uur, Liese. Ga iets eten, kom over een uurtje terug. De zaak loopt niet weg.'

Ze reageerde eerst niet. Toen knikte ze.

'Nee, je hebt gelijk.' Ze draaide zich naar hem toe en tikte met haar wijsvinger op zijn borst. 'Ik loop even langs bij mijn vader, dan eet ik daar wel iets. Ik ben over een uurtje terug. Nu tevreden?'

'Je leert het nog', zei Masson.

Er was een verpleegster binnen bij haar vader, dus werd haar gevraagd om even op de gang te wachten.

Ze onderdrukte de impuls om haar mails te checken op haar smartphone en keek rond terwijl ze met lange tanden in haar avondmaaltijd beet. Bij het binnenkomen had ze in de cafetaria van het UZ in Edegem een 'BLT sandwich' mee gegrist, een broodpunt in cellofaan die zo mogelijk nog slechter was dan hij eruitzag. Het bruin brood smaakte naar papier, de stukjes tomaat naar water en voor de reepjes spek had ze geen woorden, behalve dan dat elk varken met enig zelfrespect er zich diep voor zou hebben geschaamd.

Tegenover haar zat een oude dame in een rolstoel. Ze droeg een roze ochtendjas van het soort dat Liese al vele jaren niet meer had gezien en dat ze onmiddellijk associeerde met haar jeugd. Toen ze bij vriendjes in de straat ging aanbellen om te vragen of ze mochten komen spelen, waren het in haar herinnering altijd de moeders die kwamen opendoen. Vaak met iets van keukengerei in hun handen, meestal glimlachend en soms met zo'n pastelkleurige ochtendjas aan, waarbij Liese telkens de neiging voelde om zich ertegenaan te vlijen, omdat die er zo zacht en zo warm uitzag.

'Wacht je op iemand?' vroeg de vrouw.

'Op mijn vader', antwoordde Liese met volle mond. 'De verpleegster is bij hem.'

De vrouw knikte. Ze had een grote verjaardagskaart in haar handen en keek er telkens naar, alsof ze zich steeds opnieuw wilde vergewissen van wat erop stond.

'Bent u jarig?' vroeg Liese.

Ze glimlachte, heel even maar.

'Morgen', zei ze. 'Mijn zoon heeft me deze kaart gestuurd, hij woont in Australië. In Perth.'

Ze sprak het heel nadrukkelijk uit als *peurt*.

'Dat is mooi', zei Liese. 'Dat hij er aan denkt om u een kaartje te sturen, bedoel ik.'

'Het zou mooier zijn als ik hem nog eens zou zien', zei de vrouw. 'Het is twee jaar geleden.' Ze keek nog eens naar de kaart en draaide ze voorzichtig om in haar handen. In haar ogen stond meer te lezen dan de blijdschap om de verjaardagskaart. 'Maar het is ook zo ver, hé.'

Er klonk een hoge, schelle toon in de gang. Het duurde even voor Liese besefte dat het geluid uit de kamer van haar vader kwam.

Opeens begonnen er verpleegsters heen en weer te rennen, en twee dokters liepen met wapperende jassen de kamer binnen.

Liese sprong overeind en haastte zich naar de deur.

Door het raam zag ze vier of vijf mensen die over het bed van haar vader gebogen stonden en allerlei apparaten bedienden. Ze duwde de deur open en werd bijna onmiddellijk tegengehouden door een verpleger.

'Nu niet, mevrouw, dank u.'

'Dat is mijn vader!' riep ze iets te luid.

Toen werd ze zacht maar beslist bij haar arm genomen en naar een zithoekje aan het einde van de gang gedirigeerd.

Tien minuten later stond een van de dokters naast haar.

'Mevrouw Meerhout? U bent de dochter, is het niet?'

'Ja.' Ze moest iets wegslikken.

'Het gaat niet goed met uw vader, het spijt me.'

Liese keek hem met grote ogen aan.

'Hij heeft meerdere beroertes na elkaar gehad. En zowel zijn nier- als zijn leverfunctie is uitgevallen.'

'Maar hoe kan dat? Hij heeft toch iets aan zijn hart?' fluisterde ze.

'Hij is verzwakt en zijn lichaam is in erg slechte conditie', antwoordde de arts. 'We doen wat we kunnen, mevrouw.'

Liese staarde hem aan.

'En nu?' vroeg ze.

De dokter antwoordde rustig, maar beslist.

'U kunt beter uw moeder op de hoogte brengen. Zijn toestand is erg kritiek.'

Ze zat bij hem aan zijn bed.

Ze had haar moeder gebeld, die zich net aan het klaarmaken was om de avond en nacht in het ziekenhuis door te brengen. Ze had niet de juiste woorden gevonden, ze had haar niet kunnen vertellen wat ze eigenlijk te vertellen had.

Ze had alleen maar gezegd dat zij zich moest haasten.

Haar moeder had aangevoeld wat er achter die woorden zat, maar ook zij wilde die gedachte niet binnenlaten en ze begon de meest onzinnige dingen te zeggen: haar strijkijzer stond nog aan, moest ze dat niet eerst veilig laten afkoelen voordat ze vertrok? De poes had ook nog geen avondeten gehad en dan was er geen land mee te bezeilen, mompelde ze. Ze was helemaal verloren.

Liese had alleen maar herhaald dat ze zich moest haasten.

Ze zat bij zijn bed en keek naar hem.

Het was onwezenlijk. Een uur geleden had ze nog op kantoor staan bakkeleien met Masson. Nu zat ze aan het bed van haar vader die vocht voor zijn leven.

Of juist niet vocht.

Sinds een paar jaar was zijn gezondheid steeds verder achteruitgegaan, niet alleen omdat zijn hart ziek was maar zeker ook omdat hij geen enkele moeite scheen te doen om gezonder te gaan leven. Hij sloeg alle dieetvoorschriften in de wind, hij spaarde zijn zwakke lever niet, hij vergat om de andere dag zijn medicijnen in te nemen, tot pure wanhoop van haar moeder.

Eigenlijk was het zelfs vroeger begonnen, wist ze.

Het was begonnen na haar rampzalige nacht in Oostende, bijna vier jaar geleden, toen tijdens een gewapende actie niet alleen de buik van zijn dochter aan flarden werd geschoten maar ook zijn enige, ongeboren kleinkind. Vanaf toen was het bergaf gegaan met hem. Vanaf die dag werd hij in verbazend snel tempo een oude, zieke man die geen enkel plezier meer scheen te scheppen in het leven en meer dan eens aan Liese had verteld dat hij gewoon zat te wachten op de dood.

Er liepen verplegers in en uit, er kwam een dokter langs die aan een van de apparaten frunnikte en kort in haar richting knikte, maar Liese registreerde hen niet of nauwelijks.

'Hij heeft weinig pijn', had een van de artsen haar verteld.

'Hij heeft heldere momenten,' had een verpleegster er zachtjes aan toegevoegd, 'maar hij glijdt even snel weer weg.'

Haar vader ijlde.

Liese hield zijn hand vast maar hij probeerde ze telkens weer los te rukken. Hij klauwde tot twee keer toe in de richting van het kastje naast zijn bed. Op het blad lag zijn horloge, een stokoud ding met een opwindmechanisme en een bruinleren bandje dat zijn beste tijd al lang had gehad. Het horloge was nog van zijn vader geweest en hij koesterde het zolang Liese zich herinnerde.

'Wil je je horloge?' fluisterde ze.

Zijn hoofd zakte achterover in het kussen. Er stonden zweetdruppeltjes op zijn voorhoofd, als ragfijne dauw. Hij had bruinzwarte randen om zijn ogen.

Hij klauwde opnieuw naar het kastje.

Liese nam het horloge en duwde het zachtjes in zijn handen.

Haar vader zonk minutenlang weg.

Hij had zijn ogen dicht en mompelde onverstaanbare woorden. Er kwamen kleine belletjes op zijn lippen.

Liese boog zich voorover, zo dicht dat haar oor bijna zijn lippen raakte.

Maar ze verstond hem niet.

Ze kuste hem zacht op zijn bezwete voorhoofd.

Haar vader opende zijn ogen en begon schokkerige bewegingen met het horloge te maken, telkens in de richting van zijn hoofd. Het leek of hij de tijd wilde zien.

Liese wist niet wat ze moest doen.

Hij probeerde zijn hoofd naar zijn handen toe te buigen, maar hij had er de kracht niet voor en kreunde. Het bandje van het horloge zat in zijn vuist geklemd.

Terwijl hij voor de zoveelste keer probeerde om naar de wijzerplaat te kijken, glipte het ding uit zijn handen.

Ze zag hoe hij in paniek raakte. Hij sperde zijn ogen open en hijgde moeizaam, terwijl hij met zijn vingers ongecontroleerde bewegingen over het laken maakte.

Liese strekte haar linkerhand uit en legde ze zachtjes op de zijne. Met haar andere hand nam ze het horloge vast. Het bandje was nat van zijn zweet.

Ze deed het horloge om haar eigen pols en toonde hem wat ze gedaan had.

Hij keek haar aan en even, heel even, zag ze opnieuw de blik die ze zo lang gekend had, de blik van een vader die naar zijn dochter kijkt.

'Ik zal het dragen', fluisterde ze met verstikte stem. 'Ik zal het koesteren.'

Ze wist niet of hij haar hoorde. Zijn hoofd viel diep achterover in het kussen. Zijn ogen waren dicht. Er kwam een grimas om zijn mond, maar ze wist niet of het van de pijn was of omdat hij zachtjes glimlachte.

Nu begon ze te huilen.

'Ik zal het altijd dragen , papa', snikte ze. 'Altijd.'

Even later stierf hij.

6

Er was een tijd dat de kleine Liese Meerhout dagenlang door de bossen en over de weilanden rond haar dorp zwierf en alleen maar naar huis kwam om te eten en te slapen, verhit van de inspanningen, met knieën die vol stonden met schrammen. Als ze in de tuin of in de rustige straten in de buurt van haar huis speelde, konden er wat haar betrof nooit vriendjes genoeg bij zijn, maar de bossen waren haar domein en van haar alleen. Ze maakte dammen van stenen in beekjes, ze bouwde een kamp in een oude boom en zat urenlang op het houten platformpje naar het bos rondom haar te kijken, zomaar, in volslagen afzondering.

Ze was een meisje uit een tijd toen de gsm nog niet bestond en ouders in de vakantiemaanden er vaak geen idee van hadden waar hun kinderen uithingen, alleen dat ze hen 's avonds wel weer zouden zien arriveren, vuil, hongerig en geschaafd, maar blij en vol van de buitenlucht. Zo'n kind was Liese geweest, rondzwervend in de Lembeekse bossen en de natuur die Felix De Boeck zo treffend heeft weergegeven op zijn doeken, dezelfde schilder over wie ze later, aan de universiteit, haar afstudeerproject had gemaakt. Ook die jaren, de jaren van de jonge vrouw die met een diploma kunstgeschiedenis op zak klaarstond om de wereld te veroveren en die nooit had kunnen vermoeden dat ze een flik bij Moordzaken zou worden, lagen ver achter haar.

In de eerste dagen na de dood van haar vader zocht ze opnieuw de eenzaamheid van haar kindertijd op.

Liese had een gelukkige jeugd gehad. Dat was geen vergoelijken, het was niet de typische terugblik van een volwassene op vroeger, waarbij alle onaangename dingen weggemoffeld werden onder die zachtgele patina van de tijd. Ze had een grappige, sterke vader en een warme, zorgzame moeder gehad en ze was domweg gelukkig geweest, een kind dat naar school ging, speelde, vriendjes maakte en rondzwierf in de bossen, met de grote wereld die op haar wachtte. Nu was ze volwassen en had ze al menig litteken op haar ziel. Haar vader was dood en van die warme, zorgzame moeder bleef zo goed als niets meer over.

Waar was het onderweg dan fout gegaan?

Het was een vraag die voortdurend door Lieses hoofd speelde terwijl ze langs heggen en greppels liep, weilanden met koeien overstak en geen aandacht schonk aan de tientallen soorten vogels die in de bomen luidkeels smeekten om de lente. Als de damesbladen vol stonden met artikelen die ons moesten aanzetten tot een gelukkiger leven, waarom leidde dat leven zelf dan tot zo'n teleurstelling? Of was het juist dat: het feit dat we allemaal wisten dat ouder worden alleen maar kon leiden tot pijn en littekens en dat we juist daarom ons heil zochten in receptjes die het onafwendbare een beetje moesten verhelen en verzachten?

Ze was intens verdrietig. De somberheid verliet haar geen moment, alsof iemand iets onherroepelijk had weggesneden en een leegte had achtergelaten die niet, nooit meer gevuld zou raken.

Telkens als de dag op zijn einde liep, zorgde ze dat ze terug was in het ouderlijk huis. Er liepen voortdurend enkele tantes en andere familieleden rond, aan wie Liese weinig of geen aandacht schonk, ook niet als ze haar condoleerden met haar verlies, de ene met meer invoeling dan de andere.

Het was alsof er een donker, ondoordringbaar waas over haar hing.

Haar moeder was lamgeslagen door het gebeuren. Ze had Liese gevraagd om voor alle praktische dingen te zorgen, en dat deed Liese. Voor het eerst moest ze een wake organiseren.

Voor het eerst in haar leven regelde ze een begrafenis.

Die van haar eigen vader nog wel.

De begroeting vond plaats bij de begrafenisondernemer in het dorp en het was even onwezenlijk als al de rest. Haar vader lag daar, en het was haar vader niet meer. Hij had de trekken van de man die ze haar hele leven van zo dichtbij gekend had, maar tegelijkertijd straalde hij zo'n kilte en afwezigheid uit dat het haar opnieuw, en niet voor de laatste keer, letterlijk de adem afsneed.

Matthias was bij haar. Hij verstond de zeldzame kunst om dichtbij te komen als ze begon te zwijmelen en haar de ruimte te laten als ze dat nodig had.

Hij kwam zo vaak langs in Lembeek als hij kon. De ene keer greep ze hem vast als een drenkeling die een reddingsboei omklemt, de andere keer duwde ze hem weg. Heel soms besefte ze dat ze blij was dat ze tenminste hem nog toeliet, al was het dan maar voor even, maar meestal was ze te onverschillig voor dergelijke gedachten.

Ze had erop aangedrongen dat er niemand van haar team tijdens de wake aanwezig zou zijn, maar Masson daagde toch op, zwijgzaam en zo nuchter als wat. Voor een keer had Liese het niet erg gevonden als hij flink boven zijn theewater was geweest. Ze verlangde nu zelf naar het soort verdoving dat hij naar eigen zeggen nodig had om de lelijkheid van de wereld beter aan te kunnen.

In de late middag van de tweede dag reed Liese naar Deurne voor een afspraak met de pastoor.

Zoals bij de meeste mensen die Liese kende, was er tussen haar ouders nooit echt gepraat over de dood, laat staan over de praktische regelingen die kwamen kijken bij hun overlijden. Dat was iets voor later, als je heel oud was.

Haar moeder liet het allemaal aan haar over. Dat vroeg ze niet eens, dat eiste ze, en Liese was te verbouwereerd en te verdrietig om te protesteren tegen haar ronduit botte houding tegenover haar. Vanaf het ogenblik dat haar vader in allerijl naar het ziekenhuis was gebracht, was er een harde, bijna afwijzende toon in haar moeders woorden geslopen.

Het kwam niet alleen door haar verdriet, dacht Liese, er zat meer achter, maar ze kon er de vinger niet op leggen. Was het pure onmacht? Jarenlang opgehoopte frustratie? Maar waarover dan, vroeg ze zich af. Voor zover ze wist, waren haar ouders altijd vrij gelukkig met elkaar geweest en waren alleen de laatste jaren met de ziekte van haar vader, wat moeilijker geweest.

Eén ding had altijd vastgestaan: voor haar ouders was er een laatste rustplaats gereserveerd in de familiekelder in Antwerpen. Haar vader mocht dan al lang geleden zijn vrouw gevolgd zijn naar Lembeek, over het feit dat zij begraven zouden worden in zijn geboortestad had nooit twijfel bestaan. In de eerste periode van hun huwelijk had dat tot veel protest geleid bij haar moeder. Daarna was er een stille woede voor in de plaats gekomen, telkens als het onderwerp toevallig ter sprake kwam. De laatste jaren was het vooral gelatenheid geweest.

En dus zat Liese die avond bij pastoor Mark Vandenhaute, een vriendelijke man van ergens in de dertig met dik golvend haar en slimme oogjes achter ronde brillenglazen.

Hij zocht geen clichés om het ijs te breken maar kwam meteen en rustig ter zake, iets wat Liese apprecieerde.

'Ik heb uw vader natuurlijk niet gekend', zei de pastoor. 'Ik weet dat hij hier achter ons zal rusten, op de begraafplaats Silsburg, maar dat is het zowat. Was hij een gelovig man?'

'Niet echt. Eh... gewoon, denk ik.'

Hij glimlachte. 'Gelovig zijn is nooit gewoon, maar ik begrijp wat u bedoelt. Een christen van de grote momenten, zoals wij dat noemen.'

Dat klopte. Haar vader was gedoopt geweest, hij had zijn beide communies gedaan. Hij had het op begrafenissen nooit erg gevonden om een hostie in zijn mond te stoppen.. Maar voor de rest had hij in zijn leven zo goed als geen plaats gemaakt voor religieuze beschouwingen, laat staan voor de kerk.

'We zullen er een mooie dienst van maken', zei pastoor Vandenhaute. 'Ik neem aan dat u zelf al wat teksten en muziek hebt voorbereid?'

Dat had ze niet, of nauwelijks. Haar vader was zijn hele leven een Buddy Holly-fan geweest, maar daar kon ze moeilijk mee komen aandraven, vond ze. Van haar moeder kreeg ze geen enkele hulp. Maar vanochtend had ze zich herinnerd dat ze hem ooit een cd'tje cadeau had gedaan voor kerst met daarop een selectie van de mooiste klassieke stukken. Op een zondagmiddag niet lang daarna was ze onaangekondigd komen binnenvallen en had ze hem in zijn stoel aangetroffen terwijl hij naar haar muziek luisterde. Ze had haar vader maar één keer gezien met tranen in zijn ogen, en dat was toen, en het was bij een stuk van Mozart.

Ze gaf het cd'tje aan de pastoor.

'Ah, het adagio uit het klarinetconcert. Ja, dat is een thema dat veel gebruikt wordt bij begrafenissen.'

'Dat mag best zijn', mompelde ze koeltjes. 'Maar hij hield er veel van.'

'En terecht', zei pastoor Vandenhaute snel. Hij klonk verontschuldigend. 'Een prachtig stuk muziek, mevrouw, heel ontroerend.' Hij wreef zijn handen traag over elkaar. 'We zullen er samen een mooie dienst van maken', herhaalde hij.

Hij stond op en schudde haar de hand. Toen rinkelde zijn telefoon. De pastoor keek op het display, trok een gezicht dat volgens Liese het midden hield tussen lichte ergernis en begrip, en zei tegen Liese: 'Mag ik u om een gunst vragen? Er wacht iemand in de gang, maar ik moet dit gesprek nemen. Kunt u haar vragen enkele minuten geduld te oefenen?'

Op een van de stoelen in de gang van de pastorie zat een hoogblonde, jonge vrouw. Haar steile, dunne haar viel tot over haar schouders. Ze had tientallen kleine en wat grotere sproeten op haar wangen.

'De pastoor vraagt je om nog even te wachten, hij is nog bezig.'

De vrouw knikte traag.

Toen Liese aanstalten maakte om verder te lopen, vroeg ze: 'Ook een overlijden?'

Haar stem was zacht en melodieus.

'Mijn vader', zei Liese.

'Ah.' Ze frunnikte met haar lange vingers aan de sluiting van haar handtas.

'Bij mij is het mijn zus.'

Liese observeerde haar. Ze leek niet ouder dan vijfentwintig.

'Een verkeersongeval?'

De jonge vrouw zweeg.

'Sorry', zei Liese terwijl ze naast haar ging zitten. 'Ik ben het gewend meteen veel vragen te stellen, dat komt door mijn werk.'

'Ben je bij de politie, dan?'

'Zoiets.'

Ze knikte opnieuw. Dan zuchtte ze en zei: 'Ook zoiets. Iets als een verkeersongeval, bedoel ik. Mijn zus Ditte is twee dagen geleden verongelukt. Ze was vierentwintig.'

'Wat vreselijk.'

'Ja.' Ze haalde diep adem. 'Ze is in Edegem opeens op de E19 beland, te voet. Niemand begrijpt waarom. Ze wilde blijkbaar de snelweg oversteken. Ze is door een vrachtwagen gegrepen.'

'Dat is... gruwelijk', zei Liese.

Toen de jonge vrouw voor zich uit bleef staren, stond Liese op.

'Ik moet gaan', zei ze. 'Sterkte.'

'Ik wist dat er ooit iets ergs zou gebeuren met haar', zei de vrouw opeens. 'Dat wisten we allemaal. Ditte was al jaren verslaafd.' Ze viel even stil. 'Ze had waanideeën en zo. We hebben veel meegemaakt met haar. Ziekenhuizen, afkickcentra. Maar ze viel telkens terug.'

Liese zweeg.

De jonge vrouw haalde een foto uit haar handtas.

'Dit is mijn zusje Ditte.'

Liese bestudeerde de foto. Een lachend gezicht. Asblond haar, nauwelijks sproeten. Net als de jonge vrouw voor haar een Scandinavisch type.

'Ze was mooi', zei Liese oprecht.

'Ja', knikte ze. Ze glimlachte droef. 'Dat was het vreemde. Zo'n hard leven dat ze leidde, maar je zag het eigenlijk niet aan haar.'

Aan het einde van de gang ging de deur open. Pastoor Vandenhaute stak zijn hoofd naar buiten.

'Mijn excuses, het heeft wat langer geduurd. Mevrouw Vanaeken, komt u maar binnen, hoor.'

Terwijl de jonge vrouw opstond, zei Liese: 'Sorry, ik heb me niet eens voorgesteld. Liese Meerhout.'

'Kirsten. Kirsten Vanaeken.'

'Goede moed', mompelde Liese.

Laat op de avond liep ze over het natte gras naar het tuinhuis. Ze had een fles wijn onder haar arm die ze in de kelder had gevonden. Haar moeder had een slaappil genomen en was al lang onder zeil.

Al zo lang Liese zich herinnerde, had haar vader het groot uitgevallen hok in de uiterste hoek van de tuin altijd zijn 'atelier' genoemd. Het was de plek waar hij zich terugtrok om in alle stilte te kunnen werken aan zijn 'diertjes', zoals hij ze zelf omschreef, houten beeldjes van honden, konijnen en andere kleine dieren die hij met veel geduld uit een blok hout tevoorschijn toverde. In haar jeugd stonden ze op kasten en bijzettafeltjes in huis, maar naarmate haar moeder er meer en meer van in de kachel gooide, was hij ermee gestopt ze naar binnen te brengen. Af en toe kreeg Liese er eentje.

Op een dag was ook dat voorbij.

Binnen in het tuinhuis was het stil. Zijn geur was nog aanwezig. Terwijl ze naar de wandrekken keek waarvan iedere centimeter ingenomen werd door zijn beiteltjes, zijn scherpe steekmessen en zijn mappen vol met foto's en afbeeldingen van dieren in allerlei poses, klokte ze haar wijnglas vol.

Ze dronk twee glazen en vulde een derde, en hoe meer ze dronk, hoe bozer ze werd. Een grote woede kwam over haar, een gevoel van onrechtvaardigheid. Ze dacht aan al die klootzakken die ze in haar beroep al aangehouden had, al die mensen die er een sport van hadden gemaakt om anderen de duvel aan te doen of, erger nog, hun medemensen onvoorstelbaar veel pijn te berokkenen en die nog vrolijk rondliepen terwijl haar vader in een koelruimte van het uitvaartcentrum lag.

Ze griste haar gsm uit haar broekzak.

'Met mij!' riep ze, veel te luid.

'Dag Liese', zei Masson. 'We hadden het net over jou.'

Een café, ergens in de stad.

'De Sutter vroeg me naar die vorige zaak die we deden, met die...'

'Dat interesseert me niet', zei ze kortaf. 'Praat me bij.'

'Ik loop even naar buiten.'

Ze nam nog een slok en ging met haar vrije hand door de inhoud van een grote, houten bak die op een hoek van haar vaders werkbank stond.

'Ik ben er', zei Masson.

'Dus?'

Hij aarzelde. 'Geef het even de tijd, Liese', zei hij rustig. 'Het werk is het werk, je...'

'Moet ik godverdomme op mijn knieën gaan zitten om mensen nu eens gewoon te laten doen wat ik zeg?!' schreeuwde ze. 'Ik vroeg om me bij te praten, hoe moeilijk kan dat zijn?!'

'Er is weinig of geen vooruitgang. De zaak van het Galgenweel zit muurvast. Geen extra getuigen, geen sporen via de camerabeelden uit de buurt. In Duitsland hebben ze het lichaam van Hannelore Dorfmann nog niet gevonden. Die Lucia Geiger heeft een paar keer gebeld, ze hebben een mogelijk spoor gevonden in de buurt van de plaats delict, een aansteker met daarop het adres van een café in Nederland. Uit Córdoba is er geen nieuws. Dat is het zowat.'

Terwijl hij praatte, had Liese een voorwerp uit de houten bak gehaald. Ze staarde er naar.

'Ik heb een houten eendje gevonden', zei ze zacht. 'Helemaal afgewerkt, met oogjes en al.'

Ze legde het hem uit.
'Ik wist niet dat hij van die dingen maakte', zei Masson.
'Dat deed hij al lang niet meer. Ofwel maakte hij ze toch en gooide hij ze meteen weg, ik weet het niet.'
'Meenemen', zei hij.
'Ja.'
Ze nam een slok van haar glas.
'Wie is De Sutter?' vroeg ze.
'De hoofdinspecteur die interessant wilde doen tegen jou op het eerste teamoverleg. Die mollige met zijn dikke snor.'
'En daar zit jij mee in de kroeg? Die was toch niet oké?'
'Juist daarom', antwoordde Masson. 'Nu is hij opnieuw min of meer oké. Hij heeft zich toen gewoon even aangesteld, hij heeft er spijt van.'
'Zegt hij dat zelf?'
'Dat heeft wat overreding nodig gehad, maar nu zegt hij dat zelf, ja.'
Het was stil.
De tranen liepen over haar wangen.
'Ik mis hem, Michel', snikte ze.
Hij zweeg.
'Ik mis hem verschrikkelijk.'
'Dat weet ik', zei hij.

De begrafenis sneed het diepst van allemaal.
De kerk zat die ochtend niet helemaal vol. Het weer had zich passend gedragen en de meestal blauwe luchten van de afgelopen dagen ingeruild voor een sombere, grijze brij, met regenbuien die zo hevig waren dat alleen de familie en enkele doordouwers de weg naar de kerk hadden gevonden.
Liese zat op de eerste rij, tussen haar mama en Matthias in. Er werden wat wenkbrauwen gefronst toen ze hun plaatsen

innamen, maar Liese had voet bij stuk gehouden en haar vriend ostentatief naast zich laten plaatsnemen. Matthias keek zwijgend voor zich uit en kneep af en toe even zachtjes in haar hand, en dat was precies wat ze nodig had en precies zoveel als ze aankon.

Ze staarde naar de eenvoudige, zwartgelakte kist en naar de kaarsen die telkens zachtjes flikkerden als de deur achteraan in de kerk openging en er iemand bijna letterlijk naar binnen waaide, druipend van de regen.

Haar hele team was aanwezig, inclusief Torfs en diens chef, een ernstige, oudere man die Liese nog maar een paar keer had gezien. Fabian was er, en ook Maite Coninckx. De jonge vrouw had zich bewust niet somber gekleed: ze droeg een witte sjaal en een roestbruin jasje dat haar acajou haar nog meer deed glanzen, en op een of andere vreemde manier putte Liese er een beetje moed uit, alsof Maite haar met haar kleding te kennen gaf dat er na vandaag nog wel dagen zouden volgen.

Het was het vreemdste moment uit haar leven, en een van de droevigste. Voor het eerst woonde ze een dienst bij voor iemand die haar wellicht het dierbaarst was van iedereen. De man vooraan in de kist had ze vanaf de eerste dag van haar leven gekend en zelfs meer dan dat: het was de man die haar gemaakt had. En toch, terwijl de kerk zich vulde met de zachte, prachtige tonen van Mozarts klarinetconcert, betrapte Liese zich erop dat ze de hele tijd meer aan hun verschillen dacht dan aan hun gelijkenissen.

'Als de hemel boven de aarde, zo hoog welft Zijn liefde boven degenen die Hem vrezen', hoorde ze de pastoor zeggen, en ze vroeg zich af hoeveel liefde er nog in het leven van Paul Meerhout was geweest, de laatste jaren. Ze dacht aan zijn levensmoeheid, aan zijn verslagenheid. Aan zijn somberheid. Ze vond het oneindig triest dat zijn laatste levensjaar zo treurig was verlopen, zo zonder hoop, terwijl hij wegkwijnde in die besloten wereld die hij bewust steeds kleiner had gemaakt.

Terwijl pastoor Vandenhaute citeerde uit de Psalmen en vertelde dat Gods voorraad van liefde nooit op kan raken, dacht Liese aan al die keren dat ze haar vader ontgoocheld had. Hoe triest en bitter hij was geweest toen ze op een dag te kennen gaf dat ze bij de politie had gesolliciteerd. Hij had altijd gehoopt dat ze iets leuks zou doen met haar universitair diploma. Iets cultureels, werken voor een museum of zo, alles behalve flik worden en achter criminelen aangaan. Hij had haar besluit nooit begrepen of nooit willen begrijpen, zij had het nooit goed uitgelegd of nooit goed willen uitleggen, en nu was het onherroepelijk te laat.

'De belangrijkste les uit de Bijbel is niet dat jullie van God moeten houden', zei de pastoor met zachte stem. 'Het belangrijkste is dat Hij van jou houdt. Niet dat wij God kunnen kennen, maar dat Hij ons al kent. Hij heeft jouw naam in de palm van Zijn hand gegrift.'

Hoe goed kende je mij, papa? dacht Liese. Hoe goed kende ik jou? En wat rest er nu van je, in die kist hier, in deze kerk?

Ze snikte, en bijna meteen voelde ze de hand van Sura op haar schouder. Haar vriendin had zich niets van het gangbare aangetrokken en was op de tweede rij gaan zitten, pal achter Liese, tussen de tantes en de ooms die met afkeurende blikken plaats hadden gemaakt voor haar.

Er klonk andere muziek nu, ze dacht vaag iets van Bach te herkennen en dan nog alleen maar omdat Masson het haar al vaak had laten horen, 's avonds in de teamkamer, tijdens een van die vele eindeloze uren dat ze zich samen door de dossiers van de zoveelste treurige moordzaak hadden gewroet. Diezelfde Michel Masson die nu enkele rijen verderop ingetogen naar de muziek luisterde, in zijn driedelige, donkergrijze pak dat hij alleen droeg voor begrafenissen. ‘*Erbarme dich, mein Gott*’, zong de sopraan, en Liese dacht aan de tweede grote teleurstelling die ze haar vader had bezorgd, iets dat ook op haar conto kwam, of tenminste, zo had ze het altijd aangevoeld: het feit dat ze hem geen kleinkind had geschonken.

Ze zat opeens in de kleine tuin in Lembeek, in de zomer. Ze zag een blije, opgewekte versie van haar papa. Liggend in het gras, spelend met haar kind op zijn borst.

Nu snakte ze naar adem en begon te huilen.

7

De dag na de begrafenis stond Liese om halfnegen 's ochtends in het kantoor van de hoofdcommissaris.

'Heb ik dat goed begrepen?' vroeg Torfs zacht. 'Je hebt gisteren je vader begraven en je wilt vandaag opnieuw aan het werk?'

'Ja, Frank,' zei ze, 'dat heb je goed begrepen.'

Hij wreef met een vinger bedachtzaam over zijn wenkbrauw en observeerde haar. Ze droeg een donkere jeans en halfhoge laarzen, een beige topje en een zwart jasje, en ze stond kaarsrecht in een houding die Torfs alleen maar kon omschrijven als 'waardig'.

Hij keek haar in de ogen. Commissaris Liese Meerhout was geen vrouw die veel make-up gebruikte, hoogstens wat oogschaduw en, voor zover hij het af en toe had opgemerkt tenminste, een niet al te opvallende lippenstift. Vandaag had ze geen van beide gebruikt, dacht hij, alsof ze zich wilde laten zien zoals ze was: kwetsbaar, gekwetst, maar niet gebroken. Ze had een trieste trek om haar mond maar in haar ogen lag iets van rust, de rust van iemand die door een diep dal was gegaan en de volgende ochtend verbaasd constateerde dat ze er nog stond, ondanks alles, ondanks alle ellende. Er school een bepaalde trots in haar verdriet.

'Omdat je vindt dat we je nodig hebben?' vroeg hij, harder dan hij het bedoelde.

'Omdat ik het nodig heb.'

Torfs had haar nog nooit om iets horen smeken en hij wist dat ze dat vandaag zeker niet zou doen. Hij kende haar ook voldoende, in ieder geval goed genoeg om te beseffen dat Liese ook zonder zo'n smeekbede haar motief zorgvuldig en eerlijk geformuleerd had: ze wilde zo snel mogelijk aan het werk omdat het voor haar een manier was om opnieuw wat greep op haar leven te krijgen.

'Laat me er even over nadenken', zei hij. 'Een kwartiertje of zo, is dat oké?'

'Dat is oké', zei Liese.

Om twaalf uur 's middags organiseerde Torfs een speciale meeting van het samengesteld team in de grote vergaderruimte.

Liese was tussen Masson en Laurent gaan zitten en knikte naar de enkele leden van het team die de moeite deden om haar te begroeten. Een van hen was hoofdinspecteur De Sutter. Liese probeerde enig sarcasme in zijn vriendelijke knikje te bespeuren, maar ze vond er geen. Het avondje uit met Masson had blijkbaar toch zijn vruchten afgeworpen.

'Goedemiddag, collega's', zei Torfs.

De hoofdcommissaris had vooraan plaatsgenomen. Hij stond naast de grote casewand met daarop de foto's van Kaat Thierens, Hannelore Dorfmann en Maria Rivera. Lijnen en aantekeningen in zwart en blauw verbonden de gezichten van de drie vrouwen.

Torfs schetste de stand van zaken in het onderzoek. Voor zover Liese zich herinnerde wat Masson haar die avond in het tuinhuis had verteld, was er inderdaad weinig of geen vooruitgang geboekt. De hoofdcommissaris benadrukte dat feit nog eens voor hij overging tot de werkelijke reden voor de extra meeting.

'De moord op en de verminking van Maria Rivera vond vijf maanden geleden plaats. Drie maanden later volgt de verdwijning van Hannelore Dorfmann. Ten slotte is er het tweede slachtoffer, dit keer bij ons, op Linkeroever. Kaat Thierens.' Torfs wees nogal overbodig haar foto aan. 'Alle drie de vrouwen vertonen een sterke fysieke gelijkenis. Er zijn zowel MO-overeenkomsten als DNA-materiaal die de drie zaken met elkaar in verband brengen. Maar we staan nog nergens. Correctie: jullie staan nog nergens.'

Een van de jonge inspecteurs wilde tussenbeide komen, maar Masson legde kort en discreet een hand op zijn arm en de man zweeg.

'We gaan er voorlopig van uit dat de zaak in Spanje het eerste feit is. En aangezien we vooruit moeten, heb ik besloten om commissaris Meerhout en hoofdinspecteur Masson op rogatoire naar Córdoba te sturen. Ze zullen ter plekke de omstandigheden en de aanwijzingen rond de moord onderzoeken en met de lokale rechercheurs praten.'

Toen Torfs haar die ochtend zijn voorstel had gedaan, was ook Masson erbij.

Liese had herhaaldelijk geweigerd.

'Ik vroeg niet om een vakantie, Frank. Ik wil opnieuw aan het werk. Hier, bij mijn team.'

'Ik wil je hier nog niet', had hij geantwoord. 'Niet de eerste dagen. Ik heb niets aan je als je niet honderd procent bent, en dat ben je niet.'

Haar ogen schoten vuur, maar voor ze kon reageren ging Torfs rustig en zalvend verder: 'In Spanje ben je ook aan het werk, Liese. Het kan erg nuttig zijn. Dat meen ik echt. Een dag of twee, drie, en daarna pak je hier de draad weer op. En het is trouwens geen voorstel, het is een order.'

Dat laatste had Torfs er gewoon voor de galerij bijgegooid, wist ze. En los van de stoere uitsmijter, wist ze nog iets anders: dat hij helaas gelijk had toen hij zei dat ze nog niet honderd procent was.

Ze had die nacht nauwelijks enkele uren geslapen, heel onrustig, bijna koortsig, met Matthias die om de zoveel tijd heel zachtjes de plakkerige haren van haar voorhoofd had geveegd. Ze was om zes uur opgestaan en was voor het raam in de keuken gaan zitten, haar benen hoog opgetrokken tegen haar borstkas en haar armen om haar enkels, als een bang kind dat vreesde voor klappen.

'En wie vervangt me dan hier, als Michel ook mee zou moeten?' had ze gevraagd. 'Dat kan gewoon niet.'

'Ik ga mee', zei Masson rustig.

Torfs knikte alleen maar, waardoor ze besefte dat ze er samen al over gepraat hadden.

'Inspecteur Vandenbergh neemt voor enkele dagen de operationele leiding', ging Torfs verder. 'Ik blijf casemanager, ik zal voortdurend in zijn nek zitten hijgen.'

Dat had uiteindelijk de doorslag gegeven bij haar: als Laurent dit goed deed, was het een ideale opstap naar de functie van hoofdinspecteur, iets wat hij zo graag wilde en Liese hem minstens even graag gunde.

'Ik neem contact op met de onderzoeksrechter', zei Torfs. 'Ik neem aan dat we snel toestemming zullen hebben.'

Liese keek sceptisch. Myriam Carlens stond erom bekend dat ze gegronde argumenten wilde voor ze een rogatoire commissie naar het buitenland toestond. Het was niet bepaald een van haar favoriete maatregelen.

Torfs had Liese geobserveerd.

'*Trust me*', had hij gezegd.

Tot haar verbazing bleek het geen grootspraak: enkele uren later was de tweedaagse trip naar Córdoba goedgekeurd.

'Dat is me nogal wat, hé, met die Alain Verbist', zei Laurent. 'En ze voelde zich al zo slecht.'

Ze zaten met hun drieën in de teamkamer.

'Ik snap geen woord van wat je zegt, Laurent.'

'Verbist? Niets over gehoord?'

'Nee, Laurent,' zei ze zacht, 'ik heb geen kranten gezien de afgelopen dagen.'

Hij kleurde.

Masson kwam hem te hulp.

'Het heeft met die DNA-uitwisseling met Duitsland te maken. Sporen van een plaats delict in Mortsel, van drie jaar geleden. Er is een match met een man die in Frankfurt in de cel zit voor moord.'

'En?'

'Sofie heeft daar destijds een man voor opgepakt en verhoord. Alain Verbist. Hij heeft de moord bekend.'

Masson zweeg. Hij bestudeerde zijn vulpen op zijn desk en verschoof ze een paar millimeter.

'Ja?' vroeg Liese.

Laurent gaf haar de krant van die ochtend.

In een interview dat over twee pagina's liep, beschuldigde de advocaat van Alain Verbist het gerecht en vooral de toenmalige speurders van grove nalatigheid. Zijn cliënt bleek een labiele man te zijn met zware psychische problemen die volgens de advocaat de moord had bekend omdat hij soms realiteit en fantasie door elkaar haalde. 'We zeggen al jaren dat Alain onterecht in de cel zit en dat zijn bekentenis destijds afgedwongen is,' citeerde de krant de advocaat, 'maar we hebben nergens gehoor gekregen. Het is wraakroepend.' Waarna hij onomwonden stelde dat hij de zaak op de voet volgde en 'juridische acties vanzelfsprekend achtte'.

'Heeft die man in Frankfurt de moord in Mortsel bekend?' vroeg Liese.

'Nee', zei Laurent. 'In een eerste verhoor alvast nog niet, nee.'

'En die Alain Verbist?'

Laurent aarzelde heel even voor hij antwoordde.

'Die is al bijna drie jaar geïnterneerd.'

Liese las het laatste deel van de bijdrage. Verbist zat in de psychiatrische annex van de gevangenis in Antwerpen. Zijn advocaat vroeg al jaren om een aangepaste behandeling én een herziening van het proces, maar zonder resultaat.

Liese schoof de krant opzij.

'Er was onbekend DNA op de plaats delict, naast sporen van Verbist', zei Masson. Hij wikte zijn woorden, merkte ze. 'Maar Verbist kende het slachtoffer, hij had hem nog geen week daarvoor fysiek bedreigd. Hij heeft de moord ook bekend.' Voor Liese iets kon zeggen, voegde hij er zacht aan toe: 'En daar heeft Sofie hem niet toe gedwongen.'

'Natuurlijk niet', zei Liese.

Hoofdinspecteur Jacobs was een no-nonsenseflik die recht op haar doel afging en meestal het land had aan nuances, maar ze was ook een eerlijke speurder.

'Als die kerel in Frankfurt straks de moord in Mortsel toch bekent, dan zie ik haar helemaal niet meer terugkomen voor haar overplaatsing', zei Laurent.

Masson had er genoeg van.

'Liese en ik vertrekken vanavond. Zullen we even door de planning gaan?'

'Hoe zit het met het team?' vroeg Liese. 'Werken ze samen?'

'De meesten wel', bromde Masson. 'De Sutter is helemaal mee, ondertussen. Zijn kompaan helaas nog niet.'

'Hij heet Martens, niet?'

'Ja, dat is een beetje een probleemgeval,' zuchtte Masson, 'die is nog steeds niet oké.'

'Ik ken hem', zei Liese. 'Enfin, kennen... ik weet dat ik al eens eerder met hem te maken heb gehad.'

'Dat kan kloppen. Hoofdinspecteur Martens is een goed jaar geleden bij Drugs begonnen. Maar hij werkte daarvoor al tien jaar in Brussel.'

'Ah, natuurlijk', zei Liese. 'Nu herinner ik het me weer.'

'Wat?'

Ze had de man ooit meegemaakt toen hij haar vriendin Sura Droste in de meeste grove bewoordingen de les las omdat ze in een onderzoek op zijn terrein was gekomen. Ze legde het hun uit.

'Ik kan hem wel aan', zei Laurent. Hij klonk rustig en zelfverzekerd.

Masson knikte tevreden.

Een tijdje later belde Liese met Sofie.

'Ik wilde even horen hoe het gaat', zei ze.

'Dat gaat.' Haar stem klonk vermoeid, afwezig.

Het gesprek duurde al bij al niet lang. Liese vermeed elke verwijzing naar het krantenartikel van die ochtend en informeerde alleen maar naar haar gezondheid, en Sofie was op haar hoede, alsof ze achter elk woord van Liese naar een steek onder water zocht.

'Laat alles maar even zijn gang gaan', zei Liese. 'Gewoon rusten en leuke dingen doen.'

'En met jou?' vroeg Sofie. 'Gaat het met jou al een beetje?'

'Nee', antwoordde ze naar waarheid. 'Dat gaat nog van geen kanten.'

Het was even stil.

'Bedankt voor je telefoontje', zei Sofie zacht. Meteen daarop legde ze neer.

De rest van de middag was het druk. Liese vergaderde met de hoofdcommissaris en met leden van het samengesteld team terwijl Masson aan de telefoon hing om de trip naar Spanje voor te bereiden.

Toen ze rond vier uur aan haar desk in de teamkamer zat en gulzig van een flesje water dronk, werd er zachtjes op de deur geklopt. Liese draaide zich om en zag een van de twee jonge, boomlange inspecteurs in de deuropening staan. Ze moest even zoeken naar zijn naam. Delporte. Andy Delporte.

'Sorry voor het storen, commissaris.'

Hij sprak zo zacht dat Liese moeite moest doen om hem te verstaan.

'Kom binnen, Andy. En het is Liese, dat heb ik al gezegd.'

Delporte was niet alleen groot van gestalte maar ook heel mager. Hij bleef voor Lieses bureau staan en keek haar wat verlegen aan.

'Zeg het maar.'

'Het gaat over dat veertje, commissaris.'

Ze wilde opnieuw reageren, maar liet het maar zo.

'Dat stukje veer dat in het borstzakje van Kaat Thierens zat?' zei Andy.

'Ja, wat is daarmee?'

De jonge inspecteur mompelde iets, maar omdat Masson ondertussen aan de telefoon aan iemand duidelijk maakte dat ze geen hotel wilden dat op minstens een halfuur rijden van Córdoba lag, verstond ze niet wat hij zei.

'Kun je dat even herhalen?' vroeg ze.

Delporte schraapte zijn keel.

'Ik denk dat het een veertje van een wilde zwaan is, commissaris. Ik herken het omdat ik nogal vaak naar Blokkersdijk ga.'

'Een natuurgebied op Linkeroever', verduidelijkte Laurent.

Inspecteur Delporte knikte.

'We hebben met een stel vrienden enkele nesten afgeschermd, een tijdje geleden. Sommige wandelaars komen te dichtbij, en daar houden de vogels niet van. Ik denk dat het een veertje van een jonge wilde zwaan is.'

Hij zweeg. Toen Liese niet meteen reageerde, vroeg hij een beetje onzeker: 'Ik weet het niet, maar misschien hebben we daar iets aan?'

Liese keek hem vriendelijk aan.

'Misschien wel, Andy. Bedankt voor je opmerkzaamheid, in ieder geval. Vraag het Lab of ze er een specialist op kunnen zetten, iemand die dat voor ons kan bevestigen.'

Delporte knikte, draaide zich om en liep zonder nog iets te zeggen de deur uit.

'Hij is een beetje verlegen', zei Laurent.

'Nu je het zegt', mompelde Liese.

'Ken je dat kaaswinkeltje hier wat verderop, aan de Turnhoutsebaan? Waar ik soms broodjes haal?'

'Wat is daarmee?'

'Het meisje dat daar werkt, heeft een oogje op hem. En hij op haar, maar ze doen er beiden niets mee. Ze staan al maanden te flirten tussen de parmeggiano en de brie.'

Een halfuur later reed Liese naar haar nieuwe woning, niet alleen om snel een koffer te pakken maar ook om Matthias nog even te zien voor hij naar De Veluwe vertrok.

'Vind je het echt niet erg?' vroeg ze. Ze had hem vanmiddag al gebeld met het nieuws dat ze voor haar werk naar het buitenland moest.

'Ik vind het spijtig,' zei hij, 'maar niet erg.'

Hij droeg de roestkleurige trui die ze een maand geleden voor hem had gekocht tijdens een uitstapje naar Breda. Zijn blonde haardos waaierde zoals gebruikelijk alle kanten uit en hij had een stoppelbaardje, iets wat Liese hem erg goed vond staan.

'Het is maar voor een dag of twee', zei ze.

Hij nam haar in zijn armen en kuste haar hals. Met zijn hoofd dicht tegen dat van haar fluisterde hij: 'Kun je het aan?'

Hij voelde haar knikken.

'Misschien helpt het', zei ze stilletjes.

Matthias zweeg en bleef haar vasthouden.

Liese sloot haar ogen. Ze rook zijn haren en de geur van zijn huid en voelde zich veilig, iets waarvan ze zich niet meer kon herinneren dat ze dat ooit bij een andere man had ervaren.

Hij liet haar los.

'Morgen schilder ik jouw keuken en het traphalletje naar de dakkapel, goed? Welke kleur wil je graag?'

Ze zag eerst een witte keuken voor haar ogen, en daarna een lichtgele, ze zag de traphal in verschillende pastelkleuren, en toen overviel haar het besef dat het haar volstrekt koud liet.

Ze haalde wat kleintjes haar schouders op.

'Kies maar iets', zei ze.

Zowel de Antwerpse Ring als de ringweg rond Brussel zat zo eivol vrachtwagens en pendelaars, dat de rit naar de luchthaven meer dan anderhalf uur duurde. Toen ze nerveus en prikkelbaar in de vertrekhal kwamen, stelden ze vast dat de vlucht naar Malaga met drie kwartier vertraging zou vertrekken doordat het toestel te laat geland was, iets wat Masson aangreep om in de bar van de luchthaven in redelijk korte tijd twee glazen whisky achterover te slaan.

Het was niet zozeer de angst voor het vliegen die hem nerveus maakte, wist Liese, hoewel dat zeker meespeelde.

Het was vooral het feit dat hij zijn leven zonder enig voorbehoud in handen van de technologie moest leggen. Masson hield van kennis zolang ze vatbaar bleef voor interpretatie, voor feilbaarheid. Hij voelde zich thuis in de wereld van de filosofie en de literatuur, niet in die van computers en aerodynamische wetten.

'Hoe lang vliegen we ook alweer?' vroeg hij.

'Een kleine drie uur.'

'Dat is dus minder dan de rit hiernaartoe en de vertraging', bromde Masson. 'Ik heb het altijd al gezegd: als God echt zou willen dat mensen kunnen vliegen, dan had hij het niet zo moeilijk gemaakt om op een luchthaven te komen.'

'Niet zeuren', zei Liese.

Vanaf de luchthaven van Malaga hadden ze nog een rit van bijna twee uur voor de boeg.

Masson stuurde de huurauto zwijgzaam door het Zuid-Spaanse landschap. Liese keek naar de bruinzwarte heuvels en de uitgestrekte lege vlakten, hier en daar omzoomd met lichtpuntjes van dorpen en wegen.

'Waar slapen we?' vroeg ze na een tijdje.

'De collega's van de "Travel" dachten ons een plezier te doen door ons ergens halverwege de Straat van Gibraltar te logeren', bromde Masson. 'Het heeft wat voeten in de aarde gehad, maar nu zitten we op wandelafstand van het centrum. Iets eenvoudigs, vermoed ik, het budget was nogal krap.'

Later op de avond begon het verkeer langzaam toe te nemen en kwamen ze in de buitenwijken van de stad terecht, lange strepen van huizen en winkels die er net als overal nogal grauw en lichtjes troosteloos uitzagen, behalve dan dat er hier, zo laat op de avond, nog vrij veel volk op straat liep.

Ze passeerden het station van Córdoba en een lange, grijswitte muur die de toegang tot de oude stad flankeerde. Een oude, pokdalige vrouw klampte voorbijgangers aan. Ze had een plankje in haar handen met daarop loterijbriefjes.

Toen ze in een kleine, vrij rustige straat pal voor het hotel parkeerden, was het na elf uur.

Liese stapte moeizaam uit. Ze was verbaasd hoe warm het nog was. De lucht rook naar nacht en, wonderlijk genoeg, naar sinaasappels.

Nog een tijdje later waren ze ingecheckt en hadden ze de sleutels van hun kamers gekregen. Liese geeuwde.

'Ik ga meteen plat, Michel,' zei ze, 'ik ben doodop.'

'Dan zie ik je morgen aan het ontbijt', antwoordde hij. Hij zag er ontspannen uit, bijna vrolijk.

'Geen bedtijd voor jou?'

'Straks', zei hij. 'Eerst ga ik nog een stapje in de wereld zetten.'

Masson had het bij het rechte eind gehad toen hij de hotelkeuze van hun collega's had voorspeld. Haar kamer was klein en bijna spartaans ingericht, maar het zag er gelukkig allemaal netjes uit. Aan de muur tegenover haar bed, boven een houten stoel, hing een kruisbeeld met een Jezus die bloedde uit vele felrode wonden.

In een vlaag van plichtsbesef pakte Liese meteen haar koffer uit en hing haar kleren netjes op de knaapjes in de kleine kast naast het bed. Ze kleedde zich uit, nam snel een douche en kroop tussen de lakens.

Ze viel vrijwel onmiddellijk in een diepe slaap, maar tegen de ochtend schoot ze badend in het zweet wakker. Ze keek angstig rond in de kamer. Door het flauwe licht van buiten zag ze alleen maar de contouren van de meubels en de grijszwarte vlakken van de muren.

Ze had van Kaat Thierens gedroomd. De jonge vrouw stond naast het bed, alleen maar gekleed in een jeansjasje, druipend van het water. Haar zwarte haren hingen als dunne twijgen tegen haar hoofd. Het maanlicht viel op haar melkwitte benen en op haar toefje schaamhaar. Ze hield haar beide handen op haar borstkas, die rood zag van het bloed en ze keek naar het bed met een vragende, verbijsterde blik op haar gelaat.

Toen zat Liese opeens op de stoel onder het kruisbeeld en was het niet zij, maar haar vader die in het bed lag. Zijn gezicht was nat van het klamme zweet. Hij frunnikte aan het horloge dat hij om zijn pols droeg, terwijl hij naar Kaat Thierens keek en zachtjes en aan één stuk door tegen haar mompelde.

'Het is allemaal oké', zei haar vader tegen haar. 'Het lijkt raar en je snapt er niets van, maar het is allemaal oké.'

Hij had geglimlacht terwijl hij sprak, maar in zijn ogen had Liese dezelfde panische angst gezien als bij de druipende, bloedende vrouw.

Toen was ze wakker geworden.

8

'Het is een beetje laat geworden', kraste Masson de volgende ochtend, terwijl hij met onzekere hand een kopje koffie inschonk.

Er was weinig aan hem te zien, als je hem niet kende. Een nog vrij slanke, bijna zestigjarige man met peper-en-zoutkleurig haar en wat je zou kunnen omschrijven als een karakterkop. Hij zag er bijna modern uit in zijn lichte, blauwe zomerpak, met zijn witte overhemd en azuurblauwe das. Maar zijn handen trilden, de wallen om zijn ogen waren grijsbruin en in het wit van zijn ogen hing een spinnenweb van rode, gesprongen adertjes.

'Een leuke kroeg, hier aan het eind van de straat', bromde hij.

'Da's mooi', zei Liese. Ze beet afwezig in een broodje met bosbessenjam en staarde voor zich uit.

Masson bekeek haar wat nauwkeuriger.

'Slechte nacht gehad?' vroeg hij.

'Ja, nogal.'

De rest van het ontbijt zeiden ze alleen het hoogstnodige tegen elkaar.

'Goedemorgen, ik ben *comisario* Carlos Sanz, Policía Nacional. Zeg maar Carlos, alstublieft.'

De man die hen aan de ontbijttafel begroette, was een

ruige, pezige kerel met een zachte blik in zijn ogen. Hij was vrij klein en had zwart, borstelig haar waar al flinke plekken grijs in zaten. Op zijn linkerwang had hij een litteken, een streep die ter hoogte van zijn oor begon en op een centimeter van zijn oog eindigde.

Liese stelde Masson aan hem voor.

'*Liz and Miguel*, ik groet u beiden', zei Sanz nogal theatraal. Zijn Spaans accent leek nog zwaarder dan aan de telefoon. 'Hebt u goed geslapen?'

Ze mummelden beiden wat, iets wat zowel ja als nee kon betekenen.

Sanz keek rond in de sjofele ontbijtruimte.

'U had me moeten bellen voor het hotel. We hebben goede contacten met de plaatselijke horeca hier.'

'Het valt wel mee', zei Liese neutraal. 'Zullen we gaan?'

'Uitstekend. U wilde ook met de patholoog spreken, niet?'

Liese knikte.

'Dan breng ik u eerst naar het ziekenhuis, het ligt wat buiten de stad.'

Toen ze naar buiten liepen, viel de warmte als een deken over hen heen. Het was nauwelijks negen uur 's ochtends, maar in de auto van Sanz wees de temperatuurmeter al tweeentwintig graden aan.

'Is dat normaal hier voor begin april?' vroeg Liese.

'*Sí, claro*', zei Sanz. 'Córdoba is de warmste stad van Europa, Liz. In mei komen we al snel boven de dertig, om van de zomer nog maar te zwijgen.' Hij grijnsde een mooi gebit bloot. 'Daarom ben ik ook hier naartoe verhuisd. Voor het mooie weer.'

'Waar komt u dan vandaan?' vroeg Masson in zijn correcte maar formele Engels.

'Baskenland', zei Sanz. Hij stuurde zijn witte Seat behendig door het ochtendverkeer. 'Ik ben een jaar geleden in Córdoba komen wonen.' Hij zweeg een tijdje. 'Maar niet voor het klimaat, als ik eerlijk ben. Ik ben de liefde gevolgd en nu wil ik niet meer weg.' Hij lachte. 'Niet uit Córdoba, en zeker niet van mijn geliefde.'

Liese zag hoe Masson zijn wenkbrauwen fronste. Hij had alleen maar uit beleefdheid naar Sanz' afkomst gevraagd, wist ze, aan dergelijke persoonlijke ontboezemingen van onbekenden had haar hoofdinspecteur een broertje dood. Hij liet zich achterover zakken in zijn stoel en keek met een ernstige blik naar buiten.

'Maria Rivera', zei Liese. 'Ze was pas gescheiden, niet?'

'Si. Jong getrouwd, maar dat gebeurt hier wel meer. Ze was net vijfentwintig geworden.'

'En?'

'En niets', antwoordde Sanz. Ze zag hoe zijn kaaklijn verstrakte. 'Het belangrijkste heb ik u al aan de telefoon verteld. We zijn met de voor de hand liggende personen begonnen, maar we liepen vast op de sluitende alibi's. Haar ex-man, haar nieuwe vriend, haar baas in het tankstation, haar kennissenkring. We hebben ook geen aanwijsbaar motief gevonden: ze had met niemand ruzie, ze had geen schulden, ze was niet aan de drugs. Gewoon een eenvoudig, vrolijk meisje dat nog iedere avond bij haar ouders ging eten en op zaterdag met haar vriend naar de discotheek ging.'

'Geen vrienden of kennissen uit Antwerpen? Of uit Trier?'

'Niets daarvan.'

Liese dacht na.

'En ze is eind oktober verdwenen. Wanneer hebben jullie haar ook alweer gevonden?'

'Maria is verdwenen op zaterdag 24 oktober, ergens tussen 14 uur 30 en 16 uur. We hebben haar lichaam de volgende dag al gevonden', zei Sanz.

Hij nam met vrij hoge snelheid een bocht en stopte aan het einde van de afrit voor een verkeerslicht.

'De autopsie heeft aangetoond dat ze vrijwel onmiddellijk na haar verdwijning is vermoord, maar dat moet je zo dadelijk nog maar eens aan Ordaz vragen. We zijn bijna bij het ziekenhuis.'

Patholoog Javier Ordaz was een slanke, vrij grote man van nauwelijks dertig. Hij had een volle, getrimde baard en droeg een opvallend zware bril met een zwart montuur. Hij begroette Liese en Masson met enige hartelijkheid en leidde hen naar zijn kantoor achter de autopsiekamer, een moderne ruimte waar twee medewerkers in witte jassen achter hun schermen zaten.

Zodra ze in zijn heiligdom waren, gedroeg de patholoog zich echter een stuk formeler. Hij bleef staan en checkte de tijd. Zijn horloge leek op het instrumentenbord van een vliegtuig.

'U bent welkom, natuurlijk,' glimlachte hij geforceerd, 'maar ik begrijp niet goed waarom u helemaal uit België hierheen komt om met mij te praten.'

'Dat is ook niet zo, *señor Ordaz*', antwoordde Liese vermoeid. 'We zijn hier niet alleen voor u, we zijn hier voor de moord op Maria Rivera.'

'Ik zie niet goed in wat ik voor u kan betekenen', antwoordde Ordaz koeltjes.

'Uw bevindingen als patholoog zijn natuurlijk enorm belangrijk voor ons', zei Masson. 'Het autopsierapport is cruciaal in een zaak als deze.'

Hij had het ego van Ordaz juist ingeschat, want de man ontdooide een beetje.

'U hebt mijn rapport ondertussen ontvangen, *comisario?*' vroeg hij Liese.

Dat had ze, zij het in een vertaling van Carlos Sanz die hier en daar wel wat gaten vertoonde.

'Ik zou u dankbaar zijn mocht u het met ons nog eens kunnen doornemen, dokter', zei ze. 'Uit eerste hand, dat is in een zaak als deze toch nog altijd het beste.'

Dat volstond qua stroopsmeerderij, vond ze. Als Ordaz nu nog het haantje wilde spelen, dan moest het maar zonder haar.

'Ik neem het dossier er even bij', zei de patholoog.

'Het slachtoffer is gedood door wurging. Ze is onmiddellijk daarna misbruikt, zowel vaginaal als anaal.'

Ze zaten aan de ronde vergadertafel in het kantoor van Ordaz.

'Maar geen sporen?' zei Liese.

Ordaz schudde ontkennend. 'Behalve minieme hoeveelheden benzocaïne, een licht verdovend middel. Hoogstwaarschijnlijk afkomstig van het condoom dat de dader droeg. Bepaalde soorten voorbehoedsmiddelen zijn met deze stof behandeld om eh... om het hoogtepunt uit te stellen.'

Carlos Sanz knikte.

'De dader heeft daarna het hart van het slachtoffer verwijderd. Dat is ter plekke gebeurd, er was vrij veel bloed op de plaats delict.'

Liese kromp ineen. Ze wist wat er gebeurd was, zowel met Maria Rivera als met Kaat Thierens aan het Galgenweel, maar toch trof het haar opnieuw in al zijn gruwelijkheid: iemand sneed vrouwen open als slachtvee en verwijderde het hart uit hun lichaam.

Ze slikte.

'We hebben sterke aanwijzingen dat het gebruikte mes in Antwerpen een speciaal soort keukenmes is', zei Masson. Hij haalde de foto's van een kartelmes uit een mapje en legde ze op de tafel voor Ordaz. 'Ik heb ook een vertaling gemaakt van het autopsierapport van onze eigen patholoog, tenminste het deeltje dat over het mes gaat. Kunt u zich daarin vinden?'

Javier Ordaz las het document van Masson nauwgezet door en vergeleek het daarna met zijn eigen autopsierapport.

'Ja,' zei hij, 'dat zou inderdaad wel kunnen kloppen. De snijranden zijn haast identiek. Hoogstwaarschijnlijk gaat het om hetzelfde soort mes.'

Toen ze weer buiten stonden, was het elf uur. Het licht was zo fel dat Liese met haar ogen knipperde.

'Ik moet u helaas een paar uur alleen laten', zei Sanz. 'Ik heb een meeting met de korpschef waar ik niet onderuit kan, en daarna een lunchvergadering. Ik zal u in het centrum droppen, dan kunt u eventueel samen een hapje gaan eten?'

'Ik denk dat ons dat wel lukt, commissaris', zei Masson droog.

'Prima. Dan zie ik u straks in mijn kantoor, Avenida Dr. Fleming. Vanaf drie uur ben ik vrij.'

Terwijl ze door de straten van de oude stad liepen, fleurde Masson zichtbaar op.

Liese wist dat hij bij Torfs had aangedrongen om haar te mogen vergezellen omdat hij bezorgd was om haar, maar ook wist ze dat hij een cultuurstad als Córdoba moeilijk links kon laten liggen. Hij vertelde honderduit en het grootste deel van de tijd liet ze hem begaan: ze kenden elkaar zo goed dat ze kon zwijgen als ze dat wilde en kon praten als ze er zin in had. Ze hoefde tegenover hem geen rol te spelen of zich geen houding aan te meten.

Dat had ze trouwens ook niet gekund. Bij vlagen overviel haar opeens het verbijsterende besef dat ze haar vader nooit meer zou zien. Ze kwam een hoek om en zag twee oudere, nogal dikke mannen die op roestige vouwstoeltjes zaten te soezen in de schaduw van een enorme mimosa, en ze zag hem zoals hij over twintig jaar had moeten zijn. Even later wandelden ze langs de oever van de Guadalquivir die langs de rand van de stad stroomde en zag ze zich aan de Seine staan met hem, op een van die zeldzame stedentrips die ze samen hadden gemaakt. Ze was een jaar of twaalf, toen. Haar vader was al niet meer die onoverwinnelijke man uit haar kindertijd, maar toch nog steeds de rots waarop ze bouwde, en ze stonden samen naar de rivier en naar Parijs te kijken, haar hand in de zijne, op een middag in juli, lang geleden.

Haar zucht kwam van erg diep en Masson had het verstand om een tijdje te zwijgen. Liese keek dromerig naar de rivier en naar de groene eilandjes met grazende koeien waartussen het water meanderde. In de verte stonden de witte ruïnes van Arabische molens.

'Kom', zei hij uiteindelijk. 'Laten we iets gaan drinken.'

Ze vonden een vrije tafel op een caféterras in de buurt van de joodse wijk. Masson genoot zichtbaar van een ijskoud biertje. Liese hield het bij spuitwater.

'Het is dezelfde dader', zei ze zonder enige inleiding. 'Dat staat volgens mij nu wel vast.'

Hij knikte en veegde wat schuim van zijn bovenlip.

'Dat denk ik ook, ja.'

'Als hij bij ons vandaan komt, wat deed hij dan in Spanje?' redeneerde ze hardop. 'En als het een Spanjaard is, waarom was hij dan in Antwerpen?'

Masson keek haar lichtjes geamuseerd aan, maar antwoordde niet.

'Wat?' vroeg ze. 'Is het niet de juiste vraag?'

'Laten we zeggen dat ik je wel eens scherper heb horen redeneren,' zei Masson, 'en dat is een understatement.'

Ze glimlachte. 'Dat komt door de honger. Ik moet dringend iets eten.'

Masson rekte zijn bovenlichaam zodat hij in de bar kon kijken.

'Volgens mij hebben ze een flink assortiment tapas.' Hij stond op. 'Zo terug.'

Toen ze gegeten hadden en Masson zijn bordje tapas had begeleid met nog eens twee ijskoude San Miguels, keek hij haar loensend aan.

'We hebben nog iets meer dan een uur. Mag ik je iets laten zien?'

'Ik ben niet in de stemming om toerist te spelen, Michel', zei ze eerlijk.

'Het spijt me, maar dit moet gewoon', antwoordde Masson. Hij stond op en legde wat geld op het tafeltje. 'Het heeft niets met toerisme te maken, maar alles met beschaving. Of het gebrek eraan, dat is maar hoe je het bekijkt.'

Ze zuchtte.

'Je gaat me weer eens een kerk binnen sleuren', zei ze mopperend.

'Veel beter', antwoordde hij. 'Ik ga je de Mezquita laten zien.'

In de nauwe straatjes was het druk.

Er waren venters met allerlei soorten prullaria, er waren straatmuzikanten, de ene met meer talent dan de andere. Ze kwamen her en der oude mannen en vrouwen tegen die lootjes van de loterij verkochten en die met vermoeide stemmen naar de voorbijgangers riepen. Ze verstond hen nauwelijks, maar een van hen had het tot vier keer na elkaar over 'suerte' en 'mane', en ze begreep dat hij het geluk in zijn handen hield, zomaar, alsof het niets was.

Masson liep rond als een kind in een snoepwinkel.

'Beeld je eens in, dit was ooit een van de belangrijkste steden ter wereld', zei hij terwijl hij vluchtig in een gidsje keek en haar een kleine straat in leidde. 'Córdoba was de hoofdstad van het middeleeuwse emiraat, later het kalifaat Córdoba. Dit was het centrum van de Europese beschaving, en het was door en door Arabisch.'

Liese keek naar een meisje dat geconcentreerd over het trottoir liep. Ze was nauwelijks vijf, maar ze had haar voetjes in vrouwenschoenen met hoge hakken gestoken. Ze kwam amper vooruit en moest zich om de haverklap vasthouden aan de witgekalkte gevels van de huizen. Ze had er duidelijk schik in.

Masson wees naar de stad rondom hen. 'Hier heersten de Taifa's', zei hij op een toon alsof hij Liese een groot geheim vertelde.

'Oké', zei ze.

Masson keek gemaakt verontwaardigd. 'Niks oké. Dit was de meest verfijnde, literair geschoolde cultuur van Europa in een tijd toen wij nog bang waren voor het donker en ons één keer per jaar wasten, met Pasen.'

'Dat wassen gaat ondertussen al wat beter, maar ik ben nog steeds bang in het donker.'

Hij negeerde haar opmerking.

'De onderlinge concurrentie op het gebied van cultuur was zo groot dat ze letterlijk vochten om de grootste dichters en filosofen binnen te halen. Dit is de stad van Seneca, van Averroes en Maimonides!'

Liese keek sceptisch, iets wat hem zichtbaar pijn deed. Ze herstelde het meteen.

'Sorry, ik luister. Ik meen het.'

Hij moest er gelukkig zelf om lachen.

'Ik bedoel maar,' zei hij, 'dit waren echt verlichte geesten, hoor. Ten tijde van de Taifa's werden overal in de stad jonge sinaasappelbomen aangeplant, louter en alleen voor de geur van de bloesems in de lente.'

Liese herinnerde zich de heerlijk zoete geur die haar was opgevallen toen ze gisteren uit de auto stapte.

'Dat was goed gezien van hen', zei ze overtuigd.

Toen Masson in het midden van de straat stilstond en haar wantrouwig aankeek, besefte ze dat het nogal dommig had geklonken.

'Maar dat meen ik echt', zei ze, pleitend. 'Ieder jaar in de lente lekkere geuren in de stad, dat is echt goed gezien.'

Masson schudde zijn hoofd en zuchtte.

Liese had best al wel het een en ander gezien tijdens haar vakanties, maar op de pure schoonheid van de Mezquita was ze niet voorbereid.

Ze stond in een woud van zuilen. Zuilen achter zuilen achter zuilen, bogen boven bogen boven bogen, honderden en nog eens honderden stenen bomen in rood en wit. Het leek of die immense ruimte zweefde, ze kon het niet anders verwoorden toen ze het tegen Masson fluisterde.

Hij knikte. 'Het is nog steeds een van de grootste mohammedaanse heiligdommen in de wereld. Alles wat je rondom je ziet, is gemaakt van marmer. En van jaspis, een soort halfedelsteen.'

Ze staarde haar ogen uit.

'En nu moet je je een kwartslag omdraaien', zei Masson.

Liese deed het en keek opeens naar een middeleeuwse kathedraal.

'Is dat wat ik denk dat het is?'

'Jawel', zei Masson. 'Dat daar is een gotische kathedraal, gebouwd in opdracht van de katholieke keizer Karel de Vijfde, toen de moslims al een tijdje verdreven waren uit Spanje.'

Liese bleef staren.

'Het vreemde is, dat het qua afmetingen een echte kathedraal is en dat ze bij wijze van spreken de moskee niet eens domineert', zei hij. 'Om maar te zeggen hoe groot de Mezquita is.'

'Hoe spijtig', zei Liese uit de grond van haar hart.

'Ja. Of je nu tot God of tot Allah bidt, die fantastische werking van de ruimte, die is voor altijd weg', bromde Masson.

Het leek of hij dat nog het allerergste vond.

Liese stond een hele poos zwijgend rond te kijken, tot ze besefte dat ze al een tijdje aan het bandje van haar horloge stond te frunniken.

Masson had het opgemerkt.

'Was het van hem?' vroeg hij zacht.

Hij had het horloge al vanaf de eerste dag van Lieses terugkeer gezien, hij had al tientallen keren geregistreerd hoe ze onwennig over het bandje wreef, maar het was de eerste keer dat hij er een opmerking over maakte.

'Ja.'

'Goed zo', zei hij.

Iets over drieën stonden ze voor een modern, blauw geschilderd gebouw aan de Avenida Dr. Fleming.

Comisario Carlos Sanz troonde hen mee naar zijn kantoor, een rommelige, ouderwets ingerichte ruimte die beheerst werd door een enorme potplant met grote, handvormige bladeren. Op een tafel langs het raam stonden twee geopende dozen met de gelabelde stukken van de plaats delict.

'Het is al bij al niet veel,' zei Sanz, 'als je beseft dat je verdomme al vijf maanden op zoek bent naar een aanknopingspunt.'

Liese nam de zakjes aan die Sanz haar doorgaf. De kleren

die Maria Rivera droeg toen ze verdween en die later in een bundeltje werden teruggevonden op een tiental meter van haar lichaam, achter enkele struiken. Een sierspeld die ze in haar haar droeg. Een gouden hangertje met een hartje. Dat had ze van haar vriendje gekregen, legde Sanz uit, de jongen was zowat ingestort toen hij het hem getoond had. Een gelabeld zakje met enkele witgrijze haren.

'Hondenharen, volgens het lab', zei Sanz. 'Ze zaten op haar truitje.'

'Had Maria een hond?'

Sanz knikte alsof hij daar zelf natuurlijk ook al lang aan gedacht had. 'Ze had zelf geen hond, maar haar ouders wel. En in het dorp waar ze woonde, zijn er bij wijze van spreken meer honden dan mensen.'

'Kun je deze laten doorsturen?' vroeg Liese.

'Naar Antwerpen?'

'Naar het lab bij ons, ja.'

'Omdat ze daar iets kunnen vinden dat wij over het hoofd hebben gezien?' vroeg hij. Hij probeerde het luchtig te laten klinken, maar hij slaagde er niet in.

'Omdat wij zo goed als nergens staan, Carlos,' zuchtte ze, 'net als jullie hier. Omdat ik wil kunnen vergelijken. Omdat we ergens moeten beginnen.'

En omdat er daarbuiten iemand rondloopt die al minstens twee vrouwen heeft omgebracht en hun hart uit hun lichaam heeft gesneden, dacht ze.

Sanz bond in.

'*Sure*, Liz. Ik laat het vandaag nog versturen.'

Masson was door de verdere inhoud van de dozen gegaan en haalde er een zakje uit waar hij lange tijd naar staarde. In het zakje zat een kleine, witte veer.

'We hebben er alles in gestopt wat we destijds hebben gevonden', zei Sanz. Het was alsof hij zich verontschuldigde voor de rommel in zijn huis. 'Het lag op het lichaam van Maria, maar het betekent meer dan waarschijnlijk niets.'

Liese vertelde hem over de keratine en het dons in het borstzakje van Kaat Thierens.

'Dan nog zou ik geneigd zijn om te zeggen dat het toeval is', bromde Sanz. 'De plaats delict hier bij ons ligt pal tegen een klein natuurreservaat, een broedgebied van tientallen soorten vogels. Als je een beetje rondsnuffelt, vind je zo de ene veer na de andere.'

'Zijn hier foto's van gemaakt?' vroeg Liese. 'Door jouw lab, bedoel ik?'

'Ja, natuurlijk.'

'Wil je die ook aan ons lab bezorgen?'

Sanz knikte traag en met opeengeperste lippen. Liese vermoedde dat hij twijfelde tussen zijn eergevoel en de noodzakelijke beleefdheid tegenover de gasten uit het verre België.

Ze maakte een paar foto's van het veertje met haar telefoon en stuurde ze door aan Laurent.

'Ik stel voor dat ik u nu de plaats delict laat zien', zei hij.

Toen ze in de auto zaten, was de Spaanse *comisario* weer een stuk beter geluimd.

Hij vertelde over Córdoba en over het korps waar hij voor werkte, en Liese had het grootste deel van de rit een déjà vu: overal ter wereld vertellen speurders zoals wij hetzelfde verhaal aan elkaar, dacht ze. Overal hoor je dezelfde roddels, dezelfde klachten over weekendwerk, over de slechte beloning en over die klootzak van een collega die geen klap uitvoert, maar onaantastbaar is omdat hij bij de vakbond zit. Ze voelde opeens hoe vermoeid ze was. Ze kon zich al bijna niet meer herinneren wanneer ze voor het laatst een hele nacht had doorgeslapen.

Ze stonden voor een verkeerslicht te wachten om de ringweg rond Córdoba op te rijden. Sanz wreef met zijn wijsvinger traag over het litteken op zijn wang. Het was een onbewust gebaar geweest, zag ze, een geconditioneerde reflex die hij zonder twijfel tientallen keren per dag uitvoerde wanneer hij nadacht over iets.

Ze merkte opeens dat hij haar in de achteruitkijkspiegel observeerde.

'Het komt door een mes, mocht je het willen weten.'

Ze zeiden een poosje niets.

'Privé of in functie?' vroeg Liese.

'Een van mijn eerste arrestaties. Het is fout gelopen. De verdachte haalde uit met zijn mes, ik was bijna mijn oog kwijt.'

'En de verdachte?'

'Die is neergeschoten door mijn collega', antwoordde Sanz kort.

Hij joeg de auto hoog in de toeren voor hij vrij bruusk schakelde.

'Die eerste keer dat het echt fout loopt, dat vergeet je nooit', mompelde hij. Liese moest moeite doen om hem te verstaan.

Sanz draaide zijn hoofd in hun richting.

'Dat is toch bij iedereen hetzelfde? Dat je dat nooit vergeet, bedoel ik?'

'Dat is zo', zei ze.

Onwillekeurig dacht ze aan Oostende en de mislukte arrestatie. Aan háár eerste keer. Ze dacht aan die gruwelijke pijn die ze toen in haar buik had gevoeld, aan die zinderende, bijna helwitte pijn die door haar lichaam was getrokken en die, besefte ze, op de een of andere manier ook nooit meer was weggegaan.

'We zijn er', zei Sanz.

Het was een treurige plek.

Het lichaam van de vijfentwintigjarige Maria Rivera was gevonden op zondag 25 oktober om twee uur 's middags in El Alcaide, een vlek net buiten de stad, aan de voet van de Sierra Morena, door een balorige jongen die door zijn ouders naar buiten was gestuurd om af te koelen en die mokkend door de velden rond het dorp was gaan lopen. De jongen was nog steeds onder behandeling, vertelde Sanz.

Het was drukkend warm toen ze uit de auto stapten.

Het dorp bestond uit niet meer dan een dertigtal huizen en aanhorigheden, de meeste witgekalkt en vrij goed onderhouden, maar ook een aantal lelijke, betonnen constructies, alsof ze in een paar uur in elkaar geflanst waren. Ergens werd vuur gestookt.

Het was er stil en zo goed als verlaten. Van achter een deur kwam er opeens een flard muziek uit een radiotoestel, twee trompetstoten en een baritonstem die half zingend zei 'diga, mi amor'.

Ver weg blafte een hond, hoog en lange tijd na elkaar.

Sanz kreeg een oproep en zonderde zich af om met een ingehouden, bijna fluisterende stem in zijn telefoon te praten. Liese trok het dunne truitje uit dat ze vanochtend zonder nadenken had aangedaan. Daaronder droeg ze een hemdje met korte mouwen. Ze zag hoe Masson haar observeerde, in zijn pak en das.

'Heb jij het niet te warm in die kleren?'

Hij keek alsof hij geen flauw idee had wat ze bedoelde.

Terwijl hun Spaanse collega een eindje verderop maar bleef fluisteren, keken Liese en Masson zwijgend naar het landschap. Okerkleurige grindwegen, bruine velden. Groene begroeiing in de heuvels verderop. De lucht boven de Sierra Morena was zwembadblauw. Er vlogen inderdaad flink wat vogels rond de toppen van de bomen en de struiken, zag Liese. Van waar ze stonden konden ze de rand van het vogelreservaat zien dat rond een natuurlijke waterplas lag. Daarachter stroomde de Guadalquivir.

'Sorry', zei Sanz. Hij stond opeens weer naast hen. 'Mijn vriendin. Het is haar verjaardag, ik heb haar beloofd dat ik het vandaag voor een keer niet te laat zou maken.'

Ook dat was een mantra die ze al ontelbare keren had gehoord, dacht Liese, zowel van andere flikken als bij zichzelf. De zoveelste vurige belofte dat ze op tijd zouden zijn voor de verjaardag, de filmavond, het schoolfeestje. Gevolgd door excuses en verwijten als het dan toch weer niet lukte, en de gezworen eed dat het de volgende keer anders zou zijn.

'Hierlangs', zei Sanz.

Ze liepen langs een stoffig grindpad dat buiten het dorp een flauwe bocht maakte en dan, bij een eenzame olijfboom, een meter naar beneden dook en doodliep op een ruig stuk land met vrijwel geen begroeiing.

Sanz schopte zonder veel overtuiging tegen een keitje.

'Dit is de oude rivierbedding. Het water is lang geleden omgeleid, naar het schijnt. Een van mijn mannen woont in het naburige dorp, hij kent deze plek nogal goed.'

Aan de rand van het terrein, waar een stapeltje rotsblokken de vroegere loop van de rivier markeerde, lag een hoop steengruis. Op het verre geluid van enkele vogels na was het er volkomen stil. Het dorp was vanaf deze plek al niet meer te zien.

Sanz leidde hen over een brede grindweg naar een bosje aan het andere eind van het terrein.

'Hier was het. Hier lag Maria Rivera.'

Aan de buitenkant van het bosje groeiden dichte, grillige struiken met kleine, helrode vruchtjes. Erachter was een ondiepe greppel, precies zoals Carlos Sanz had beschreven toen Liese die eerste keer met hem had gebeld.

Nu huiverde ze, ondanks de warmte. Ze onderdrukte de impuls om haar truitje weer aan te trekken.

Ze keken naar de plaats delict. Geen van hun drieën zei iets, tot Masson uiteindelijk discreet kuchte en de stilte verbrak.

'Uw technische dienst heeft de omgeving onderzocht. Kunt u daar nog iets over vertellen? Ik heb alleen gelezen dat er veel bandensporen waren, maar...'

'Het krioelde van de bandensporen', beaamde Sanz.

Hij wees naar het andere eind van de grindweg die tussen het bosje en de rand van de rivierbedding liep.

'In het dorp verderop is er een veelbezochte zondagsmarkt. Vanaf de vroege ochtend rijden hier dan voertuigen langs, het is de kortste weg naar de markt vanuit een aantal dorpen hier in de buurt. Onze technische jongens hebben hun best gedaan, maar het was onbegonnen werk.'

'Misschien kende de dader de omgeving heel goed', opperde Liese.

Sanz knikte terwijl hij naar de greppel bleef kijken.

'Dat, of de klootzak heeft verdomd veel geluk gehad.'

'Dag lieverd', zei Matthias. 'Je belt toch niet om te zeggen dat je langer wegblijft, hé?'

'Morgenochtend vliegen we terug.'

'Mooi. Ik mis je.'

Het was zeven uur 's avonds en Liese zat op de rand van haar bed, met haar geopende koffer voor haar voeten.

Ze had zojuist een kort maar enerverend gesprekje gevoerd met haar moeder, die nog steeds grimmig en bijwijlen zelfs bot reageerde op zowat alles wat Liese zei. Ze probeerde het te relativeren, ze deed haar best om begrip te tonen voor haar moeder, een vrouw die net haar man had verloren en die stijf stond van het verdriet, maar het viel haar steeds moeilijker.

'Ik kom snel weer langs', had Liese gezegd.
'Je ziet maar', antwoordde haar moeder dof.
Daarop had ze neergelegd.
Beneden in de straat reed een auto met luidspreker voorbij die de buurtbewoners in schelle tonen herinnerde aan een feest waar ze met zijn allen naartoe moesten komen, vanavond zelfs, want Liese had tussen het gebrabbel de woorden 'fiesta' en 'esta noche' verstaan.
'Wat is dat voor lawaai?' vroeg Matthias.
'Een oproep voor een feest.'
'Ah. Ga je er naartoe?'
Ze wist dat hij het lief en onschuldig bedoelde. Hij kende haar ondertussen ook wel goed genoeg om te weten dat ze een hekel had aan luidruchtige feestjes en liefst van al in een bruin café zat, achter een biertje en in goed gezelschap.
'Mocht je hier bij mij zijn, dan wel', zei ze zachtjes.
'Naar een feest?'
'Whatever', fluisterde ze.
Weg van alles, bedoelde ze.
Weg van de droefenis, van de nachtmerries.
Weg van een ondiepe greppel in een bosje, ergens op de Spaanse campo. Torfs had gelijk, misschien was het toch niet zo'n goed idee geweest om meteen weer aan het werk te gaan. Ze snakte naar rust en naar stilte.
'Ik zie je graag', zei Matthias.

Op Massons aandringen hadden ze afgesproken om als afsluiter 'nog een terrasje mee te pikken', zoals hij het had verwoord, en tegelijk ook iets te eten. Liese was liever nergens meer naartoe gegaan, maar ze moest toegeven dat het vooruitzicht van een avond in de desolate eetruimte van hun hotel haar ook niet echt opbeurde, dus had ze ingestemd.

Even later zaten ze samen aan een wankel tafeltje op een drukbevolkt maar mooi plein met hoge palmbomen.

Liese wees naar een straatnaambordje tegen de gevel van de bar.

'Plaza de las Cañas', zei ze. 'Weet je hoe toepasselijk dat is, voor jou althans?'

'Mijn Spaans is onbestaand, helaas.'

'Het biertjesplein.'

Masson grijnsde. 'Laten we dan maar meteen de daad bij het woord voegen.'

Ze bestelden, en toen Masson van zijn San Miguel en Liese van haar glas wijn had geproefd, doorliepen ze wat ze ondertussen al wisten.

'Laten we beginnen met de gelijkenissen', zei ze. 'Het moordwapen komt zo goed als zeker overeen.'

'Twijfel je dan nog?' vroeg hij.

Ze maakte een gebaar met haar hand dat van alles kon betekenen.

Masson vatte het op als een aanmoediging.

'Het soort mes is waarschijnlijk hetzelfde. Beide vrouwen zijn gewurgd. Ze zijn ook allebei misbruikt na de wurging en niet ervoor.'

Liese huiverde weer. Het was bijna niet merkbaar, maar Masson had het gezien.

'Gaat het?'

'Ga verder', zei ze.

'Bij beide slachtoffers is het hart verwijderd. En ten slotte lijken ze ook allebei erg goed op elkaar, oppervlakkig gesproken tenminste: een zuiders uiterlijk, zwart haar en een nogal, hoe zou ik het zeggen, uitdagende uitdrukking.'

Ze knikte.

'Er is ook al een duidelijke link tussen Kaat Thierens en de verdwenen vrouw in Duitsland', ging Masson verder, nadat hij in één slok de helft van zijn glas had leeggedronken. 'De huidschilfers op het jasje van de vrouw komen overeen met de sporen op de sjaal van Kaat. Dat zijn al bij al nogal veel gelijkenissen, als je het mij vraagt.' Hij zweeg even. 'Vind je het oké om iets te eten te bestellen? Dat bordje tapas van vanmiddag was niet echt maagvullend.'

Terwijl ze aten, keken ze rond op het plein. Aan tientallen tafeltjes zaten mensen druk te praten en te lachen, net zoals zij tweeën luchtig gekleed in hemdsmouwen of in een T-shirt, onder de palmbomen, in zowat het lekkerste weer dat Liese in een half jaar had meegemaakt. Toen ze met Masson naar het plein wandelde, waren ze door steegjes gelopen waar de straatlantaarns een gelig licht tegen de witgekalkte gevels wierpen. Eenvoudige gevels waren het meestal, vaak zonder ramen, maar haar hoofdinspecteur vertelde haar dat zoiets precies de bedoeling was, een erfenis uit Moorse tijden: schoonheid moet niet aan de buitenkant zitten, maar binnenin. Achter die eenvoudige muren zonder ramen lagen patio's vol dadelpalmen en citroenbomen, achter de houten poorten stille binnenpleintjes opgesmukt met rozen, anjers en jasmijn.

'Er is nog iets', zei Masson.

De borden waren afgeruimd en tot haar verbazing had hij ermee ingestemd nog een koffie te nemen.

'Dat veertje dat bij Maria Rivera lag. Als het daar tenminste gelegd is door de dader en een of andere vogel het niet verloren heeft.'

'Ja', zei Liese. 'Ik bedoel: ik denk dat de dader het op haar lichaam heeft gelegd. Zoals ik ook denk dat hij een veer in het borstzakje van Kaat Thierens heeft gestoken.'

'Heb je ooit gehoord van het Dodenboek?' vroeg hij.

'Vaag. Iets uit het Oude Egypte?'

'Jawel. Het was een soort ceremoniële handleiding om

de dode te begeleiden op zijn reis, zodat hij zonder problemen naar een nieuw leven kon gaan.'

Masson klemde het oortje van het kopje tussen zijn duim en wijsvinger en nam omzichtig een slok van zijn koffie.

Every inch a gentleman, dacht ze. Behalve dan als hij 's nachts in Antwerpen aan de rol ging en de ene groezelige kroeg na de andere opzocht.

'Een van de ceremonies uit het Dodenboek is het wegen van het hart. Aan de ingang van het Dodenrijk werd je hart op een weegschaal gelegd en afgewogen tegen een veer.'

Liese had haar kopje tegen haar lippen, maar dronk niet.

'De veer stond voor de onschuld', zei Masson. 'Als de veer meer woog, dan had je een goed leven geleid en mocht je opnieuw geboren worden. Als je hart met al je zonden erin zwaarder was, dan was je gedoemd om eeuwig rond te dolen in een soort Niets.'

Liese keek sceptisch.

'Maria Rivera was naar verluidt een soort engel die 's avonds bij haar moeder at en altijd met twee woorden sprak', zei ze. 'En Kaat Thierens werkte op een bank en ging joggen en volleyballen. Dat lijkt me allemaal nogal onschuldig.'

'Ik weet het,' zei hij, 'het kan evengoed totaal iets anders zijn. Ik moest er gewoon aan denken.'

Na de koffie was er Spaanse cognac voor Masson en een spuitwater voor Liese.

'Ik zou hier nog wel een paar dagen kunnen blijven', zei hij. Hij nestelde zich behaaglijk in zijn stoel en keek met een tevreden gezicht naar het leven op het plein.

'Hm.'

Dat had ze daarstraks aan de telefoon ook aan Matthias gezegd, in bijna dezelfde bewoordingen. Als hij hier met haar zou kunnen zijn, tenminste.

Ze keek Masson opeens recht in de ogen.

'Je moet er echt over praten, Michel. Hoe het ook zij, dit moet echt van de baan, ik kan zo niet leven.'

Zijn gezicht betrok. Hij had natuurlijk onmiddellijk gesnapt wat Liese bedoelde.

'Als je er toch zo goed als zeker van bent dat hij je zoon niet is, wat maakt het dan uit?'

Masson schudde zijn hoofd.

'Ik had het je nooit mogen vertellen', bromde hij.

'Maar dat heb je wel gedaan,' zei ze vurig, 'en nu weet ik dat je iets hebt gehad met Nelle, zo simpel is dat. Hij is mijn vriend, we wonen zo goed als samen, jezus nog aan toe.'

Hij stond beheerst op, nam zijn jasje van de stoel en keek haar aan.

'Ik zie je morgenvroeg aan het ontbijt. Slaap lekker, Liese.'

'Komaan, Michel,' zei ze, 'doe niet zo flauw. Je kunt hier niet van blijven weglopen.'

Maar dat was precies wat hij deed.

De volgende ochtend waren ze vriendelijk tegen elkaar. Ze deden alsof er niets aan de hand was, maar door kleine gebaren of een fractie van stilte tussen twee zinnen wisten ze beiden dat er iets gebeurd was tussen hen, iets wat nog nooit was voorgevallen: Masson was plotseling opgestapt en had Liese alleen achtergelaten. Dat vrat aan hem, zag ze.

Tegelijkertijd was het net die extreme reactie van hem die haar deed beseffen hoe diep het zat, hoe moeilijk hij het ermee had. Ze zwalpte voortdurend tussen haar geweten, dat haar sommeerde om alles aan Matthias op te biechten, en haar enorme respect en vriendschap voor Michel Masson.

Het bleef door Lieses hoofd zeuren terwijl ze de lange weg naar Malaga reden, de verbazend vlotte incheckprocedure doorliepen en in hun stoel achteraan in het vliegtuig neerploften.

'Het is acht graden in Antwerpen, ik zeg het je maar', zuchtte Liese. 'Mooie blauwe lucht, maar nauwelijks acht graden.'

Masson keek afkeurend. Praatjes over het weer waren nooit aan hem besteed. Erger nog, hij had er een grondige hekel aan. Dat mensen het zo vaak hadden over het enige onderwerp waar ze nu eens geen sikkepit aan konden veranderen, ging zijn voorstellingsvermogen te boven. Masson werd niet lyrisch van de eerste lentezon en voelde geen enkele romantiek bij de eerste sneeuwvlokken. Toen Laurent een tijd geleden met kinderlijk plezier over een mooie sneeuwwandeling had verteld, had Masson hem er fijntjes aan herinnerd dat, wat hem betrof, sneeuw een totaal onnodige bevriezing van water was.

'Waarom doen mensen dat toch?' vroeg hij terwijl ze hun gordels vastmaakten. 'Dat eeuwige geklets over het weer.'

'Ik ben niet "de mensen", ik ben Liese. En ik klets al bij al heel weinig, vind ik zelf.'

'Ach, ik heb het niet over jou', zei hij. 'Als mensen met mij over het weer praten, heb ik altijd het gevoel dat ze iets anders bedoelen. Dat laatste komt trouwens niet van mij, maar van Oscar Wilde.'

'Wat zouden ze dan kunnen bedoelen?'

'Ik heb geen idee. Ik heb het je al vaker gezegd, dat soort conversaties daar kan mijn verstand niet bij.'

Terwijl het vliegtuig snel hoogte won, dacht ze aan zijn uitlatingen en betrapte ze zich er voor de zoveelste keer op dat ze in een flits ging vergelijken. Dat deed ze sinds die zeldzame ontboezeming van Masson, en ze vond geen enkele manier om het te stoppen. Een dozijn keer per dag vroeg ze zich na een gebaar of een grap of een intelligent gezegde van hem af of ze die dingen bij Matthias herkende. Of ze puur op gevoel of karakter of taalvermogen zou kunnen oordelen over een mogelijke bloedband. Wat natuurlijk onzin was, wist ze. Ze kon evenveel gelijkenissen als verschillen tussen haar ouders en haarzelf opnoemen, waarom zou het dan in dit geval anders moeten zijn?

Toen de stewardess met een volle drankjeskar door het gangpad manoeuvreerde, zei Liese: 'Ik ben je nog vergeten te vertellen dat Laurent vanochtend gebeld heeft. Hij heeft de foto van de veer doorgespeeld aan Maite, we zouden vandaag al nieuws moeten hebben.'

'Het is een goede jongen', zei Masson. En tegen de stewardess: 'Een biertje voor mij graag, anders word ik niet wakker.'

De jonge vrouw vertrok geen spier en gaf hem een blik San Miguel en een plastic bekertje.

Masson bekeek haar alsof ze hem een klap had verkocht.

'Ze hebben alleen maar plastic aan boord, dat weet je toch?' zei Liese.

'Ja,' zuchtte hij, 'maar een mens mag blijven dromen.'

Wat ook voor Liese gold, gedurende de rest van de vlucht. Zodat ze, toen een steward langskwam met een grote vuilniszak om alle maaltijdresten te verzamelen, in een reflex iets deed waarvan ze achteraf stomverbaasd was dat ze het werkelijk gedaan had. Namelijk het plastic bekertje van de slapende Masson bij de bodem vastgrijpen en het in een van de labelzakjes doen die ze al zo goed als heel haar carrière in haar handtas had zitten.

9

Masson dropte haar op enkele meters van haar deur in de Goedehoopstraat.

'Ik fris me wat op en kom daarna naar kantoor', zei ze. 'Moet jij niet eerst naar huis?'

Hij wuifde haar vraag weg. 'Ik wil de verslagen van gisteren lezen, dan zijn we bij voor straks. Vergeet niet dat we om twee uur vergadering hebben met het team.'

Ze knikte.

Terwijl hij met een slakkengangetje wegreed, bedacht Liese dat hij zowat elke reden goed vond om niet te veel naar huis te hoeven gaan, en dat ze zijn vrouw Nadine hooguit een tweetal keer ontmoet had. De eerste keer herinnerde Liese zich slechts vaag, bij de tweede keer had Nadine half schertsend verteld dat ze maar één ding irritanter vond dan Masson die te laat thuiskwam, en dat was als hij te vroeg arriveerde.

Dat somde hun relatie helaas nogal goed op, dacht Liese.

Matthias stond in zijn keuken toen ze binnenkwam. Hij omhelsde haar stevig. Pas toen hij haar losliet, viel het haar op dat hij onder zijn trui een donkerblauwe overall droeg.

'Ga je ergens naartoe?'

'Ik ga Magnus helpen, beetje sleutelen aan zijn boot. Ik kijk ernaar uit, heerlijk buiten op het water met dit mooie weer.'

‘Interesseert het weer je eigenlijk?’ vroeg ze.
Hij lachte zijn mooie, maar onregelmatige gebit bloot.
‘Hoe bedoel je?’
‘Gewoon. Of je het weer belangrijk vindt.’
Hij stak enkele lunchdozen in zijn rugzakje, gaf haar nog steeds glimlachend een kus en zei: ‘Je bent een vreemde vrouw.’
‘Daarmee heb je nog niet op mijn vraag geantwoord!’ riep ze hem na toen hij bijna bij de deur was.
‘Volstrekt niet!’ riep hij terug. ‘Het kan me geen lor schelen, maar ik heb toch liever zon dan regen.’
Toen was hij weg.
Onbeslist, dacht Liese. Niet geïnteresseerd wat het weer betreft, maar echt koud laat het hem ook niet.

Ze ging naar haar eigen flat en nam een douche, weigerde uit een soortement kinderachtige rebellie onmiddellijk braaf haar koffer uit te pakken en maakte zich net klaar om naar kantoor te gaan, toen haar telefoon rinkelde. Het was Matthias.
‘Ik vergat je nog iets te zeggen’, begon hij.
‘Dat je me graag ziet?’
‘Dat ook. Ik heb enkele overheerlijke lamsbouten voor straks in De Veluwe. Als je daar nu vanavond eens kwam eten?’
Ze glimlachte. ‘Afgesproken’, zei ze.
Nadat Liese had neergelegd, stond ze een hele tijd weifelend naar buiten te staren.
Toen nam ze een besluit.
Ze griste een zakje uit haar handtas en liep terug naar de flat van Matthias. Het rekje in zijn badkamer stond behoorlijk vol met spullen en het duurde even voor ze vond wat ze zocht. Het voelde heel erg verkeerd en nobel tegelijk.

Ze nam zijn haarborstel bij het uiteinde vast en schudde er net zo lang mee tot ze enkele haren in het geopende labelzakje zag vallen.

Ze was vroeg genoeg op kantoor om eerst nog even met Laurent en Masson samen te zitten, maar toch net iets te vroeg om al vanaf het begin hun onverdeelde aandacht te hebben.

Inspecteur Vandenbergh kreunde terwijl hij moeizaam zijn onderbeen omhoog en langzaam weer omlaag bracht. Masson stond voor hem en hield een turf van een boek in evenwicht.

'We zijn er bijna', zei Masson zonder om te kijken. 'Nog een keer of vijftien. Kom op, jongen.'

Op het onderbeen van Laurent, netjes in het midden opengeslagen, lag een gigantisch werk van minstens een halve meter lang en met een of andere steltloper op het voorplat.

'Wat is het dit keer?' vroeg ze.

'*Nederlandsche Vogelen*', bromde Masson. 'Standaardwerk, 800 pagina's, 11 kilogram. Nog tien keer, Laurent.'

'Ik ben bij het tankstation, als je me nodig hebt', zei Liese.

De lange tafel aan het einde van de gang had haar bijnaam gekregen omdat er altijd wat fruit, koekjes en andere versnaperingen lagen die speciaal bedoeld waren voor de nachtploeg, zodat ze er konden komen bijtanken als ze last hadden van een suikerdipje. Na verloop van tijd waren ook alle automaten naar dit stuk van de gang verhuisd en fungeerde de plek als een ontmoetingsplaats, niet het minst voor collega's die iets wilden bespreken wat tussen de vier muren van het kantoor nogal gevoelig lag.

Liese had zich nog maar net met een flesje water aan een

van de twee hoge buffettafeltjes geïnstalleerd, of de beide heren kwamen aanlopen. Laurent steunde op zijn kruk en probeerde vooral niet te manken. Masson bewoog zich zoals steeds als iemand die er niet zeker van was dat de vloer hem kon dragen.

'Vertel eens', zei Liese.

Het verslag van inspecteur Vandenbergh was kort en ter zake. Er werd goed doorgewerkt, zei hij, maar op nog geen enkel vlak was enige doorbraak te melden. Hij betreurde het, maar zo was het.

'We zijn ook maar even weggeweest,' antwoordde ze, 'het tegendeel zou me eerlijk gezegd verbaasd hebben.'

Nog voor ze uitgesproken was, wist ze dat er iets scheelde. En dat Masson er, aan zijn oogopslag te zien, al van op de hoogte was.

'Voor de rest niets te melden?' vroeg ze.

'Nee', zei Laurent beslist. 'De volgende vergadering van het team is gepland om twee uur, dat is...' hij keek op zijn horloge, 'over tien minuten.'

'Vertel eens, Michel', zei ze zacht. 'Wat is er gebeurd?'

'Er is niets "gebeurd", Liese. Er zijn hoogstens wat spanningen geweest, gisteren, dat is alles.'

'Niets bijzonders', vulde Laurent aan.

'Hm. En mag ik ook weten waar het over ging, of gaan we kinderachtig blijven doen?'

De avondmeeting van de vorige dag, zo bleek, was aan het einde nogal tumultueus verlopen. Torfs was op dat moment in vergadering met de korpschef, en bij afwezigheid van zowel de hoofdcommissaris als Liese en Masson had 'de tweede paljas', zoals Liese hem noemde, zijn kans schoon gezien. Hoofdinspecteur Martens had zich openlijk afgevraagd waarom ze geleid werden door een mank inspecteurtje en eraan toegevoegd dat in heel zijn Brusselse carrière zijn bazen het nooit zo bruin hadden durven bakken.

'En zijn kompaan, De Sutter?' vroeg Liese.

Die had zich koest gehouden, vertelde Laurent. De meeste teamleden hadden hem trouwens niet ter discussie gesteld, maar omdat de resultaten nu eenmaal uitbleven en ze het niet gewend waren om samen te werken, hadden ze hem ook niet echt gesteund.

'Kom,' zei ze, 'laten we aan het werk gaan.'

De vergadering van het team werd geleid door Torfs, die als casemanager een heldere en rustige analyse gaf van de resultaten tot dusver.

Liese sprong bij waar nodig.

'Voorlopig kan de dader elke nationaliteit hebben', zei ze. 'Het kan een Spanjaard zijn die op doorreis was in Antwerpen. Het kan een Duitser zijn. Of het is iemand van hier. Of wat ook.'

Een van de teamleden stak zijn hand op. Moessen, wist Liese. Zijn voornaam schoot haar net op tijd te binnen.

'Ja, Hendrik?'

'Je hebt het de hele tijd over een dader. Enkelvoud.'

Ze knikte. 'Daar hielden we al ernstig rekening mee vanaf het begin, en onze trip naar Córdoba heeft dat vermoeden alleen maar versterkt. Ik denk dat we ervan uit kunnen gaan dat we met een seriemoordenaar te maken hebben.'

Het werd even stil in het zaaltje.

'Als jullie het goed vinden, zal hoofdinspecteur Masson daar straks meer uitleg over geven', zei ze. 'Het feit dat bij het Spaanse slachtoffer het hart ter plekke werd verwijderd en hier op Linkeroever niet, zou erop kunnen wijzen dat de dader in Córdoba geen veilige plek had en hier wel, maar voorlopig is dat speculatie.' Ze richtte zich bewust tot Laurent: 'Hoe staat het met de geografische profielen?'

'Geen resultaten, tot nog toe. Kaat Thierens is de laatste

drie jaar niet in Spanje geweest en heeft nog nooit Córdoba bezocht. Ze is twee keer in Berlijn geweest, maar dat is wel een heel eind van Trier. Ze heeft ook geen facebookvrienden of andere kennissen met de Spaanse of Duitse nationaliteit. Idem voor Hannelore Dorfmann: geen vrienden van hier of uit Spanje op de sociale media of in haar adresboekje. Hannelore ging tijdens haar jeugd ieder jaar met haar ouders naar de Costa Brava, in de buurt van Rosas, maar ze is nooit in het zuiden van Spanje geweest. Ze heeft Antwerpen bezocht in 2010, voor de Tall Ships Races. Wat Maria Rivera betreft, dat kan jij misschien beter...'

'Ja, prima', zei Liese. Ze keek even de vergadertafel rond. 'Niemand een opmerking tot zover? Martens, jij misschien?'

Het bleef stil.

'Echt niet?' vroeg ze gemaakt verwonderd.

Torfs keek haar met opgetrokken wenkbrauwen aan.

Liese liet de stilte nog even hangen en ging daarna verder alsof er niets gebeurd was.

'Maria Rivera. Ook daar geen geografische link, wel integendeel. Het verste dat het meisje ooit geweest is, is Madrid, twee keer, naast vakanties met haar ouders in Andalusië zelf. Geen enkel verband met Antwerpen of Trier.' Ze keek opnieuw de tafel rond. 'Het lijkt er dus op dat de plaatsen delict alleen maar te maken hebben met de dader zelf. De plekken kunnen toevallig zijn, of ze kunnen met zijn leven of zijn werk te maken hebben.'

Opeens, zomaar, kreeg Liese het benauwd.

Ze had tot nog toe niet echt stilgestaan bij de hypothese van een seriemoordenaar. Ze had in haar carrière al een paar keer een dader opgepakt die twee of zelfs drie moorden had gepleegd, maar ze had nog nooit te maken gehad met een seriemoordenaar in de klassieke betekenis van het woord:

iemand die zo goed als geen motief had, of helemaal geen zelfs.

Iemand die moordde om het moorden zelf.

Iemand die er genoegen in schepte, dacht ze, en opnieuw voelde ze zich lichtjes misselijk worden.

Masson, die naast haar zat, schonk haar zonder iets te vragen een glas water in. Ze nam er een flinke slok van, haalde diep adem en ging verder.

'Er zijn opvallend veel gelijkenissen tussen beide moorden. Te veel om toevallig te zijn. Michel geeft jullie een overzicht.'

Terwijl Masson een samenvatting gaf van wat hij en Liese ook al op het terrasje in Córdoba hadden besproken, ging Laurents mobieltje. Hij nam fluisterend op en liep tegelijkertijd naar buiten.

'Met andere woorden: de aanwijzingen zijn sterk genoeg om definitief van één dader uit te gaan', besloot Masson. 'Dat zei mijn buikgevoel al langer, maar diegenen onder jullie die me kennen, weten dat ik daar nooit op afga.'

Hoofdinspecteur Martens stond op het punt om een opmerking te maken, zag Liese, en aan zijn gezicht te zien was het geen vriendelijke. Hij was een vrij grote man, goed in het vlees, met kleine, priemende ogen en een dunne, lange neus. Het weinige haar op zijn hoofd was nauwkeurig gekamd en op de juiste plaats gelegd.

'Ja, Martens?'

De man stak theatraal zijn handen in de lucht, alsof hij er niets mee te maken had.

'Ik had net Maite Coninckx van het Lab aan de lijn', zei Laurent. 'Het veertje dat je in Córdoba hebt gefotografeerd, is afkomstig van een wilde zwaan. En wat de veer bij Kaat Thierens betreft: Andy had het juist gezien, die komt ook van een wilde zwaan, zegt het Lab.'

'Goed werk, Andy', zei Liese.

Inspecteur Delporte knikte nerveus.

Liese had haar telefoon al in de hand.

'Goedemiddag, Liz,' zei Carlos Sanz, 'je bent toch niets vergeten hier, mag ik hopen?'

'Nee, ik heb gewoon een vraag, maar wel een belangrijke. Weet je of er wilde zwanen zitten in dat natuurreservaat in El Alcaide?'

'Dat weet ik niet', zei Sanz. 'Maar mijn collega wel, die woont er op een steenworp vandaan en hij is een groot natuurliefhebber. Ik bel je dadelijk terug.'

Nauwelijks enkele minuten later ging haar telefoon.

'*There are no swans*', zei *comisario* Sanz. 'We hebben het voor de veiligheid nog even op het internet opgezocht, het reservaat heeft zijn eigen pagina. Veel andere vogelsoorten, veel *goose* ook, of *geese*, ik vergeet altijd wat het meervoud is.'

'Ik ben ook niet zeker, maar ik denk *geese*', zei Liese, die best wist wat het meervoud voor ganzen was maar Sanz' ego niet wilde krenken.

'Ook veel andere vliegende dingen waarvan ik de namen niet ken in het Engels,' ging hij verder, 'maar zonder enige twijfel geen wilde zwanen, of er moest er een daar verdwaald zijn.'

'Erg bedankt, Carlos,' zei ze, 'ik stel je hulp echt op prijs.'

'*De nada, Liz. Adiós.*'

'Er zitten geen wilde zwanen in de buurt van de plaats delict in Córdoba', zei ze terwijl ze iedereen aankeek. 'Maar hier wel.'

'Veel zelfs', beaamde Laurent. 'Andy, misschien kun jij...'

Inspecteur Delporte slikte en schraapte zijn keel.

'Dat klopt. We hebben op een bepaald moment zelfs te veel wilde zwanen gehad, als je daar een teveel aan kunt hebben, natuurlijk.' Hij keek alsof hij dat idee zo pervers vond dat hij zich dat onmogelijk kon indenken. 'We hebben er in het Stadspark natuurlijk, een hele kolonie. Maar er zitten er zowat overal in het Antwerpse, van het Rivierenhof tot het reservaat Blokkersdijk op Linkeroever.'

'Alright,' zei Torfs, 'nieuwe hypothese: de dader is mogelijk van hier. Dat kan – en ik zeg duidelijk: dat kán – verklaren waarom bij het Spaanse slachtoffer het hart ter plekke is verwijderd en bij Kaat Thierens niet.'

'Maar wat doet hij dan met die harten?' vroeg een oudere hoofdinspecteur die Liese herkende als Ivo Dexters, een maatje van Masson. 'Wij hebben hier geen hart teruggevonden en de collega's in Córdoba ook niet. Dan heeft hij het op een of andere manier bewaard, toch?'

'Het is te vroeg om daarover al te gaan speculeren', antwoordde Liese.

Ze had geen zin om hen in dit stadium te vertellen waar Masson op het terras in Córdoba aan had gedacht, en ze hoefde hem maar even aan te kijken om te weten dat hij haar daarin steunde.

'We breiden het onderzoek uit', zei Liese kordaat. 'Vogelliefhebbers, georganiseerde natuurwandelingen op Linkeroever van de afgelopen twee maanden, hotelovernachtingen van Belgen in Córdoba in de laatste twee weken van oktober. En terwijl jullie toch bezig zijn: Hannelore Dorfmann is twee maanden geleden verdwenen, dus ook alle Belgische overnachtingen in de buurt van Trier van eind januari.'

'Ik heb nog een mededeling', zei de hoofdcommissaris. 'Ik heb besloten om vanaf morgen de dienst Profiling in Brussel in te schakelen.'

Er was geen openlijk gemor te horen, maar het was duidelijk dat er rond de tafel nogal wat scepsis heerste. Torfs stak zijn handen in de lucht als een volleerde volksmenner en zei: 'Bespaar me jullie kritiek op profilers, want voor een stukje deel ik die. Het is nooit een mirakeloplossing. Maar als het klikt, dan kan een profiler je in de juiste richting duwen. Niet meer, niet minder. In een onderzoek als dit kan dat beslissend zijn. En nu aan het werk.'

Toen iedereen aanstalten maakte om te vertrekken, manoeuvreerde Liese zo dat zij en hoofdinspecteur Martens de laatsten waren die naar buiten zouden gaan. Ze trok de deur voor zijn neus dicht.

'Even een woordje, Martens.'

'Commissaris?' De man was op zijn hoede.

'Wij kennen elkaar nog van Brussel, niet?'

Hij knikte vriendelijk. 'We kennen elkaar al heel lang. Ik was al hoofdinspecteur bij Drugs toen jij bij Moordzaken begon, toch?'

'Dat zou kunnen. Ik heb graden en rangen nooit belangrijk gevonden. Zelfs niet nu ik commissaris ben.'

'Dat is fijn, Liese', zei hij minzaam. 'Ik ben er zeker van dat we goed met elkaar zullen opschieten.'

'Ik niet', zei ze.

Ze was zijn opmerking over het manke inspecteurtje niet vergeten.

'O?'

'Nee. Ik vond je toen in Brussel namelijk al een klootzak en ik vind dat nu nog steeds.'

Martens keek haar nijdig aan.

'Ik vraag Torfs om je per direct naar je eigen team terug te sturen', zei ze. 'Ik wil je morgenochtend niet meer op de meeting hebben.'

Ze gooide de deur open en liep de gang in.

Toen Liese de teamkamer inkwam, zei Masson: 'Iemand heeft gepraat.'

'Hoe bedoel je?'

'Over de MO van de moord op Kaat. Iemand heeft zijn mond voorbijgepraat. Cleyveldt van de *Gazet van Antwerpen* belde net.' Hij wees naar Laurent, die naar zijn scherm tuurde. 'Het staat ook al bij andere kranten "on line".'

Het had lang geduurd voordat Masson enigszins wilde toegeven dat er zoiets bestond als een krant op een computer in plaats van op papier, maar hij bleef de Engelse termen met overdreven nadruk uitspreken, alsof hij duidelijk wilde maken dat ze, wat hem betrof, fenomenen van voorbijgaande aard waren.

Laurent had de pagina van *Het Nieuwsblad* openstaan. Liese zag de titel in vette letters: 'Gruwel bij moord op Kaat Thierens: dader blijkt hart te hebben verwijderd.'

'Wat heb je aan Cleyveldt verteld?' vroeg ze Laurent.

'Dat het om pure sensatiezucht gaat. Dat we dat bericht niet kunnen bevestigen.' Hij zuchtte. 'Wat moest ik anders zeggen?'

Na de moord op Kaat Thierens hadden ze met de onderzoeksrechter en de perswoordvoerder afgesproken dat er over de specifieke omstandigheden voorlopig niet werd gecommuniceerd. Niet alleen omdat ze zo uitzonderlijk en zo gruwelijk waren, maar ook omdat ze iets achter de hand wilden houden. Maar iemand had inderdaad zijn mond voorbijgepraat, en het lijstje van mogelijke kletskousen was lang.

'Oké, ik meld het aan Torfs', zei ze. 'Ik moet hem toch nog even spreken in verband met Martens.'

'Wat is er met hem?'

'Hij gaat vandaag nog terug naar zijn eigen dienst. Ik zal er bij Frank voor pleiten om direct een vervanger te krijgen.'

Zowel Masson als Laurent onthield zich van commentaar.

Ze liep langs de hoofdcommissaris, die akkoord ging met 'het geval Martens', maar zich niet wilde engageren voor een onmiddellijke vervanging. Ze besprak het perslek en wat ze er eventueel aan konden doen – 'geen bal', was het kernachtige commentaar van Torfs – en ze wilde net vertrekken, toen hij haar twee andere krantenberichten onder haar neus schoof.

'Mag dat straks? Ik zou nu langs het Lab willen rijden, ik wil meer uitleg over dat DNA op de sjaal van Kaat Thierens.'

'Bekijk het toch maar even.'

Het ene was een artikel uit een bijlage van *De Standaard*, het andere een opiniestuk uit *De Morgen*.

'Het gaat over die Alain Verbist,' zei Torfs, 'de man die al drie jaar in de cel zit voor moord. Enfin, geïnterneerd is.'

In het opiniestuk werden de rechercheurs van toen – Sofies naam werd niet vermeld – door het slijk gehaald of het scheelde niet veel.

'Ik houd mijn hart al vast voor de weekendkranten van morgen.'

'Sinds wanneer vind jij het belangrijk wat er in de kranten staat?' vroeg ze.

'Sinds vanochtend. Toen kreeg ik het nieuws dat die andere kerel in zijn cel in Frankfurt de moord hier in Antwerpen bekend heeft. Hoofdinspecteur Jacobs heeft dus de verkeerde aangehouden.'

'Verdomme toch', zuchtte Liese. Ze las vluchtig de bijlage door, waarin gepleit werd voor een grondige analyse van de werking van de politiediensten.

'Heb je haar al aan de lijn gehad?' vroeg ze.

'Jacobs is officieel met ziekteverlof. Ik ga het niet nog erger maken door haar nu te bellen.'

'Frank...' zei ze zacht.

Torfs wreef met beide handpalmen over zijn borstelige haar.

'Ik heb haar even proberen te bellen voor je binnenkwam, maar ze neemt niet op. Ze kent de telefoonnummers van hier natuurlijk.'

Hij deed alsof hem net iets te binnen schoot, maar hij was een slecht acteur.

'Je moet toch langs het Lab, zei je net. Waarom ga je op de terugweg niet even bij haar langs? Sofie woont daar praktisch om de hoek.'

Liese knikte.

'Ga je er iets over zeggen?' vroeg Torfs. 'Over die bekentenis?'

'Ze is nog steeds mijn teamlid, Frank. Wil je dat ze het via de pers verneemt, misschien?'

'Nee', antwoordde hij, met enige opluchting in zijn stem. 'Nee, het is veel beter als jij het haar zegt.'

Enkele jaren geleden had Liese een novelle gelezen over een man die de gave bezat om mensen te vertellen wanneer ze zouden doodgaan. Het was een kort verhaal dat begon als een roman en eindigde in horror: door een vergissing kwam hij ook zijn eigen sterfdatum te weten, en dat was de volgende dag.

Al bij al oversteeg het niet het gehalte van een stationsromannetje, maar ze had er met Masson over gepraat, op een avond in een kroeg, herinnerde ze zich, en dat was een interessante discussie geworden. Ze had hem gevraagd of hij zou willen weten wanneer zijn dag gekomen was, gesteld dat zoiets mogelijk zou zijn, en hij had met afkeer gereageerd. Niet alleen om het ethische aspect, had hij uitgelegd, maar vooral omdat het alle poëzie uit het leven zou halen. Het onverwachte, de verwondering.

Liese moest er opeens aan denken terwijl ze in de buurt van het gerechtelijk laboratorium een parkeerplaats zocht, wat met haar stokoude bakbeest van een Saab niet eenvoudig was. De zakjes met Massons bekertje en de haren van Matthias zaten in haar handtas. Ik weet wat iedereen kan winnen, dacht ze terwijl ze uitstapte. Duidelijkheid, in ieder geval. Gevolgd door opluchting, wanhoop, stress, blijdschap, allemaal mogelijk, naargelang de uitkomst van de test. Het was de omgekeerde vraag waar ze niet zo zeker van was: wat iedereen die erbij betrokken was, kon verliezen.

Inclusief zijzelf.

‘Dat is minstens drie maanden geleden dat ik jou hier nog over de vloer kreeg’, lachte Maite Coninckx. ‘Ben ik opeens niet meer welkom in de teamkamer? Of wil je die sombere intellectueel uit mijn buurt houden?’

Ze zaten in Coninckx’ kantoor, een kleine maar gezellige kamer naast de beveiligde, kiemvrije onderzoeksruimte.

‘Michel Masson houdt van je,’ glimlachte Liese, ‘hij heeft alleen een nogal ongewone manier om dat te tonen.’

‘Yeah, right’, grijnsde Coninckx. ‘Wat kan ik voor je doen?’

Ze slikte. ‘Een routineklusje, Maite. Een DNA-check. We hebben wat vingerafdrukken en haren gevonden en we willen zien of ze matchen.’

‘Je weet dus al om wie het gaat?’

Liese keek haar verwonderd aan.

‘Je zei “vingerafdrukken”, dus je weet al om wie het gaat’, zei het hoofd van het Lab.

‘Sorry, vingersporen’, lachte Liese terwijl ze voelde dat ze een kleur kreeg.

Coninckx observeerde haar.

‘Oké. Geef me de labelzakjes maar, ik bezorg ze wel.’

Liese onderdrukte de impuls om direct weer naar buiten te lopen.

‘Ik heb ook nog enkele andere vragen. Over de moord op Kaat Thierens’, mompelde ze.

‘Shoot.’

Ze stelde wat vragen, eerst hortend, daarna een beetje vlotter, terwijl ze alle moeite deed om niet te klinken als een flik die haar verstand verloren had. Het meeste van wat ze eruit flapte, wist ze al lang en had Maite al uitvoerig in haar rapport beschreven, maar Liese slaagde er puur op routine in om toch enkele relevante dingen op te werpen, wat Coninckx dwong om na te denken, zoals de kwestie van de huidschilfers op de sjaal van Kaat.

‘Daar is in eerste instantie inderdaad niet verder op ingegaan door het team dat de vermissing onderzocht’, beaamde Coninckx. ‘Maar je weet zelf hoe het gaat, hé. Wij sturen ons rapport met de scores, het is aan de onderzoeksrechter en de speurders om te beslissen welk DNA-spoor gevolgd moet worden.’

Op een labrapport werden scores van 1 tot 9 aangegeven, al naargelang de duidelijkheid van de sporen, en de beslissing om een of meerdere sporen te volgen hing af van de rechter en van het budget: elk bijkomend onderzoek werd namelijk apart in rekening gebracht.

‘Wie was die rechter?’ vroeg Liese.

‘Duquenne. En de speurders die de vermissing van Kaat onderzochten, hebben niet echt aangedrongen. Later wel, natuurlijk, maar toen waren jullie er al mee bezig.’

Op het grote werkblad van Maite stond haar laptop open op een tekst waar ze zo te zien pas aan begonnen was. De titel was ‘Toeval en wetenschap’.

Liese wees ernaar.

‘Ga je een boek schrijven?’

‘Ben je gek,’ zuchtte Coninckx, ‘mijn leven is zo al druk genoeg. Nee, ik moet een gastcollege geven aan de Karel de

Grote Hogeschool. Sinds al die CSI-shit op televisie zijn we opeens hot bij de jongeren.'

Liese glimlachte.

'Ik zou bij jouw soort werk niet meteen aan het woord "toeval" denken.'

Maite spreidde haar handen. 'Tuurlijk wel. Oké, de procedures zijn wetenschappelijk, maar alles hangt toch altijd af van je uitgangspunt? Wat je precies onderzoekt, in welke staat het verkeert?' Ze lachte. 'En zelfs onze instrumenten komen soms voort uit toeval. Je kent toch het verhaal over de secondelijm? Cyanoacrylaat?'

Liese knikte, maar Maite ging op in het gesprek en praatte vrolijk verder.

'Puur toevallig is er in Japan iemand zich stierlijk aan het vervelen en ontdekt dat secondelijm afdrukken zichtbaar maakt op gladde voorwerpen. Sindsdien gebruiken we dat veel. Ik zei het al, het leven hangt aan elkaar van toevalligheden en dat is in ons werk niet anders. Of in het jouwe', voegde ze er een beetje te nadrukkelijk aan toe.

'Ik moet maar eens opstappen', zei Liese. 'Je zou nog vergeten dat ik midden in een moordonderzoek zit.'

'En die routineklus? De vingersporen? Daarvoor kwam je toch hier naartoe?'

Liese deed alsof ze nadacht en sloeg toen haar ogen op.

'Niet te geloven, ik ben de labelzakjes gewoon vergeten, ze liggen nog op mijn desk!'

Maite keek haar enkele seconden aan en nam toen zichtbaar het besluit om haar collega een elegante uitweg te gunnen.

'Welkom in de wereld van Liese Meerhout!' lachte ze. 'Het zal wel door de liefde komen, zeker? Hoe gaat het trouwens met Matthias?'

'Hij klaagt niet,' lachte Liese, 'maar het is dan ook een welopgevoede jongen.'

Toen ze weer in haar auto zat, schaamde ze zich zo diep voor haar optreden dat ze kleurde tot in haar hals. Wat een domme, domme actie, Meerhout, dacht ze.

Het zou de laboranten van Maite niet veel tijd gekost hebben om uit te vissen van wie de vingersporen waren: de vingerafdrukken van Masson stonden namelijk in de databank, net zoals die van Liese en alle andere politiemensen. Uit voorzorg, om vergissingen op een plaats delict te vermijden. En als een van de laboranten het wist, dan zou het niet lang duren voor het nieuwtje bij de rest van het korps bekend was.

Als ze hiermee door wilde gaan – en daar was ze nog steeds niet echt zeker van – dan zou ze het anders moeten aanpakken.

Voor ze haar auto had gestart, kreeg ze een oproep van Torfs.

'Carla Troebleyn, zegt je dat iets?'

'Nee. Moet dat?'

'Dat is de profiler die ze ons zullen sturen. Ze komt morgen al langs.'

'Op zaterdag?'

'Waarom niet?!' hoonde Torfs luid. 'Vertrek je voor een weekend of zo?'

Ze hoorde dat er iets was en hij stoom moest afblazen, maar ze had geen zin om als ventieltje te fungeren.

'Nee,' antwoordde ze rustig, 'natuurlijk niet. Ik werk morgen. Ik had haar gewoon niet op een zaterdag verwacht, dat is alles.'

'Ze komt morgen gewoon even kennismaken', zei hij bedremmeld. 'Maandag begint ze pas echt.'

'Oké. Wat scheelt er, Frank?'

'De pers zeurt aan mijn kop. De korpschef ook, hij wil resultaten. En hoofdinspecteur Martens is nogal dik met de vakbond. Volstaat dat? Martens is gaan klagen over je, je zou je functie misbruikt hebben door hem aan de kant te schuiven.'

'Ik wil 'm niet meer in mijn team, Frank.'

'Dat wist ik al!' sneerde hij.

Het bleef even stil, daarna ging hij op rustige toon verder: 'Ik ben wel weg dit weekend, morgen. Mijn vrouw heeft het al drie maanden geleden gepland. Een wellnessweekend, verdorie, met van die modder- en massagetoestanden. Vind je dat ik het moet annuleren?'

'Nee, natuurlijk niet. Als er iets is, kan ik je wel bereiken.'

'Ik hoor veel goeds over die Carla Troebleyn', zei hij. 'Ze is een specialiste op het gebied van seriemoordenaars.'

Liese reageerde niet.

'Is alles oké met jou?' vroeg Torfs opeens, veel zachter.

'Bedoel je: buiten het feit dat mijn vader net gestorven is?' vroeg ze. 'Of buiten het feit dat er daarbuiten iemand rondloopt die vrouwen wurgt en hun hart uit hun lijf snijdt? Ja, dat buiten beschouwing gelaten gaat het uitstekend met mij.'

Tegen de voorgevel van het smalle, maar goed onderhouden rijtjeshuis van Sofie Jacobs lagen onderdelen van een stelling en een halfvolle zak cement. Het raamwerk zag er nieuw uit.

Liese had even moeten zoeken naar het huisnummer, waardoor ze besefte dat ze, in de bijna vier jaar dat ze al collega's waren, nog nooit bij haar thuis was geweest. Ze zat al lang genoeg in het vak om te beseffen dat zoiets in haar baan eerder regel dan uitzondering was. Je werkte vaak zo intens samen in uitzonderlijke omstandigheden dat je 's avonds niet meteen stond te springen om ook nog bij elkaar op de koffie te gaan, en speurders, zeker bij de Moord of Drugs, leidden zo'n onregelmatig leven dat sociale contacten er vaak bij inschoten.

Maar toch, dacht ze, terwijl ze aanbelde en rumoer hoorde achter de voordeur: hoe goed ken je iemand dan?

Het was Sofie zelf die de deur opende. Ze droeg een ruimzittende trainingsbroek en een rode sweater met het logo van de Antwerp Giants. Haar eerste blik was er een van weigerachtigheid geweest, vermengd met verbazing dat ze uitgerekend Liese Meerhout hier voor haar deur aantrof.

'Ik moest in de buurt zijn, voor het Lab', legde Liese uit. 'Ik kwam hier langs en ik dacht...'

Ze liet de rest van de zin in de lucht hangen, maar haar collega bleef haar aanstaren en kwam haar niet te hulp.

Opeens stond Sofies echtgenoot in de deuropening. Hij droeg een zwarte cargobroek waarvan de zakken uitpuilden van de schroevendraaiers, tangetjes en ander materiaal.

'Hey, commissaris, dat is fijn, dat u even langsloopt.'

'Dag Patrick.'

'Kom binnen', zei hij.

Sofie draaide zich zwijgend om en liep als eerste terug het huis in.

Binnen in de kleine woonkamer was het een gezellige chaos. De zitbanken lagen bezaaid met stripverhalen en dekentjes in allerlei kleuren. De vensterbanken stonden vol planten.

De twee kinderen van Sofie en Patrick waren druk bezig in de halfopen keuken en keken niet op. Liese hoefde gelukkig niet lang te zoeken naar hun namen: Wannes en Marie. De jongen was veertien, dat wist ze, maar naar de leeftijd van het meisje had ze het raden.

Sofie zat naast haar man op de bank en leek dwars door Liese heen te kijken. Patrick schraapte zijn keel.

'Commissaris, ik...'

'Liese, asjeblieft', lachte ze.

Hij knikte vriendelijk. Liese wist dat hij onlangs vijftig was geworden, omdat Sofie een tijdje geleden een geheim verjaardagsfeestje in elkaar had gedraaid, maar hij zag er een stuk jonger uit. Hij had kraaienpootjes rond zijn heldere ogen en een glimlach die op zijn gezicht geschilderd stond. Hij tastte met een grimas even naar zijn linkerdij, haalde een grote schroevendraaier uit zijn broekzak en legde hem op de houten salontafel.

'Ik ben net terug van mijn werk, ik heb me nog niet omgekleed.'

Liese wist dat hij een zelfstandig elektricien was die nooit verlegen zat om werk. En die, volgens de verhalen van Sofie, zelden of nooit thuis was voor zeven uur 's avonds.

Liese keek onwillekeurig op haar horloge en Patrick glimlachte opnieuw.

'Ik probeer iedere dag om vijf uur te stoppen, dan kan ik wat meehelpen met de kinderen en het eten en zo.' In een reflex gooide hij een blik op zijn vrouw die naast hem zat. Hij ging wat meer rechtop zitten en sloeg zijn handen tegen elkaar.

'Ik moet je wel waarschuwen. Vrijdagavond is de keuken van onze kinderen. Dan zijn zij de baas, ze koken.'

'O, maar ik moet zo weer naar kantoor, hoor', protesteerde Liese. 'Het is nog maar vijf uur en...'

'Aan proeven zul je niet ontkomen, vrees ik', fluisterde hij. 'En soms valt het echt wel mee.'

Sofie was geïrriteerd, zag ze, maar of dat nu kwam door de bijna familiaire houding van haar man of gewoon door haar aanwezigheid hier, dat wist ze niet. Waarschijnlijk door beide.

Ineens stond Wannes naast haar met een bord en een vork.

'Ons restaurant is nu geopend en dit is voor u, mevrouw', zei hij.

Op het bord lag een dichtgevouwen pannenkoek. De dikke vulling die er een beetje uit kwam piepen, leek op aardappelpuree, maar helemaal zeker was ze daar niet van. Terwijl ze met lange tanden een hap nam, vroeg Wannes:

'Vind je het lekker?'

Liese knikte verbaasd.

'De puree is best oké, de pannenkoek ook. Alleen vind ik de combinatie niet zo geslaagd', zei Liese lachend.

'We zijn ook geen echte koks,' antwoordde Wannes ernstig, 'we moeten het nog leren.'

'Geloof me, je kookt al beter dan ik.'

De jongen schaterde.

Het volgende kwartier kreeg ze enkele minder geslaagde bordjes in haar handen, met als dieptepunt de rest van de puree in een soort mayonaisesaus, maar ondanks de culinaire beproevingen viel het Liese vooral op hoe goed de leden van dit gezin op elkaar ingespeeld waren. De kinderen deden grotendeels hun zin, maar ze deden dat met respect en een grote genegenheid voor hun ouders. Patrick speelde voluit mee met hen, niet op een overdreven, kunstmatige manier maar zo natuurlijk dat het duidelijk werd dat ze dit vaker deden. Zelfs uit de houding en de schaarse commentaren van Sofie bleek een warm, onuitgesproken vertrouwen tussen iedereen. Liese had zich haar altijd voorgesteld als een strenge moeder, alleen maar, besefte ze nu, omdat ze zich baseerde op de manier waarop Sofie met haar collega's omging. Maar er was duidelijk een Sofie als flik bij de Moordbrigade en een Sofie in haar privéleven, en die lagen veel verder uit elkaar dan Liese tot nog toe had gedacht.

'Ik ga even helpen opruimen in de keuken,' besloot Patrick, 'jullie zullen wel een en ander te bespreken hebben.'

Toen ze alleen waren, zei Liese: 'Ik kwam echt zomaar even langs, Sofie. Gewoon om te kijken hoe het met je gaat.'

'Wat denk je zelf?' vroeg ze bot.

Liese antwoordde niet en deed alsof ze het geanimeerde trio in de keuken observeerde.

Sofie zuchtte.

'Ik zou gewoon willen dat iedereen me met rust laat, maar dat schijnt om een of andere reden niet te lukken.'

'Ik blijf echt niet lang meer', zei Liese.

In de keuken was Wannes erin geslaagd zijn vader een dot zeepsop aan zijn neus te hangen, tot groot jolijt van zijn zus.

'Ik vlieg hier tegen de muren op', zei Sofie. Haar stem klonk dof en moe. 'Ik kan niet stilzitten, ik kan dat gewoon niet.'

'Wat zegt de dokter?'

'Ach, dokters...' Ze wuifde even met haar hand en liet die dan in haar schoot vallen. 'Ik moet thuisblijven omdat ik overspannen ben, zegt hij. Maar daar word ik nu juist overspannen van. Van hier te zitten niksdoen.'

Liese ging rechtop zitten.

'Er is iets dat je moet weten, Sofie', zei ze met zachte stem. 'Die man die in Frankfurt in de cel zit, heeft vanochtend de moord bekend. Verbist is onschuldig.'

Sofie Jacobs deinsde achteruit alsof ze een klap had gekregen.

'Je hebt destijds gedaan wat je moest doen', pleitte Liese. 'Je hebt hem ondervraagd en hij heeft een bekentenis afgelegd. Je hoeft jezelf niets te verwijten.'

Het duurde lang voor haar collega antwoordde en toen ze het deed, knikkend met haar hoofd, leek het alsof ze vooral tegen zichzelf praatte.

'Ik heb een onschuldige man in de gevangenis laten gooien', fluisterde ze boos. 'Ik heb een man drie jaar van zijn leven afgenomen. Kom dus niet af met van die bullshit.'

Liese zweeg.

'Ik zou graag willen dat je nu vertrekt', zei Sofie, nog steeds op fluistertoon. Ze staarde voor zich uit terwijl ze het zei.

Liese stond op en zwierde de riem van haar handtas over haar schouder.

'Ik voel me iedere dag schuldig als ik aan mijn vader denk', zei ze zacht. 'Iedere dag. Voor dingen die ik had moeten zeggen, voor dingen die ik vooral niet had moeten doen en toch gedaan heb, noem maar op. Ik kan dat nooit of nooit meer goedmaken.'

Sofie keek haar aan.

'Maar ik heb me ook al iedere dag afgevraagd of ik hem bewust gekwetst heb. Of ik...' Ze zocht naar de juiste woorden. '...of ik de dingen anders had kunnen doen. Of willen doen. En ik denk dat het antwoord nee is.' Ze stak haar vingers in haar handtas en voelde een van de labelzakjes zitten. 'We doen allemaal wat we denken dat we moeten doen, Sofie. Wat we denken dat juist is.'

'Dat praat het niet goed', zei Sofie.

Ze wisten beiden dat ze het niet alleen over Lieses vader of de onterechte aanhouding van Alain Verbist hadden, maar ook over hun samenwerking van de afgelopen jaren.

Liese schudde haar hoofd.

'Nee, dat is zo. Maar het helpt wel een beetje.'

Toen ze naar de deur liep, zei Sofie zacht: 'Bedankt om langs te komen.'

Het laatste teamoverleg van de dag zette geen zoden aan de dijk. Laurent bracht verslag uit van zijn zoveelste videooverleg met de mensen van Interpol, in hun hoofdkwartier in Lyon, maar meer dan de nogal voor de hand liggende conclusie dat de zaken op de voet werden gevolgd, had hij niet te melden.

Liese had de dienstroosters voor zich liggen en probeerde zo goed en zo kwaad als het ging een volwaardige weekendploeg samen te stellen.

'Ik mis nog één persoon voor zondag', zei ze terwijl ze opkeek van haar papieren. 'Kom, jongens, het wordt toch slecht weer, dan kun je evengoed hier zitten en er nog voor betaald worden ook.'

Hoofdinspecteur De Sutter stak zijn hand op.

'Doe maar, commissaris', zei hij.

Liese keek hem vriendelijk aan.

'Alleen als we elkaar vanaf nu met de voornaam aanspreken, zoals iedereen', zei ze. Ze wist dat hij Noël heette, maar ze wilde het hem zelf horen zeggen.

Hij lachte en wreef met zijn duim en wijsvinger over zijn dikke snor.

'Ik vind De Sutter nog steeds prima, commissaris.'

Hij wachtte tot het gegrinnik rondom hem stopte en zei, veel zachter: 'Het is geen slechte wil, hoor. Vroeger mocht het niet anders. Ik ben het al twintig jaar zo gewend, ik heb geen zin om dat nu te veranderen.'

'Oké, De Sutter', zei ze. 'Je staat erop voor zondagochtend, negen uur.'

In de teamkamer, opnieuw met zijn drieën, stak Masson het sleuteltje in het slot van zijn wapenkastje en vroeg: 'Zit de werkdag erop?'

'Ja, maar ik hoef niks', zei Liese.

Masson bewaarde steevast enkele flessen in zijn locker, een regelrechte aanfluiting van zowat alle voorschriften die er maar bestonden.

Hij haalde twee whiskyglazen uit een van zijn laden, schonk voor zichzelf en voor Laurent een fikse borrel in en ging zitten.

Laurent nam een slok en knipperde met zijn ogen. Dan masseerde hij met trage bewegingen zijn dij.

'Doet het pijn?' vroeg ze.

'Soms zeurt het een beetje.'

'Misschien oefen je te veel.'

'Integendeel.' Hij keek schuins naar Masson. 'Maandag opnieuw?'

Masson knikte terwijl hij van zijn glas dronk. 'Maar het zal nog eens met de *Nederlandsche Voghelen* zijn, ik vind niet direct iets zwaarders.'

Lieses vaste telefoon ging.

'Meerhout.'

'Dag Liese. Jurgen Cleyveldt. Stoor ik?'

Er waren slechts een paar journalisten met wie Liese en haar team af en toe contact hadden en Jurgen Cleyveldt van *Gazet van Antwerpen* was daar een van. Liese had hem in het verleden al eens gevraagd om een ballonnetje op te laten in verband met een moordzaak die muurvast zat, en Cleyveldt had dat uitstekend en met veel tact gedaan. Omgekeerd was de journalist 'toevallig' de eerste geweest die over een doorbraak in een ontvoeringszaak had kunnen schrijven, om de simpele reden dat Masson hem de informatie had doorgespeeld. Ze respecteerden elkaar en elkaars werk, kortom, en dat was al veel gezien de voortdurende druk waaronder de redacties stonden om zo veel mogelijk met 'primeurs' en 'scoops' te kunnen uitpakken.

'Zeg het maar, Jurgen. Ik neem aan dat het over Kaat Thierens gaat?'

Terwijl ze sprak, had ze de luidspreker van het toestel ingeschakeld.

‘Ik moet bijna inleveren voor de weekendkrant van morgen. Ik vroeg me af of je...’

‘Breng je er weer een stuk over!?’

Ze hoorden hem grinniken.

‘Een vrouw die vermoord wordt op Linkeroever en bij wie het hart uit haar lichaam is gehaald? Ik neem aan dat dit een retorische vraag was.’

Liese zuchtte.

‘Wat wil je weten?’

‘Ik heb hier het persbericht van het parket voor me’, zei Cleyveldt. ‘Het is nogal vaag.’

Die ochtend was er een korte persbriefing geweest. Liese had telefonisch overlegd met de onderzoeksrechter, maar er was haar niet gevraagd om aanwezig te zijn. Dat vond ze best: hoe meer Myriam Carlens haar uit de wind zette, hoe beter ze dat vond.

‘Volgens de onderzoeksrechter zijn er, wacht even, waar staat het... “significante overeenkomsten” tussen een moordzaak in Spanje en die hier aan het Galgenweel. Ik vroeg me af of je daar wat meer over kon zeggen.’

Liese aarzelde. Samen met Torfs en Carlens hadden ze besloten niet te communiceren over de gevonden veertjes en over de gruwelijke verminkingen, en ook over de andere overeenkomsten waren ze bijzonder karig geweest met informatie.

‘Goh, Jurgen...’ Ze legde haar ene hand over de hoorn van het toestel, krabbelde met de andere ‘Zuiderse look??’ op een papiertje en stak het op naar Masson. Die knikte.

‘Ik verwacht een serieuze wederdienst hiervoor’, zei ze.

‘Deal.’

Ze vertelde de journalist over de gelijkenissen tussen het Spaanse slachtoffer en Kaat Thierens.

‘Heeft hij het dan op exotische types gemunt?’ vroeg Cleyveldt uiteindelijk.

'Dat is speculatie, en daar doen we hier niet aan. Dat is meer jouw terrein.'

Cleyveldt wist dat ze het niet slecht bedoeld had. Hij glimlachte.

'Dank je. Mijn vakantiebonus komt weer een stukje dichterbij.'

'Wie heeft er over die verminkingen gelekt?' vroeg ze.

Ze hoorden dat Cleyveldt eventjes zijn adem inhield.

'Dat weet ik niet, en da's de waarheid. Een collega van *Het Nieuwsblad* vertelde het me, bij de koffieautomaat. Walter Saerens. Maar eer die zijn bronnen prijsgeeft, heb je een grondwetswijziging nodig.'

Sinds enige tijd waren beide krantenredacties verenigd in een en hetzelfde gebouw, dus dat kon wel kloppen, dacht Liese.

'Oké', zei ze.

'Was dat de wederdienst?' vroeg Cleyveldt.

'Grapjas,' zei Liese, 'dat had je gedacht.'

Toen ze had neergelegd, zaten ze een tijdje zwijgend naar elkaar te kijken.

Laurent speelde met het whiskyglas dat voor hem stond en zuchtte.

'Weet je, ik zeg dit niet graag, maar ik heb een vreemd voorgevoel.'

'En dat is?'

'Dat er nog meer van die gruwelijke gevallen gaan volgen. En dat we deze klootzak nooit te pakken zullen krijgen.'

Masson kwam moeizaam overeind, greep met een geïrriteerde blik de fles vast en stopte ze terug in zijn wapenkastje.

'En wat denk jij, Michel?' vroeg ze zacht.

Hij leunde met zijn onderarm op de lockers.

'Dat het vrijdagavond, zeven uur is', bromde hij. 'En dat we moeten nadenken voor we zulke dramatische uitspraken doen.'

Hij keek lichtjes verwijtend naar zijn protegé, die het laatste slokje uit zijn glas dronk en prompt begon te hoesten.

'De wereld zoals we haar zien, is een resultaat van ons denken', zei Masson. 'We kunnen die dus alleen maar veranderen als we ook ons denken veranderen.'

'En dat is niet dramatisch, of wat?' mompelde Laurent verongelijkt.

'Nee,' zei Masson, 'dat is Einstein.'

Liese bekeek hem zoals hij daar bij de wapenkastjes stond en verder kibbelde met Laurent, in zijn bruine, driedelige pak met krijtstreep en met zijn wijnkleurige das die hij enkele maanden geleden in Parijs had gekocht. Liese had de uitnodiging voor het driedaagse politiecongres gekregen, maar ze wist hoeveel Michel van de lichtstad hield en ze had hem in haar plaats laten gaan. Drie dagen Parijs waren voor hem zo'n beetje hetzelfde als een zuurstofkuur voor een topsporter. De boekhandels, de brasseries, de architectuur, de kranten. Het intellectuele leven, dat volgens hem met niets anders te vergelijken was, en al zeker niet met dat in Vlaanderen. Hij kwam helemaal opgekikkerd terug, beladen met tweedehands boeken uit Montmartre en met een blos op de wangen van het vele rondlopen. Later bleek hij nauwelijks een halve dag op het congres te zijn geweest, precies lang genoeg om de slotconclusies te horen.

En nu leunde hij tegen haar eigen wapenkastje, waarin ze iets meer dan een uur geleden, vlak voor het teamoverleg, de beide labelzakjes had gestopt en waarvan ze het sleuteltje zorgvuldig had opgeborgen.

Als er één ding was waar ze de laatste dagen echt droevig van kon worden, dan was het dat ze haar vader nooit had meegenomen naar De Veluwe. Of beter, dat ze niet hard genoeg had aangedrongen, want ze had het wel degelijk voorgesteld, enkele maanden geleden. Maar haar vader was in zijn sombere cocon steeds moeilijker te bereiken geweest, en voor haar moeder was elke uitstap naar Antwerpen er een te veel. En dus was er niets van gekomen.

Terwijl hij ervan genoten zou hebben, dacht Liese, toen ze binnenstapte in het hotelletje bij de kathedraal, Nelle een knuffel gaf en doorliep naar achter, naar het domein van Matthias, die ze onder de verbaasde blik van een wat nors uitziende vrouw een innige kus gaf.

'Dit is Britta. Onze nieuwe hulpchef', zei hij.

Liese knikte vriendelijk en gaf haar een hand.

'Gefeliciteerd.'

'Dank u', zei de vrouw ietwat vormelijk.

Ze zag er wat bozig uit maar dat kwam louter en alleen door de vorm van haar gezicht, met haar kleine, priemende ogen die een beetje te dicht bij elkaar stonden en haar mondhoeken die naar beneden wezen, zodat het leek of ze steeds chagrijnig was. In werkelijkheid bleek ze een warme vrouw met een droge maar bijzonder aanstekelijke vorm van humor. En iemand die, zei Matthias, erg goed kon koken, en daar ging het tenslotte om.

'Ze kan om te beginnen meedraaien in de keuken en parttime inspringen als chef', zei Matthias.

Ze zaten samen met Nelle in de kleine bar van De Veluwe, een knusse ruimte die overdag uitkeek op een binnenplaats boordevol planten en kruiden. Liese zat hier graag: ze hield van de ruwe, houten plankenvloer, van de oude, massieve tapkast, van de okergele muren die vol hingen met oude bierreclames van email. En van de boekenkast, natuurlijk, hoewel dat meer het domein van Masson was. Zowat overal in het hotelletje vond je boekenkasten waaruit de gasten konden ontlenen wat ze maar wilden. In het begin was Liese er bijna automatisch van uitgegaan dat ze dan wel vaak hun voorraad moesten aanvullen, maar het tegendeel bleek waar: de trouwe en bijna zonder uitzondering oude clientèle liet zelf meer boeken achter dan ze meenamen, zodat de kasten stilaan uitpuilden en er al stapeltjes op de vensterbanken lagen.

'Dat komt door die baan van je,' had Nelle gezegd, 'je ziet vaak alleen maar het slechte in de mensen, maar gewone mensen zijn zo niet.'

Ze was een slanke, goedlachse en heel energieke vrouw van eind vijftig. Haar lange, zwarte haar met hier en daar brede, grijze strepen droeg ze in een dikke knot. Hoewel ze al meer dan vijfentwintig jaar haar hotelletje aan de Torfbrug runde, was haar tongval nog steeds onmiskenbaar Hollands.

Ze had niet gereageerd op Matthias' opmerking over zijn nieuwe hulpchef, dus deed hij het nog een dunnetjes over.

'Britta kookt parttime, om te beginnen, zodat ik de handen vrij heb om andere dingen te doen.'

'De klanten komen voor jou, niet voor het hotel. Als je d'r mee stopt, kan ik gelijk sluiten.'

Hij lachte, nam haar gezicht vast met beide handen en schudde met zijn hoofd, zodat zijn wilde, springerige haren alle kanten opgingen.

'Oh-oh, wat doen we weer dramatisch', zei hij, terwijl hij zijn gezicht dicht tegen dat van haar bracht. Hij had dezelfde, blauwgrijze ogen als Nelle, zag Liese. Ook zijn mond was die van haar.

'Wie zegt dat ik ermee ophoud? Ik wil alleen een beetje tijd voor mezelf, mama, that's all.'

Had hij wel iets van Masson? vroeg ze zich af. Zijn neus misschien, die ietwat lange, aristocratische neus van hem. Maar misschien had die Franse beeldhouwer ook zo'n neus en joeg ze spoken na.

Het eten was voortreffelijk. Haar zo geliefde sliptongetjes stonden niet op het menu, maar Britta had onder meer een stoofpotje van zeeduivel en broccoli gemaakt, iets wat Liese niet echt met de lente associeerde, helaas wel met het gure weer daarbuiten: het goot en het waaide hard terwijl ze binnen voor hun bord zaten en commentaar gaven op de eerste kookavond van de nieuwe hulpchef.

'De vis is niet al te best', zei Nelle met uitgestreken gezicht.

'De vis is prima, Nelle', zei Matthias. 'Wat vind je daar nu niet goed aan?'

'Die groenten zijn net een beetje te gaar, vinden jullie ook niet?' vroeg ze.

Hij schudde zijn hoofd en zuchtte.

'Ze blijft toch, hoor, wen er maar aan.'

Nelle haalde haar schouders op.

Laat op de avond zaten ze in de bar achteraan. Liese beperkte zich tot één glas Omer omdat ze op zaterdag moest werken, maar Matthias liet zich gaan en gooide zich in de wijn. Hij had het voordeel dat hij precies de juiste keuze kon maken, omdat hij de drank voor De Veluwe nu eenmaal zelf inkocht, en hij was bijzonder gecharmeerd van een rode, biologische wijn uit de Spaanse Rioja-streek.

Hij was voor de tweede keer aan het vertellen waarom je onmogelijk een kater kon hebben van een goeie fles wijn, toen Masson opeens naast hen stond.

'Kenners van de materie spreken nooit over een kater, jongen', zei hij. 'Wij noemen dat een wijngriepje.'

Masson was al flink boven zijn theewater, merkte Liese.

'Dag Michel', zei ze.

Hij glimlachte naar haar en nam plaats naast Nelle, en net voor hij dat deed, legde hij zijn hand op haar schouder. Het was maar even, net lang genoeg voor Nelle om met haar eigen hand zijn vingers aan te raken. Ze hadden elkaar niet eens aangekeken.

'Tijdje geleden', zei Matthias.

Masson knikte.

'Het is een beetje druk geweest.'

'Wil je iets drinken?'

'Ik doe het wel', zei Nelle.

Ze liep achter de massieve tapkast, bukte zich en kwam tevoorschijn met een halfvolle fles cognac. Over het logo hing een wit stukje papier met daarop een letter. Een hoofdletter, dacht Liese. Ze tuurde naar de fles en bleef turen terwijl Nelle een glas inschonk. Masson had het gemerkt.

'Het is gewoon een M, hoor', zei hij traag. 'Wanneer ga je nu eens eindelijk naar een oogarts?'

'Er is niks mis met mijn ogen.'

Masson knikte alsof dat het enige antwoord was dat hij verwachtte.

'Ik moet echt naar bed', geeuwde Liese even later. 'Ik moet werken, morgen.'

Matthias en zij stonden op en namen afscheid. Liese draaide zich in de deuropening nog even om. De bar was leeg, op dat ene tafeltje na, en Nelle en Masson waren druk in gesprek. Ze zaten zo dicht bij elkaar dat hun heupen elkaar raakten. Nelle gaf een uitleg waarbij ze haar beide handen gebruikte en Masson luisterde, en de blik in zijn ogen kon Liese niet anders omschrijven dan als de blik van een man die thuisgekomen was.

Ze vond het altijd fijn om 's avonds of 's nachts in de armen van Matthias door haar stad te lopen.

Ze slenterden door de bijna verlaten Hoogstraat, langs de galerie De Zwarte Panter, tot aan de Sint-Jansvliet, het gezellige plein met de voetgangerstunnel waar ze op zondag al wel eens naar de vlooienmarkt kwam, en liepen de Kloosterstraat in. Liese hield van die lange streep vol met mooie huizen, tweedehandswinkeltjes en antiekzaken. Lang voor ze er ook maar aan had gedacht in deze buurt te komen wonen, had ze hier in het weekend al vaker rondgeslenterd, helemaal tot aan de Vlaamse Kaai en terug, en zo had ze haar lievelingscafé 'de Chocola' ontdekt, wat van toen af haar vaste stek werd waar ze wat rust vond bij een koffie, bladerend door de tweedehands boeken die ze had gekocht, haar vermoeide voeten ontspannen onder de houten tafel.

En nu woonde ze er, dacht ze, terwijl Matthias haar met zijn arm om haar middel de kleine Goedehoopstraat in leidde, niet alleen dicht bij dat alles maar ook nog eens op een steenworp van de Schelde.

'Je ziet er blij uit', zei hij.

Liese had niet eens beseft dat ze aan het glimlachen was.

Ze knikte.

'Ja', zei ze. 'Ik ben ook blij.'

Ze voelde zich geborgen en tegelijkertijd heel vrij, en dat gevoel hield aan terwijl ze de kleine trap naar haar dakkapelletje namen en ze zich op haar bed lieten vallen. Ze wreef door zijn stugge haren terwijl hij haar jeans en daarna haar topje uittrok en ze dacht opeens nergens meer aan, er was alleen nog die piepkleine kamer in het zachtgrijze maanlicht, en de vertrouwde geur van zijn lichaam.

Ze begonnen te vrijen. Het was de eerste keer sinds haar vader was gestorven. Ze waren allebei moe en traag, en die vermoeide, lome bewegingen waren precies wat Liese hebben wilde. Ze lag met Matthias in een vijver in de warme tropen en telkens als ze kronkelend kopje-onder ging en dreigde te verdrinken haalde hij haar loom weer naar boven en liet hij haar uithijgen tegen zijn schouder. Ergens onderweg besefte ze opeens haarscherp hoe gelukkig ze was met hem en ze wilde het hem in zijn oor fluisteren, maar net op dat moment likte hij zachtjes aan haar tepels en toen sloot ze haar ogen en was er opeens niets meer, alleen nog witte en rode en groene vlakken van zo'n pure, ongeschonden helderheid dat ze naar adem moest snakken. 'Ik zie je graag', hoorde Liese hem zeggen, en die simpele woorden brachten haar langzaam terug naar het bed in de kamer. Ze had haar armen losjes om zijn licht bezwete rug, ze hijgde zachtjes na, en toen zag ze het horloge om haar pols.

In een oogwenk was het voorbij. Opeens was ze weer in die ziekenhuiskamer en zag ze haar vader angstig klauwen naar het horloge, naar de tijd, naar het leven zelf, en begon ze te huilen.

Ze huilde lange tijd. Het verdriet kwam van zo diep in haar lichaam dat ze soms schokte van de pijn. Matthias zei geen woord en hield haar alleen vast, zacht genoeg om haar nog te laten ademen en net hard genoeg om haar te beschermen tegen die immense leegte die ze opeens rondom haar voelde.

Later, in de nacht, lag ze met haar hoofd op zijn borstkas en vertelde ze over hem. Hoe grappig hij kon zijn, vroeger. Hoe sterk hij geweest was. Hoe hij haar getroost had in haar allereerste liefdesverdriet, op haar tiende, toen het vriendje haar na welgeteld één week liet staan voor haar buurmeisje. Hoe ze zich hem zou herinneren.

Matthias had vooral geluisterd en Liese was het grootste deel van de tijd te diep in haar verdriet geweest om te beseffen dat hij, van zijn kant, niet eens een herinnering had om te delen. Er was geen vader geweest om hem te helpen of te troosten.

Haar laatste gedachte net voor ze insliep, was eerder een besluit geweest. Het besluit dat ze, hoe dan ook, zou doorzetten met de DNA-test, om de eenvoudige reden dat de man die nu naast haar heel zachtjes lag te ronken, meer dan wie ook recht had om te weten wie zijn vader was.

10

'Een profiler is geen Madame Blanche', zei Carla Troebleyn. 'Ik heb geen glazen bol. En de ene seriemoordenaar is de andere niet.'

Om halfnegen 's ochtends zat het samengestelde team in de vergaderruimte. Troebleyn was vijf minuten eerder aangekomen. Ze was een grote, slanke vrouw van begin vijftig met zachte, grijze ogen achter een goudgerande bril. Ze zag eruit als een aimabele bibliothecaresse.

'Wij zijn gedragswetenschappers', zei Troebleyn. 'We proberen een analyse te maken en, als het kan, een daderprofiel samen te stellen. Niet meer, niet minder.' Ze keek de grote tafel rond. 'Voor diegenen onder jullie die nog nooit met een profiler gewerkt hebben: in tegenstelling tot wat de tv je misschien doet geloven, zorgen wij zelden of nooit alleen voor een doorbraak. Het echte werk is voor jullie.'

Hoofdinspecteur De Sutter knikte een beetje te enthousiast.

'Waarom knik je zo?' vroeg Troebleyn.

De Sutter had niet verwacht dat de vrouw hem zou aanspreken.

'Eh, gewoon... om wat u zojuist zei.' Hij schraapte zijn keel en vermande zich. 'Dat u weet dat wij nog altijd het echte werk moeten doen.'

'Vergeef me als mijn gebrek aan onwetendheid je stoort', antwoordde Troebleyn.

Toch geen bibliothecaresse, dacht Liese.

Ze was die ochtend om zes uur wakker geworden, verbaasd dat ze zich zo fris en uitgeslapen voelde. Matthias lag in foetushouding naast haar, met een arm en een knie over haar lichaam. Ze maakte zich voorzichtig los van hem en sloop naar beneden, naar de badkamer, en daarna naar de keuken.

De eerste kop koffie van de dag was eigenlijk de enige die Liese echt belangrijk vond en die ze voor geen geld zou willen missen, en de samenstelling ervan was al jaren dezelfde: een sterk brouwsel in een van haar grote lievelingsmokken, een dot melkschuim en een snuifje kaneelpoeder. Ook vereist, kwestie van het genot zo maximaal mogelijk te maken: de afwezigheid van anderen. Het was een van de eerste dingen die ze Matthias had verteld toen het duidelijk werd dat ze wel eens samen zouden kunnen blijven: het eerste halfuur van de ochtend was van haar en van haar alleen.

Ze nipte van haar koffie terwijl ze door de kranten scrolde. Dat had ze beter niet kunnen doen: zowel in *De Morgen* als op de site van *Het Laatste Nieuws* staarde de foto van Kaat Thierens haar aan. Beide media hadden dezelfde foto van haar gebruikt, een lachende Kaat, in vol profiel met een kleurrijke sjaal om haar hals en met ogen die zeiden dat ze klaar was om zo niet de wereld, dan toch de wijde omgeving te gaan veroveren.

Liese dronk haar mok leeg, trok een trui over haar hoofd terwijl ze nadacht waar ze haar huissleutels nu weer had gelegd, en liep met stevige passen naar buiten.

Vijf minuten later stond ze op de kade en keek ze uit over de Schelde.

Het was een prachtige ochtend.

De enige wolken tegen het blauw waren flardjes die witter waren dan het melkschuim op haar koffie. Overal waar ze keek, zag ze puntjes licht van de zon die weerkaatste op het water. Links van haar lag een enorm schip aangemeerd, een roodbruin gevaarte met flink wat roest dat volgens de witte letters op de boeg uit Zuid-Korea kwam. Rechts kwam een binnenschip aangevaren, traag en helemaal volgeladen, met op de voorplecht een kleine, blauwe auto en wasgoed dat wapperde in de wind. In de verte, aan de overkant, stonden de hoge flatgebouwen van Linkeroever met daarachter, wist ze, het meer waar ze twee weken geleden Kaat Thierens uit hadden gehaald.

Ze dacht aan haar vader en er kwam een droeve glimlach op haar gelaat. Ze voelde dat er iets veranderd was sinds vannacht, iets dat in de plaats was gekomen van dat boze, diepe verdriet. Ze zag de zon op het water, ze hoorde en ze rook het leven rondom haar.

Ze zoog haar longen vol lucht en maakte rechtsomkeert.

'Ik start maandag meteen met me in te lezen in jullie rapporten', zei Troebleyn. 'Naar ik van Frank Torfs vernomen heb, zijn er nogal wat overeenkomsten tussen de zaak in Córdoba en die hier. Dat is altijd... interessant. We zoeken in de eerste plaats altijd naar raakpunten.' Ze keek rond. 'Vragen tot nu toe?'

De jonge Delporte stak zijn hand op.

'Delporte, Andy, inspecteur.'

Troebleyn lachte niet, wat Liese wel beviel.

'Zijn er kenmerken die altijd terugkomen?' vroeg hij. 'Dingen die herkenbaar zijn bij seriemoordenaars?'

Troebleyn haalde haar schouders op.

'Daar is geen peil op te trekken', zei ze. 'Er is niet één type persoonlijkheid waar je naar op zoek kunt gaan. John Gacy was volgens iedereen die hem kende een charismatische, vriendelijke man en altijd bereid tot een praatje. Maar ondertussen martelde, misbruikte en vermoordde hij meer dan dertig jongens.'

De profiler knikte naar Andy, alsof ze hem wilde bedanken voor zijn vraag.

'Toch zijn er inderdaad vage... overeenkomsten. De meesten hebben een zwaar verstoorde jeugd gehad. Velen hebben een gespleten persoonlijkheid. En bijna allemaal lijden ze aan sociale anomie.'

De Sutter probeerde niet al te opvallend te zuchten. Liese, die naast hem zat, snapte de man voor een keer. Op een zaterdagochtend college krijgen, was niet bepaald zijn favoriete tijdverdrijf.

Masson daarentegen zat heel aandachtig te luisteren.

'Anomie betekent simpelweg de afwezigheid of het afwijzen van waarden en normen', zei Troebleyn. 'Ik haal het aan omdat het een van de weinige rode draden is die we hebben wanneer we op zoek gaan naar meervoudige moordenaars.'

Ze had het woord op de flipchart geschreven die vooraan stond, en tikte er op met de achterkant van haar stift.

'Wie aan anomie lijdt, voelt zich losstaan van de sociale regels die het leven van alle andere mensen bepalen. Ze snappen die regels zelfs niet, en ze hebben dan ook geen schuldig geweten als ze die regels overtreden. Dit is heel belangrijk, collega's. Het woordje "sorry" staat niet in hun woordenboek, om de eenvoudige reden dat ze niet vinden dat ze iets verkeerds hebben gedaan.'

Troebleyn gooide de stift in het bakje onder aan de flipchart.

'We hebben gelukkig weinig seriemoordenaars in onze contreien', ging ze verder. 'Maar wat we leren uit bijna alle gevallen, zowel in binnen- als in buitenland, is dit: als een echte seriemoordenaar geen fouten maakt, is hij de moeilijkst te vatten dader die jullie ooit in jullie carrière zullen tegenkomen.' Ze liet de stilte even hangen. 'De meesten weten hun moorddadige instincten zeer goed verborgen te houden. Ze hebben zichzelf perfect onder controle.'

De profiler knikte naar het gezelschap.

'Ik denk dat dit wel volstaat, als inleiding.' Ze glimlachte, en daar was de bibliothecaresse weer. 'Tot maandag.'

Toen Troebleyn weg was, zei Liese, om het ijs te breken: 'Je hebt het gehoord, mannen, we moeten dus op zoek naar iemand die geen sorry kan zeggen.'

'Dan zijn de helft van mijn bazen seriemoordenaars', antwoordde De Sutter.

Liese nam een flesje water uit de automaat bij 'het tankstation' toen haar gsm rinkelde.

'Met Kirsten. Ik had uw telefoonnummer niet, maar ik heb...'

'Sorry, met wie spreek ik?'

'Met Kirsten Vanaeken...' Liese hoorde de vrouw snikken. 'We hebben elkaar bij pastoor Vandenhaute gezien.'

'Ah. Oké.'

De blonde vrouw van wie de zus verongelukt was, ze wist het weer.

'De pastoor heeft me uw nummer gegeven. Ik weet echt niet wie ik anders moet bellen', snikte ze.

Liese ging op een van de hoge stoelen aan het raam zitten en nam een slok van het flesje water. Ze hoorde de jonge vrouw gejaagd in- en uitademen.

'Wat is er, Kirsten?'

'Ditte had daar niets te zoeken', zei ze, half huilend. 'Wat deed ze daar bij de E19? Hé? Waarom liep ze de snelweg op?!'

'Kirsten...'

'Ik wil gewoon weten wat er gebeurd is, dat is toch niet te veel gevraagd? Ik kan gewoon niet verder als ik niet weet wat er gebeurd is!'

'Mag ik je straks misschien...'

'Ik begrijp het gewoon niet, en niemand wil me iets zeggen, ik heb mijn zusje alleen maar mogen begraven en niemand helpt me!'

Nu huilde ze voluit.

Liese wachtte even.

'Ik weet dat het pijn doet, Kirsten', zei Liese zacht. 'Veel pijn. Maar ik kan je echt niet helpen.'

'Jij bent toch bij de politie? Je kunt toch informeren bij die mensen? Tegen jou zeggen ze vast meer, dat kan niet anders, dat moet gewoon!' jammerde ze.

Masson stond opeens naast Liese.

'Het is dringend', bromde hij.

Ze knikte.

'Oké, Kirsten', zei ze. 'Kun je me een foto van je zus doorsturen? Je hebt ondertussen mijn gsm-nummer.'

'Da's goed,' zei Kirsten zacht, 'dank je wel.'

'Ik beloof je dat ik zal informeren. En ik bel je terug. Maar hoe erg het ook is, het zal je niet veel helpen, sorry.'

'Beloofd?' snikte de vrouw.

'Ja', antwoordde Liese.

Toen ze haar gsm had weggestopt, zei Masson: 'Ik heb Polizeioberkommissarin Geiger aan de lijn, vanuit Trier. Ze hebben het lichaam van dat meisje gevonden.'

‘*Guten Morgen, Frau Meerhout*’, zei Lucia Geiger. ‘U bent dus ook al aan het werk op zaterdag, net als wij.’

‘Ja,’ antwoordde ze, ‘en u brengt niet zulk goed nieuws, hoor ik.’

‘Helaas niet, nee. Vanochtend vroeg is er een lichaam gevonden, in een bos buiten de stad. We hebben ondertussen een positieve identificatie. Het gaat om Hannelore Dorfmann.’

‘Zelfde MO?’

Geiger had haar onmiddellijk begrepen.

‘*Jawohl*. Identiek aan de zaak in Spanje, en aan uw eigen zaak in Antwerpen. De autopsie vindt op dit ogenblik plaats, maar er bestaat geen twijfel.’

‘Ik kom er aan’, zei Liese.

Toen dacht ze aan de ‘POK’ voor Lucia Geigers naam en zei: ‘Als u daar geen bezwaar tegen hebt, tenminste.’

‘Vandaag nog?’

‘Ja. Ik probeer nu de onderzoeksrechter te pakken te krijgen, ik denk wel dat...’

‘Waarom?’ onderbrak Geiger haar. ‘Waarom wilt u *unbedingt* naar hier komen? Ik kan u alle informatie laten bezorgen die u nodig hebt.’

‘Omdat ik het wil zien’, zei Liese. ‘Omdat ik het zelf wil zien.’

‘Ja’, antwoordde Geiger. Ze klonk tevreden met dat antwoord. ‘Ja, dat begrijp ik.’

‘Wat scheelt er?’ zei Torfs toen hij eindelijk zijn gsm opnam. ‘Ik krijg zo dadelijk een behandeling. Iets met zeewier.’

Liese legde hem uit wat er gebeurd was.

‘Moet ik langskomen? Niet dat ik dat fijn vind, maar als het nodig is voor de dienst, vertrek ik hier binnen een halfuur.’

Het lag er zo vingerdik op dat het bijna grof was, dacht Liese. Haar hoofdcommissaris zou iedere strohalm aangrijpen om het wellnessweekend te laten voor wat het was.

'Dat is niet nodig, Frank. Alleen maar een telefoontje naar Carlens. Of iemand anders die weekenddienst heeft. Meer hoeft echt niet.'

'Ben je zeker?' drong Torfs aan.

Liese hoorde gemoffelde geluiden en toen had ze opeens zijn vrouw aan de lijn.

'Goedemorgen, Liese. Is het dringend?'

Ze gaf opnieuw haar uitleg.

'Hij moet alleen maar even bellen met de onderzoeksrechter, daarna laat ik hem met rust', besloot ze. 'Hij hoeft echt niet langs te komen.'

'Ik ben blij dat je het zegt.'

'Ga nu maar terug naar het zeewier', zei Liese. 'Het zal hem goed doen.'

'Leer 'm mij kennen', zei de vrouw met een zucht.

Om tien uur was het rechtshulpverzoek voor Duitsland goedgekeurd. Nog geen vijf minuten later zat Liese achter het stuur van een dienstauto en nam ze de kortste route naar de autosnelweg.

Haar uitleg aan Geiger was niet de volledige waarheid geweest, besefte ze onderweg.

Het was absoluut zo dat ze de plaats delict wilde zien. Ze had het ooit aan Masson proberen uit te leggen door te zeggen dat ze de plaats moest 'voelen', dat die haar iets vertelde. Ze wist dat het zo irrationeel was als maar kon, maar Masson had er voor een keer niet schamper over gedaan en alleen maar geknikt.

Het had ook iets met respect te maken, dacht ze, al zou ze dat nooit tegen hem of tegen wie dan ook gezegd hebben.

Maar terwijl ze de autosnelweg richting Hasselt en Aken nam, wist ze dat er nog een andere reden meespeelde: ze kende de streek rond Trier nogal goed.

Het oude, romantische Duitsland was de lievelingsbestemming van haar vader geweest toen Liese nog een kind was. Ze herinnerde zich alleen maar mooie zomers, zomers waarin ze op vakantie was in dorpjes vol met vakwerkhuizen die zo uit de sprookjes van Grimm kwamen, en eindeloze bossen die roken naar hars en dennennaalden. Ze hadden tochten gemaakt op de Moezel en de Rijn met oude, statige rivierboten, langs kastelen en hellingen vol wijngaarden, helemaal tot aan de Lorelei. Er was een vakantie op een boerderij in de buurt van Monschau bij geweest, herinnerde ze zich nu opeens, een vakantie die het dichtst bij het paradijs was gekomen dat een kind zich maar kon voorstellen. Liese had mogen helpen met het binnenhalen van het graan, ze zat boven op de schoven die hoog opgetast lagen op de kar, bezweet door de hitte en de opwinding, en haar vader had langs de kant van de weg gestaan en had lachend naar haar gezwaaid.

'Hebt u het gemakkelijk gevonden?' vroeg Lucia Geiger.

Het was iets na het middaguur en Liese stond in de hal van de Kriminaldirektion van Trier, een bruinrood, modern gebouw aan de Kürenzer Strasse.

De Polizeioberkommissarin was een vrij kleine, tengere vrouw van begin veertig met zwart, kortgeknipt haar. Ze wachtte niet op Lieses antwoord, stak haar arm uit naar de lift en zei: 'Zullen we?'

'Hannelore Dorfmann is gevonden in de heuvels ten zuidoosten van Trier', begon Geiger. 'In de gemeente Kernscheid, in het Tiergartental. Niet dat u dat veel zegt, neem ik aan.'

'Toch een beetje', zei Liese. 'Ik kwam hier vroeger wel eens een keer, met mijn ouders. Maar het Tiergartental ken ik niet.'

De blik van Geiger leek er op te duiden dat ze om dergelijke privé-informatie niet echt gevraagd had.

Ze zaten in haar koele, ruime kantoor aan de straatkant en dronken beiden koffie uit degelijke, porseleinen kopjes.

'Het is heel landelijk gebied. Veel weiden en bossen. Nogal geliefd bij fietsers en wandelaars. *Sehr... pittoresk*, ik weet niet meteen hoe ik dat in het Engels moet zeggen.'

'Ik ook niet, maar het is hetzelfde in het Nederlands.'

'Ah. *Gut*.'

Nu pas zag Liese dat er iets aan het linkeroog van Lucia Geiger scheelde, of beter, aan haar ooglid. Het hing iets lager dan het andere en het trilde soms.

'U wist al dat er geen bruikbare sporen gevonden zijn op de plaats van de verdwijning. Buiten natuurlijk het vreemde DNA op de sjaal van Hannelore. Er zijn evenmin veel bruikbare sporen gevonden in de buurt van de plaats delict. Wel meerdere bandensporen, maar echt veel hebben we daar niet aan, gezien de ondergrond. Volgens het Lab gaat het om een bestelwagen, maar specifieker kunnen ze niet zijn.'

Liese dronk haar kopje leeg en knikte.

'Ik was van plan om dadelijk naar het ziekenhuis te rijden', zei Geiger. 'De autopsie zal nu wel achter de rug zijn. Meestal blijf ik er bij, maar omdat u kwam...' Ze maakte haar zin niet af. 'Gaat u mee?'

'Natuurlijk', zei Liese.

De patholoog werd haar voorgesteld als Herr Doktor Bremmer, en al zei Liese tot twee keer toe haar eigen voornaam, die van de patholoog kwam ze niet te weten. Het was een al wat oudere, heel gedistingeerde man met spierwit, halflang haar dat zorgvuldig gekapt was. Zijn Engels was onberispelijk.

'Het slachtoffer is gewurgd', begon hij. 'Ook is haar hart verwijderd uit haar borstkas. Dat is gezien de sporen op de plaats delict ter plekke gebeurd, daar bestaat geen twijfel over. Mijn medewerker maakt op dit ogenblik een kopie van het rapport, dat zal hij u straks wel meegeven.'

Liese bedankte hem daarvoor.

'Wat er met het hart gebeurd is, kunnen we natuurlijk niet zeggen, na al die tijd', ging Bremmer verder. 'Dat is ook mijn verantwoordelijkheid niet. Ik kan u wel zeggen dat we geen enkel stukje van het desbetreffende orgaan hebben teruggevonden, geen stukje spierweefsel, niets. Wat niet betekent dat het niet... enfin, ik wil niet nodeloos choqueren, maar dieren zijn zeer grondige eters, laten we het daar maar op houden.'

'Hij neemt het mee', zei Liese.

Geiger keek haar verbaasd aan.

'Hebt u daar aanwijzingen voor gevonden?'

'Nee', antwoordde ze. 'Het is gewoon zo. Hij verwijdert hun hart en neemt het mee.'

Haar Duitse collega wilde nog iets zeggen, maar Liese had zich al weer tot Bremmer gericht.

'Is ze misbruikt? Kunt u daar nu nog iets over vertellen?'

De patholoog aarzelde niet. 'Ik kan daar geen enkele zinnige verklaring over afleggen, daarvoor is het lichaam in veel te slechte staat. De enige aanwijzingen die we hebben dat ze gewurgd is, zijn de letsels aan het strottenhoofd, om u maar te zeggen... Er zijn in ieder geval geen resten onder haar nagels aangetroffen, wat erop zou kunnen wijzen dat ze zich niet verweerd heeft, mocht het gebeurd zijn.'

Liese knikte.

'Bij de slachtoffers in Córdoba en in Antwerpen is het misbruik vlak na de dood gebeurd', zei ze.

'Ik geloof u', zei Bremmer droog.

Liese vertelde hem over de benzocaïne die de patholoog in het lichaam van Maria Rivera had aangetroffen en die op condoomgebruik wees, maar Bremmer wuifde dat lichtjes geïrriteerd weg.

'*Dass ist ja alles Spekulation*', zei hij. 'Het slachtoffer heeft iets meer dan twee maanden in dat bos gelegen, *Frau Meerhout*. Het lichaam was in zeer slechte staat, niet alleen door de natuurlijke ontbinding maar ook door de dieren die daar wonen. Ik bespaar u de details, maar erg fraai was het niet.' Hij keek op zijn horloge. 'Nu moet u me excuseren, ik heb een volgende afspraak.' Hij gaf haar een hand. '*Ich wünsche Ihnen noch einen schönen Tag. Frau Geiger* kan u de voorwerpen tonen die we op het lichaam hebben aangetroffen.'

Bremmer draaide zich om en beende met grote passen de gang van het ziekenhuis in.

Het was al bij al niet veel.

De assistent van de patholoog had enkele labelzakjes klaargelegd op een lange tafel in de andere hoek van het kantoor. De restanten van een geruit hemd, meer aan flarden dan wat anders. Twee oorbellen in de vorm van vlindertjes. En een wit veertje.

'Waar bevond zich dit?'

'In het borstzakje van haar hemd. We hebben er voorlopig geen verklaring voor, behalve dan dat er ook een veer was in Córdoba en bij u, in Antwerpen. Misschien heeft uw team?...'

'Nee', zei Liese. 'Alleen maar vage ideeën. *Spekulationen*.'

Geiger keek haar scherp aan, maar Liese gaf geen krimp.

Ze nam met haar telefoon enkele foto's van de veer en

wilde ze aan Laurent doorsturen, toen ze zich herinnerde dat de inspecteur vrij had dit weekend. Ze excuseerde zich bij Geiger en scrolde snel door haar bestanden.

'Heb je eindelijk jouw vingersporen teruggevonden?' vroeg Maite Coninckx lachend.

'Daarvoor bel ik je niet, Maite. Werk je vandaag?'

'Nee, waarom?'

Liese vertelde het haar.

'Stuur maar door naar mij', zei Coninckx. 'Ik bezorg het aan de laboranten, dan heb je met wat geluk vanavond al een resultaat.'

Toen ze had neergelegd, zei Liese: 'Ik zou graag foto's hebben van al deze voorwerpen, kunt u die misschien naar Antwerpen laten sturen?'

De medewerker van Bremmer, een vrij jonge, magere man, antwoordde in Geigers plaats.

'Dat is al gebeurd, *Frau Meerhout*', zei hij. '*Frau Geiger* had ons dat al opgedragen.'

Nog voor Liese haar kon bedanken voor dat grondige werk, had Geiger haar handtas al over haar schouder gehangen en zei ze: 'Ik zal u nog de plaats delict tonen.'

De plek waar Hannelore Dorfmann aan haar einde was gekomen, was met de auto niet te bereiken.

Toen ze uit de stad waren, had Lucia Geiger een landweg genomen die op en neer ging als een jojo en eindigde aan de rand van een dicht bos. Ze parkeerde haar auto aan de kant en stapte uit. Liese volgde haar.

'Vanaf hier moeten we te voet verder. Je komt er alleen langs een wandelpad.'

Liese keek om zich heen en liet de stilte op zich inwerken. Alles wat ze zag, waren velden, heuvels begroeid met fris, lichtgroen gras en de donkere zoom van het bos waar ze voor stonden. De stilte werd alleen doorbroken door enkele vogels en het denderende gezoem van een tractor in de verte.

'Gaan we?' vroeg Geiger.

Het pad ging steil omhoog het bos in en maakte dan een flauwe bocht naar rechts. Aan beide zijden was er een weelderige begroeiing van struiken en heesters. Hier hoorde je alleen nog vogels.

Hoe dieper ze in het bos kwamen, hoe killer het werd. Hoe donkerder ook.

'Dit is al een heel eind, vanaf de auto', zei Liese.

Geiger had haar opmerking begrepen.

'Hannelore was een tengere vrouw, *Kommissarin*. Ze was 1 meter 62 groot en woog nauwelijks 50 kilogram.'

Toen ze bij een nieuwe bocht in het pad kwamen, hield Geiger halt.

Links van haar, op nauwelijks twee meter van het pad, was duidelijk de greppel zichtbaar waar het lichaam van de vrouw had gelegen.

Liese ging enkele stappen terug en keek omhoog. De greppel was vanaf het pad zo goed als niet te zien.

'Ik ken deze plek', zei Geiger vlak. 'Mijn man en ik zijn nogal fervente wandelaars. Ik ben hier een kleine maand geleden zelf voorbijgekomen. Ik heb niets gemerkt en mijn man ook niet.'

Haar gezicht was een masker.

Liese ging weer naast haar staan en keek naar de greppel. Het was eerder een soort inham, zag ze nu, een knik van een meter of twintig lang die dwars door de glooiing van het bos liep. Naast de plek waar de resten van het lichaam waren aangetroffen, lag een stapel bijeengeveegde bladeren en takjes.

Hannelore Dorfmann was pas zesentwintig geworden.

Volgens de rapporten van Geiger was ze een opgewekte jonge vrouw geweest die in een kledingzaak in de binnenstad werkte en in het weekend wat bijkluste in een hotelletje, waar ze haar auto op de parking hadden teruggevonden.

Opeens duizelde het haar.

Ze dacht aan dit bos, twee maanden geleden. Ze dacht aan de pure doodsangst, aan een kartelmes, aan de onbeschrijfelijke horror van wat er hier, op nauwelijks twee meter van haar, had plaatsgevonden.

Ze werd pas gewaar dat ze wankelde toen haar schouder die van Geiger beroerde.

'Gaat het?' vroeg de vrouw een beetje verrast.

Liese antwoordde niet.

Ze bleef naar de plek staren.

Hoeveel angst moet ze gehad hebben? dacht ze. En vooral: hoe eenzaam, hoe verschrikkelijk eenzaam moet Hannelore Dorfmann geweest zijn, in die laatste ogenblikken van haar leven.

'Naar wat voor een monster zijn we toch op zoek', fluisterde Liese.

Haar collega antwoordde eerst niet.

Toen zei ze: 'Denk je dat het iets achterlaat? Al die ellende die we te zien krijgen?'

Het ontging Liese niet dat ze haar eindelijk tutoyeerde.

'Ik hoop van niet.'

Het was weer even stil.

'Het laat altijd sporen na', zei Lucia Geiger zacht. Ook zij fluisterde bijna. 'Ik heb mijn jongste broertje gevonden. Hij is verdronken toen hij twaalf was. Hij was gaan zwemmen in een meertje in de buurt. Ik heb hem uit het water gehaald.' Ze wees naar haar gezicht. 'Meteen daarna is mijn oog gaan trillen. Het is nooit meer weggegaan.'

Op de terugweg haastte Liese zich niet.

Ze reed door een afwisselend groen en bruin, zonovergoten landschap van akkers en wijngaarden. Uit de radio kwam een oudere hit van Adele. Ze zong over liefdesverdriet.

In plaats van op de autosnelweg te blijven in de richting van het noorden en van de Belgische grens, nam ze bij het bord 'Ausfahrt 4 Prüm' opeens de afrit.

Liese had er niet over nagedacht, het was een impulsieve reactie geweest, zoals zo vaak bij haar. Ze keek op het oude horloge om haar pols en probeerde de tijd in te delen. Een halfuur heen, een halfuur terug, en dan meteen weer naar boven, naar België, naar Antwerpen.

Ze glimlachte.

Even later draaide ze de E29 op naar het oosten.

De Erft is een riviertje dat zich vanaf zijn bron in het Eifelgebergte door dit stuk van Duitsland slingert en honderd kilometer hogerop in de Rijn uitmondt. Op zijn tocht loopt het dwars door Bad Münstereifel, wat het stadje in de middeleeuwen welvaart bracht door de wolnijverheid en vandaag door het toerisme.

Liese kende het al van toen ze acht was.

Ze moest er in haar jeugd minstens een keer of tien met haar ouders geweest zijn, want haar vader was verknocht aan het stadje met zijn vele vakwerkhuizen. En elk bezoek begon steeds met hetzelfde ritueel: een wandeling naar de grote, oude tearoom in het centrum, aan de rivier, waar Liese een ijsje kreeg.

Het kostte haar geen enkele moeite om de plek terug te vinden. Tot haar opluchting bestond de zaak nog steeds en was het interieur, voor zover Liese zich kon herinneren, nog geen spat veranderd.

Hoewel de zon niet echt veel warmte gaf, stond het grote terras aan de rivier er al en waren een vijftal tafeltjes bezet door families en eentje door een stel stokoude dames. Liese ging aan het tafeltje tegenover hen zitten en bestelde een kop thee. De dames waren overvloedig behangen met goud en minstens ver in de tachtig, en de weinige gebaren en opmerkingen die ze maakten, vertelden dat het goede vriendinnen waren.

Ze dronk van haar thee en staarde naar de rivier, maar het duurde nauwelijks enkele minuten voor haar gedachten afdwaalden en ze opnieuw in het kille, sombere bos bij Trier was.

Ze haalde haar gsm uit haar handtas.

'Met mij', zei ze.

'Dat wist ik al', antwoordde Masson. 'Ik ben bepaald geen technologisch wonder, maar een nummer van een schermpje lezen lukt me al.'

Ze vertelde hem over haar bevindingen, en over de veer die ook hier bij het slachtoffer gevonden was.

'Ja', bromde Masson. 'Het lag voor de hand, niet?'

'Ik denk dat het tijd wordt dat je jouw hypothese op tafel gooit', zei Liese. 'Wat je me in Córdoba hebt verteld, over dat Dodenboek en die veer en zo.'

'Het was maar een ideetje.'

'Het is misschien meer dan dat, Michel. En het is nu niet bepaald zo dat we zwemmen in de aanwijzingen. Zoek het uit voor de volgende meeting, wil je.'

Hij zuchtte en zei: 'Dat doe ik. Ik zal ook Troebleyn bellen, misschien wil ze straks nog even langskomen. Ben je op tijd terug voor het avondgebed?'

Alleen speurders met een lange staat van dienst, of met enige hang naar mystiek, noemden de eerste en laatste vergadering van de dag nog het ochtend- en avondgebed. Hoofdinspecteur Masson hoorde in beide categorieën thuis.

'Ja, zes uur haal ik wel. Ik ben nu in Bad Münstereifel', voegde ze er ongevraagd aan toe.

'Ah. Waarom?'

'Zomaar.'

Ze durfde er een maandloon om verwedden dat hij niet zou doorvragen en hij stelde haar niet teleur.

'Hij komt bij ons vandaan', zei Liese.

'Pardon?'

'De dader. Hij komt niet uit Spanje of uit Duitsland. Hij woont bij ons.'

Ze vertelde hem dat ook in Trier, net als in Córdoba, het hart op de plaats delict was verwijderd.

'Omdat hij geen andere keuze had', legde ze uit. 'Maar op Linkeroever niet, daar heeft hij Kaat Thierens meegenomen en ze pas later in het Galgenweel gedumpt. Omdat hij bij ons een plek heeft waar hij het rustig kan doen, zonder het gevaar te lopen ontdekt te worden. Hij woont bij ons, Michel.'

Profiler Carla Troebleyn vond de evolutie in de zaak blijkbaar urgent genoeg om, zoals Masson het had verwoord, 'nog even langs te komen'. Ze arriveerde tegelijk met Liese, die het laatste uur flink boven de maximumsnelheid was gegaan om op tijd in Antwerpen te zijn.

Ze had juist aan het hoofd van de tafel plaatsgenomen, toen haar telefoon ging.

'Ik heb de resultaten van ons laboratorium gekregen', zei Maite Coninckx.

'Wacht even, Maite, ik zet je op de speaker, we beginnen zojuist aan de avondvergadering.'

Liese legde de leden van het team in enkele korte zinnen uit waarom het hoofd van het Lab haar belde en om welke resultaten het ging.

'Geen discussie,' zei Maite, 'zelfs al gaat het alleen maar over een visuele check. De structuur van de veer komt volledig overeen met de vorige exemplaren.'

'Ik wist niet dat er vogelkenners zaten bij het Lab', lachte De Sutter.

'Wie is dat?' vroeg Maite.

'De Sutter, hoofdinspecteur.'

'Wel, De Sutter, hoofdinspecteur, het zal je misschien verbazen maar we hebben inderdaad een vogelkenner bij onze laboranten. Maar we hebben ook nogal verdomd goeie software op onze computers. Volstaat dat voor jou?'

'Helemaal', antwoordde hij in de richting van Lieses gsm, terwijl hij ondertussen met zijn hand zwaaide om aan te geven dat die Maite Coninckx een stevige tante was.

'Dus, Maite?' vroeg Liese.

'Dat veertje uit Duitsland is ook van een wilde zwaan, zonder enige twijfel.'

Het kostte Liese nauwelijks vijf minuten en één telefoontje met Lucia Geiger om uit te vissen dat er in de wijde omgeving van het Tiergartental geen wilde zwanen te vinden waren.

'De eerste hypothese kenden we al', zei Liese terwijl ze een stuk van de casewand schoonveegde. 'Ze is alleen nog een heel stuk geloofwaardiger geworden: de dader is van hier.'

Ze vertelde hun hetzelfde als wat ze enkele uren daarvoor aan Masson had uitgelegd.

'Hij heeft hier niet alleen een plek waar hij niet gestoord wordt, de veertjes die hij op de slachtoffers heeft gelegd, komen ook van hier.'

'De meeste seriemoordenaars gaan heel methodisch te werk', vulde Troebleyn aan. 'Ik vertelde al dat ze zich meestal goed onder controle hebben. Ze willen structuur, dat is de enige manier om te doen wat ze doen zonder ontdekt te worden. Ik vind het logisch dat hij een verzameling veertjes heeft, precies omdat hij het om een of andere reden belangrijk vindt om er telkens een op het slachtoffer achter te laten. Waarom dat juist een veertje moet zijn, daar hebben we voorlopig het raden naar.'

'We hebben een hypothese', zei Liese. 'Ik kom er straks op terug.'

De profiler knikte. 'Oké. Maar zoals ik dus zei: onze dader kan nooit zonder veertjes zitten, dat is in zijn wereldbeeld niet mogelijk.'

'Als hij van hier is, dan moet hij in Spanje en Duitsland toch ergens overnacht hebben?' vroeg hoofdinspecteur Dexters.

'Ja, Ivo, dat denk ik ook', zei Liese. 'Hoe staat het daarmee?'

'Nergens, daarom juist dat ik het zeg. Moessens heeft Córdoba gedaan, ik heb me met Trier beziggehouden.' Hij raadpleegde zijn papieren. 'Er hebben in totaal veertien Belgen of mensen met een Belgisch adres in Trier en omgeving gelogeerd, de avond voor of de avond van de verdwijning van Hannelore Dorfmann. Ik heb ze allemaal gecheckt. Twee gezinnen, enkele senioren op uitstap. Nada. Drie mensen waren er voor hun werk, daar heb ik alibi's van gekregen en die heb ik ook gecheckt.'

Liese knikte om te beduiden dat ze het begrepen had.

'En bij jou, Hendrik?'

'Hetzelfde verhaal', zei Moessens. 'Ik had er zesenveertig, maar dat komt omdat er een groep studenten uit Hasselt bij was. Ik heb bij drie personen een wankel alibi gevonden, maar die zijn dan op hun beurt weer nooit in de buurt van Trier geweest. En ik heb net als Ivo heel ruim gezocht: niet alleen hotels, maar ook pensions en B&B's en dat soort dingen, zelfs kampeerterreinen.'

'Oké. Onze dader heeft dus geen behoefte aan overnachtingen', zei Liese. 'Dat wil misschien zeggen dat hij zijn eigen bed bij zich heeft. Misschien heeft hij een motorhome en kampeert hij in het wild. Of hij slaapt gewoon in zijn auto.'

'Je had een hypothese', zei De Sutter. 'Over die veertjes.'

Liese aarzelde.

'Ja', zei ze. 'Michel?'

'De hypothese is deze', zei Masson rustig. 'De moordenaar imiteert een gebruik uit het Oude Egypte. Een van hun belangrijkste rituelen zelfs. Het wegen van het hart.'

Liese was bang geweest dat no-nonsensekerels als De Sutter en co. hun wenkbrauwen zouden gaan fronsen, maar tot haar opluchting luisterden ze aandachtig.

'De Egyptenaren geloofden in reïncarnatie', legde Masson uit. 'Na hun dood verschenen ze voor een soort rechtbank, voorgezeten door de hoofdgod van de dood, Osiris, en een hele verzameling kleinere godheden. Als ze een goed leven hadden geleid, mochten ze verder, dan mochten ze opnieuw geboren worden.'

'We zoeken dus niet alleen een seriemoordenaar maar ook nog eens een intellectueel', zei De Sutter. 'Het wordt steeds erger.'

Niemand lachte.

'De afgestorvene moest een lange verklaring afleggen waarin hij zwoer dat hij niets verkeerds had gedaan, en daarna nam Osiris zijn besluit', zei Masson. 'Maar ze hadden een soort dubbele controle, zeg maar, en dat was het wegen van het hart.'

Elke andere speurder zou zijn laptop gebruikt hebben om een foto of filmpje van het internet te laten zien, maar aan dat soort nieuwerwetse gebruiken deed Masson niet mee. Hij legde een imposant, dik boek op de vergadertafel en sloeg het open op de pagina die hij met een blauw post-itje gemarkeerd had.

Het was een afbeelding van hoe het er in het oude Egypte aan toe had kunnen gaan, legde Masson uit, met in het midden Osiris, de God van het Dodenrijk, en voor hem een gigantische weegschaal.

'Aan de ene kant werd het hart van de dode gelegd, aan de andere kant de Veer van de Waarheid. Of van de Onschuld, zo je wilt.' Masson wees nogal overbodig naar de weegschaal op de afbeelding. 'Als je hart lichter was dan de veer, dan had je een goed leven geleid en mocht je naar het hiernamaals. Als je zondig had geleefd, dan was je hart natuurlijk zwaarder.'

'En dan?' fluisterde Andy Delporte, met grote ogen. Hij hing aan Massons lippen.

'Dan was je gedoemd om eeuwig rond te dolen in een soort Niets. Zonder hart kon je namelijk niet reïncarneren, dat was het centrum van alles.'

Toen het duidelijk werd dat Masson uitverteld was, zuchtte De Sutter en zei: 'Maar het is en blijft toch een hypothese, hé? Het kan toch ook gewoon iets helemaal anders zijn, hoop ik?'

'Natuurlijk', antwoordde Masson, heel minzaam voor zijn doen. 'Maar hoe dan ook is het niet iets obscuurs, hoor. Je vindt het in elke piramide en in elke graftombe. Het is best een populair gegeven, zeker in de literatuur, maar bijvoorbeeld ook in de film, heb ik me laten vertellen.'

Andy Delporte roffelde op de toetsen van zijn laptop en zei: 'Alleen al op YouTube heb je 12.700 resultaten voor het wegen van het hart. Er is een aflevering van Sesamstraat aan gewijd. En nog niet zo lang geleden een heuse Hollywoodproductie: *The Pyramid*, uit 2014.'

Masson bekeek hem met een blik die Liese alleen maar kon omschrijven als 'antropologisch'.

‘Oké’, zei ze. ‘Misschien is hij historisch onderlegd, maar mogelijk heeft hij alleen maar de film gezien en zijn de stoppen doorgeslagen. Hoe het ook zij: het is een valabele hypothese. Waarmee we natuurlijk nog lang niet weten waarom de dader zoiets zou doen, gesteld dat het klopt.’

‘Er is nog een andere vraag’, zei Ivo Dexters. ‘Ik heb ze een van de vorige meetings ook al gesteld: wat doet hij dan met die harten?’

‘Het kan om een vorm van kannibalisme gaan. Er zijn al meer seriemoordenaars geweest die het hart van hun slachtoffers verwijderden om het op te eten’, antwoordde Carla Troebleyn.

‘Goeienavond!’ kreunde De Sutter, en voor één keer had Liese een beetje sympathie voor hem. Het klonk ook gewoon te afschuwelijk voor woorden.

Masson zat al een tijdje enthousiast te knikken. Hij had de reactie van De Sutter niet eens gehoord.

‘Dat gebeurde in oude culturen wel vaker, hoor. Je at het hart van je vijand op, omdat je zo ook zijn kracht overnam.’

‘Nog niet zo lang geleden is er beeldmateriaal opgedoken van een strijder bij de Syrische rebellen die het hart van een gedode soldaat van Assad opeet’, zei inspecteur Delporte. ‘Het was toen een heel gedoe in de Amerikaanse media.’

‘Ik denk dat we het nu wel begrepen hebben’, kwam Hendrik Moessens tussenbeide. Hij zag bleek.

‘Wie zit er in de zondagploeg?’ vroeg Liese.

Er gingen een aantal handen de lucht in.

‘Oké. Succes, mannen. Ik heb vrij, maar je kunt me natuurlijk altijd bereiken als er iets belangrijks is.’

Terug in hun eigen teamkamer schopte Liese haar schoenen uit en wreef over haar voeten.

Masson bekeek het tafereel met enige scepsis terwijl hij de knoop van zijn das goed legde.

‘Te formele omgangsvormen zijn waarschijnlijk ook niet goed,’ bromde hij, ‘maar frivoliteiten op kantoor moeten vermeden worden. Je schoenen uitschoppen, hoort absoluut thuis in die categorie.’

‘Mijn voeten doen pijn’, jammerde Liese met een grimas. ‘Te lang in de auto gezeten.’ Ze masseerde voorzichtig de ene wreef, daarna de andere. ‘En ik wil nog langs het kerkhof.’ Ze zuchtte.

‘Ik zal je wel even brengen’, zei Masson.

Liese keek naar de klok.

‘Moet jij niet naar huis, dan? Het is kwart over zeven.’

‘Huis, huis...’ Hij wuifde het weg. ‘Nadine gaat vanavond naar de film met haar vriendinnen. Dat doen ze een keer per maand. Of ik nu naar huis ga of niet, maakt dus toch niet veel uit.’

‘Oké’, zei ze terwijl ze moeizaam haar schoenen weer aantrok. ‘Het voorstel wordt met eenparigheid van stemmen en met veel dankbaarheid aanvaard.’

Ze keek naar een stapel documenten op haar desk.

‘Wat is dat? Ik heb die daar niet gelegd.’

‘Rapporten en vakliteratuur. Van Troebleyn, ze vroeg om ze te kopiëren en uit te delen tegen maandag.’

Liese propte de stapel met moeite in haar handtas.

‘Kom, chauffeur’, zei ze.

Masson gooide haar oude bakbeest voorzichtig in de eerste versnelling en voegde in op de Singel.

‘Mis je Mildred niet?’

Haar vorige auto was een Mini geweest, een karretje dat minstens dertig jaar oud was toen Liese het kreeg van haar toenmalige vriend Simon. Als volbloed anglofiel had hij het Mildred gedoopt en die naam was blijven hangen.

‘Alleen als ik in de stad wil parkeren’, antwoordde Liese.

'In vergelijking met de Mini is deze Saab een olifant. Maar hij rijdt goed en hij was gratis, dus...'

Ze had het tweedehandsje 'in langdurige bruikleen' van Fabian. Het leek wel of ze van elke ex-vriend een auto had gekregen, bedacht ze opeens.

'Hij rijdt goed?' herhaalde Masson. 'Is het een hij, dan?'

'Ik denk het.'

'Dan moet je hem *George* noemen.'

Ze keek hem fronsend aan.

'Sinds wanneer doen we aan smalltalk, hoofdinspecteur?'

Hij haalde zijn schouders op en nam de afslag naar Deurne.

'George', zei ze. 'Dat zou wel kunnen, ja.'

Even later vroeg Masson: 'Je weet toch wie er ook nog op Silsburg begraven ligt, hé?'

'Paul Lebeau.'

Hij keek haar zo intens aan dat hij bijna een fietser omverreed.

'Ken jij Paul Lebeau?'

'Tuurlijk', zei Liese flegmatiek. 'Schrijver van de historische roman *Xanthippe*.'

Het bleef even stil. Masson was gepast onder de indruk.

'De pastoor kon er niet over zwijgen', bekende Liese. 'Lebeau hier en Lebeau daar. Ik had nog nooit van hem gehoord, om eerlijk te zijn.' Ze keek hem aan. 'Wie ligt er ook nog op Silsburg?'

'Stan Ockers, natuurlijk.'

'Wat heb jij toch met die man?' vroeg ze. 'Je houdt niet van wielrennen. Je houdt helemaal niet van sport, van welke sport dan ook.'

'Stanneke Ockers is anders.'

'Loop dan maar eens langs zijn graf', zei Liese zacht.

Ze had die ochtend een bloem klaargezet om mee te nemen naar haar vaders graf, een eenvoudige witte roos. Maar ze had er niet op gerekend dat ze het grootste deel van de dag in Duitsland zou doorbrengen, en dus stond de bloem nu nog steeds op haar aanrecht in de Goedehoopstraat.

Volgende keer, papa, dacht ze terwijl ze de omgeving inspecteerde.

Paul Meerhout was bijgezet in het grote, maar gelukkig niet te pompeuze familiegraf. Het was een eenvoudig huisje van grijze natuursteen, versierd met enkele ornamenten en met een houten deur met geciseleerd glas in het midden.

Binnen was plaats voor acht kisten, vier aan iedere kant. Lieses grootouders lagen onderaan. Er was een tante van haar bijgezet, de enige zus van haar vader, een vrouw die Liese vrijwel niet gekend had omdat ze het grootste deel van haar leven in Zuid-Afrika had gewoond. Haar vader lag aan de andere kant.

Tussen de kisten was een smal gangetje en achteraan, tegen de muur, stond een eenvoudige houten stoel.

Liese ging zitten. Heel even flitste de gedachte door haar hoofd wat een weldaad het zou zijn als ze haar schoenen zou kunnen uitrekken, maar ze beheerste zich.

Zowat haar hele volwassen leven had Liese Meerhout aan iedereen die het horen wilde, verteld dat het totaal onzinnig was om bij iemands graf te staan en monologen te voeren. Dood was dood, had ze zovele jaren lang verkondigd, en herdenkingen waren niet meer of minder dan een verkapte vorm van eigenbelang. Je rouwde uit egoïsme, was een van haar gevleugelde uitdrukkingen geweest toen ze in volle sturm-und-drang aan de universiteit zat: de dode heeft er namelijk niets meer aan, maar jij misschien wel.

Naarmate ze wat ouder werd, had Liese die visie toch een beetje bijgesteld. Toen in haar Brusselse tijd de moeder van een vriendin was gestorven, had die vriendin verteld dat ze vanaf nu veel zou praten met haar mama. Het ging niet om wat zij zelf zei, zo had de vriendin uitgelegd, het ging om wat ze haar moeder liet antwoorden: ze moest zich nu voortdurend de stem van haar moeder voor de geest halen omdat, zo zei ze, de doden pas echt dood zijn als je hun stem niet meer hoort.

Liese vond dat zo mooi en zo pakkend dat ze het nooit vergeten was.

Sinds zijn dood praatte ze dus met haar vader, thuis in de keuken, of in haar bed, 's ochtends als ze wakker werd.

En hier natuurlijk, bij zijn graf.

Terwijl ze haar schoenen uittrok – ze had ineens beseft dat haar vader het niet zou appreciëren als ze zelfs bij zijn graf niet spontaan zou kunnen zijn, en dat had de doorslag gegeven – vertelde ze Paul Meerhout hoe haar dag was geweest.

'Ik ben in Bad Münstereifel geweest', fluisterde ze terwijl ze haar voeten masseerde. 'De tearoom ziet er nog steeds hetzelfde uit. De eigenaar ook, trouwens, alleen loopt hij nu met een stok en is zijn haar spierwit geworden. Je weet toch nog hoe Freddi eruitzag, hé?'

Ze wachtte even tot ze hem in haar hoofd een antwoord hoorde geven, en zei toen: 'Ik heb altijd gedacht dat mamma stiekem een beetje verliefd was op Freddi.'

Maar net als alle voorgaande gesprekken die ze al met hem had gevoerd, verliep ook dit volgens het geijkte patroon: het begon met een geanimeerd gesprek, om daarna langzaam te verzanden in een monoloog die ze niet uitsprak, maar die in haar hoofd plaatsvond.

Liese vertelde hem hoe moeilijk ze het vond, zonder hem. Hoe raar en leeg het voelde, zo zonder vader door het leven te gaan. Hoe hard ze hem miste.

Daarna zat ze een poos op haar stoeltje bij zijn graf te mijmeren. Toen ze het koud kreeg, stond ze op, kuste in een opwelling haar vaders zerk en liep naar buiten.

Terwijl ze de deur op slot deed, moest Liese opeens aan de vergadering vandaag op kantoor denken. Aan het verhaal dat Masson had verteld.

Was Paul Meerhout een goed mens geweest? Zou zijn hart lichter gewogen hebben dan een veer? Ze was overtuigd van wel, maar daarvan was waarschijnlijk iedereen overtuigd geweest die voor de poorten van de Onderwereld had gestaan. Wat was dat trouwens, een goed mens? vroeg ze zich af terwijl ze tussen de rijen graven naar Masson zocht en hem in de verte lichtjes voorovergebogen voor een grafsteen zag staan. Was zij zelf een goed mens? Was Matthias dat?

Ze was nog een twintigtal meter van hem verwijderd, toen Masson haar opmerkte. Het leek of hij even schrok, vond Liese. Hij kwam meteen haar richting uit, zodat ze haar weg versperd zag.

'Alles oké?' vroeg hij.

Ze knikte. 'En jij? Aan wiens graf stond je daar? Stan Ockers ligt toch helemaal vooraan?'

'Frans De Haes', zei Masson, nogal zwaar op de hand. 'Gouden medaille in het gewichtheffen, categorie vedergewichten, op de Olympiade van 1920.'

Liese schudde haar hoofd en glimlachte.

'Weet je wat ik soms denk, Michel?' zei ze. 'Dat het heel raar wonen moet zijn, in dat hoofd van jou.'

Hij grijnsde.

's Avonds installeerde ze zich op blote voeten op de bank in haar woonkamer, opende haar oude laptop en begon te surfen naar informatie over seriemoordenaars.

Ze was een kwartiertje bezig toen Sura belde.

'Ik wilde je gewoon even jaloers maken', zei haar vriendin. 'Ik sta voor de Noordzee, op het Sint-Katelijneplein. We gaan aperitieven met een glas wijn en een garnaalkroket en daarna zetten we een stapje in de wereld.'

Jarenlang was dat kleine stukje Brussel rond het Sint-Katelijneplein een van haar favoriete plekjes geweest. De terrasjes aan De Markten. De verse vis Bij Den Boer aan de Baksteenkaai. Café De Monk, tot in de late uurtjes.

'Daar ben je dan glansrijk in geslaagd', zei Liese. 'Ik ben strontjaloers.'

'Dan moet je gewoon snel eens hier naartoe komen, dan kun je bij mij blijven slapen. En wat ben jij aan het doen?' vroeg Sura.

Liese vertelde het haar.

'Op een zaterdagavond? Meisje toch, je bent geschift.'

'Matthias is toch weg tot halftwaalf of zo', zei Liese. 'Wat moet ik anders doen?'

Terwijl ze het zei, besefte ze hoe pathetisch dat geklonken had.

Sura liet het passeren.

'Ik moet naar binnen. Tot snel.'

De volgende twee uur surfte ze langs tientallen sites en verdiepte ze zich in de rapporten die ze van Troebleyn had gekregen. Het minste wat je kon zeggen, was dat het geen aangename lectuur was.

De wetenschappelijke studies van Troebleyn waren moeilijk om te lezen, maar al bij al gemakkelijk te bevatten: bijna alle seriemoordenaars die in de rapporten aan bod kwamen, leden aan een of meer persoonlijkheidsstoornissen. Borderline, schizofrenie en zware psychotische stoornissen kwamen het meest voor.

Bij de concrete voorbeelden die ze die avond voor ogen kreeg, was het precies het omgekeerde: eenvoudige lectuur, maar verschrikkelijk moeilijk om te bevatten. Zoals de meeste speurders bij Moordzaken had Liese best wat achter de kiezen gekregen in haar carrière, maar wat ze hier las, sloeg alles. De waanzin en de horror van de feiten deed haar meer dan eens naar adem happen.

Ze concentreerde zich op de voorbeelden van seriemoordenaars die het hart van hun slachtoffers hadden verwijderd, en dat waren er tot haar stomme verbazing nogal wat. De motieven erachter – voor zover die controleerbaar waren, want de meeste daders gaven op zijn zachtst gezegd een verwarde uitleg over het waarom ervan – varieerden van kannibalisme tot het verzamelen van trofeeën, en alles daartussen.

Ze stond een tijdje stil bij de Rus Alexander Bychkov, die twee jaar geleden werd veroordeeld voor negen moorden – zelf vertelde hij bij zijn arrestatie dat het er veel meer waren – en die van minstens twee slachtoffers het hart had opgegeten. Hij had naar eigen zeggen op een bepaald moment beseft dat hij geen lam meer wilde zijn, maar een wolf, en elke gruwelijke maaltijd moest hem de kracht geven om de volgende moord te plegen. Hij vermoordde bijna uitsluitend daklozen, ze waren naar zijn mening 'te walgelijk om in leven te laten'.

De ergste van allemaal was de Amerikaan Jeffrey Dahmer. Tot twee keer toe moest Liese de rapporten wegleggen omdat het haar te veel werd: de opeenstapeling van feiten tartte elke verbeelding. Dahmer consumeerde niet alleen de harten – en andere organen – van wie hij vermoordde, hij haalde zijn slachtoffers ook helemaal uit elkaar en bewaarde hun schedels in zijn koelkast.

Maar los van alle gruwel waar ze die avond door ploeterde, was er één terugkerende vaststelling, en daar had Troebleyn het ook al over gehad: een seriemoordenaar werd doorgaans niet gevat door doorgedreven speurwerk of het intellect van de speurders die achter hem aan zaten. Hij werd alleen gevat wanneer hij zelf een fout maakte.

Jeffrey Dahmer had zeventien mannen en jongens vermoord, tot zijn volgende potentiële slachtoffer kon ontsnappen omdat er toevallig een patrouillewagen voorbijreed. Ted Bundy – een van de ergste seriemoordenaars aller tijden – liep tegen de lamp alleen doordat hij na tientallen moorden uiteindelijk zo slordig werd dat hij er met een gestolen auto vandoor ging.

Een van de onderzoekers, een Amerikaanse prof en expert op het gebied, ging nog een stapje verder door te stellen dat er maar twee mogelijkheden waren om een seriemoordenaar te pakken te krijgen: wanneer hij zelf te stoutmoedig werd omdat hij eigenlijk onbewust gestopt wilde worden, of door stom toeval. Voor wie zou twijfelen aan zijn analyse had de prof het ene voorbeeld na het andere in zijn betoog opgenomen, en stuk voor stuk vond Liese ze meer dan overtuigend.

Ze wreef in haar ogen, legde de rapporten op een stapeltje en deed haar laptop dicht.

Vanaf de zitbank zette ze de tv aan en begon met het geluid uit te zappen. De praatprogramma's en documentaires kregen nauwelijks haar aandacht, de shows en muziekuitzendingen des te meer. Het langst bleef ze hangen bij een Italiaanse zender. Een tiental schaars geklede dames moest een stel felgekleurde ballonnen van de ene kant van het podium naar de andere brengen.

Later lag ze languit op de bank, met de televisie die geluidloos speelde op de achtergrond. Ze had het houten eendje in haar handen dat haar vader had gemaakt en speelde er afwezig mee, terwijl ze luisterde naar Tindersticks, de enige muziek die haar nu kon troosten. De diepe, melancholische stem van Stuart Staples zong 'Come Inside' en veegde een klein beetje van de gruwel van de avond weg.

Ze schrok angstig wakker van een hand op haar schouder.

Matthias, zijn haar alle kanten op en die onverwoestbare glimlach op zijn gezicht.

Ze kreunde.

'Hoe laat is het?'

'Halftwaalf.'

Liese keek hem in haar halfslaap aan.

'Jij bent toch echt normaal, hé?' mompelde ze.

'Wablief?

'Laat maar. Stop me alsjeblief in mijn bed.'

11

Zondagochtend dwong ze zichzelf om haar tijd te nemen. Ze sliep een beetje uit, maakte voor hun beiden een uitgebreid ontbijt klaar – zowat de enige maaltijd van de dag waar Matthias zich niet mee bemoeide – en las enkele artikelen in de weekendkrant.

Maar hoe ze ook haar best deed om er een luie, zorgeloze zondagochtend van te maken, er was een opmerking uit de rapporten over de seriemoordenaars die door haar hoofd bleef malen.

Ze zocht haar telefoon.

'Goeiemorgen', zei Laurent.

'Sorry dat ik je stoor op je vrije dag.'

'Geeft niet. Evi en ik staan klaar om te gaan wandelen. Vandaag wil ik twee kilometer doen, zonder kruk.'

Die weekendbezigheid – ontspannen rondjes lopen in het park in zijn buurt – was zowat de enige oefening die zijn vriendin hem toestond. Als ze zou weten van zijn literaire fitness op kantoor, dan zou er wat zwaaien.

'De man aan het Galgenweel met wie jij en Sofie zijn gaan praten, weet je nog? Die kerel die boos was op de zeilclub?'

'Wat is daarmee?'

'Wat is dat voor een man, vind je?'

Liese hoorde hem 'Ik kom er aan, schat' fluisteren.

'Gewoon', antwoordde Laurent. 'Een brave huisvader, eigenlijk. Hij excuseerde zich voor zijn gedrag, hij had het allemaal niet zo bedoeld. Waarom vraag je dat?'

Ze vertelde hem over haar zware lectuur.

'Volgens Troebleyn zijn seriemoordenaars zo moeilijk te vatten, onder meer omdat ze hun excessen zo goed weten te verbergen. Ze zijn vaak ook slim genoeg om heel logische redenen te bedenken waarom ze op een bepaalde plaats zijn geweest.'

Liese was vooral getroffen door het relaas van een profiler die een man verhoorde van wie ze zeker was dat hij meerdere moorden had gepleegd. Hij was de doorsnee zelve, een rustige familieman met een kleinkind en een gewone baan. Ze kon hem op geen enkele manier linken aan de moorden omdat hij alle sporen zorgvuldig had uitgewist. Maar vooral: hij had een perfecte uitleg klaar waarom hij tot twee keer toe in de buurt van een plaats delict was gesignaleerd.

'Hij is vaak aan het Galgenweel', zei Liese. 'Hij gaat er hengelen, hij heeft de perfecte uitleg om daar te zijn. En het ligt er vol met zwanenveertjes.'

'Hij heeft een alibi, weet je. Hij was in Nederland.'

'Is dat gecontroleerd?'

Ze hoorde Laurent aarzelen. Het was Sofie die de check had gedaan.

'Ik vraag 'm morgen om even langs te komen bij ons. Ik zal zeggen dat we nog op zoek zijn naar getuigen', zei hij. 'Ik bel ook met het zondagteam, dan kunnen ze zijn cv alvast onder de loep nemen.'

'Ben ik aan het doordraven, vind je?'

Hij was kies genoeg om niet te antwoorden.

'Nu moet ik echt gaan, Liese. Tot morgen?'

'Geniet van je wandeling', zei ze.

Toen ze haar gsm wegstopte, zag ze Matthias in de deuropening staan.

'Gaan we nu eindelijk, lieverd? Magnus wordt ongeduldig.'

Ze hadden Magnus, vriend en onderbuurman van Matthias, beloofd om een handje te helpen bij het opkalefateren van zijn rivierboot, en een kwartiertje later waren ze onderweg naar het Houtdok, de aftandse bestelwagen van Magnus volgeladen met materiaal.

'Wat staat er op het programma?' vroeg Liese hem.

'Wat schilderen hier en daar. De nieuwe binnenvloer afwerken, als ik genoeg hout heb, tenminste, waar ik sterk aan twijfel.'

Drie jaar geleden had Magnus Selleslagh, de vrijgevochten veertiger die op school al bevriend was met Matthias, van zijn spaarcenten een krot van een oude rivierboot gekocht. Sindsdien ging zowat al zijn vrije tijd op aan de restauratie, een proces dat niet al te snel verliep omdat hij pas verder kon gaan wanneer hij genoeg geld opzij had kunnen zetten om onderdelen te kopen. Maar al bij al was de wrakke constructie van planken die aangemeerd lag aan de Zuidkade van het Houtdok, langzaam maar zeker veranderd in een heuse rivierboot waarmee Magnus, zo hoopte hij, op een dag van Antwerpen helemaal naar het Zuid-Franse Canal du Midi zou varen.

'En dan?' had Liese hem enkele weken geleden gevraagd. 'Gewoon weer terugvaren? Dat lijkt me nogal... saai.'

'Vergeet het maar. Dan blijf ik er. Ik neem een paar dagen per week toeristen mee voor tochtjes tussen Béziers en Agde. De rest van de week rust ik uit onder de platanen, met een glas wijn en een goed boek.'

'Vertel het niet aan mijn collega op kantoor of hij gaat per direct met vervroegd pensioen.'

'Dan gaan we met zijn allen mee', kwam Matthias tussenbeide. 'Ik open er een restaurantje, alleen voor 's avonds, want ik wil ook onder die platanen liggen.'

'En ik?' vroeg Liese.

'Jij ligt daar dan ook. Maar in plaats van gekken en moordenaars, vang je vliegen.'

Voor Liese was het de eerste mooie dag sinds de dood van haar vader.

De schuit was jarenlang gebruikt als woonboot, hoewel ze daar een beetje te klein voor was, en in de binnenruimte was het een wirwar van houten tussenschotten en kamertjes die net groot genoeg waren voor een kinderbedje. Nu Magnus eindelijk klaar was met het herstellen van de romp, konden ze aan de rest van de boot beginnen. Ze braken oude houten muurtjes weg, sleurden met planken en gereedschap en kwamen af en toe naar boven om te genieten van de zon en het uitzicht over het dok.

Ze lunchten op het dek. Toen de beide mannen met een biertje zaten uit te rusten en Liese het roer een likje verf gaf, ging haar telefoon.

'Met De Sutter.'

'Scheelt er iets?'

'Ik heb Masson al gebeld, maar hij stond erop dat ik het ook aan u zou doorgeven.'

Liese gebaarde naar Matthias dat hij dringend de kwast moest overnemen die ze vasthad.

'Vertel eens.'

'Het gaat over Marc Boumans, die visser aan het Galgenweel. Hij is inderdaad met zijn vrienden gaan hengelen in de Biesbosch, dat is een natuurgebied in de Nederlandse provincie Noord-Brabant. Hij is de avond van de verdwijning gearriveerd, de rest van het groepje was daar al. Ik heb die andere kerels gebeld. Volgens hen is Boumans om halfnegen 's avonds aangekomen. Ze hebben een vakantiehuisje gehuurd in...' Liese hoorde hem door zijn papieren gaan. '...in de gemeente Drimmelen, dat ligt zo ongeveer aan het water. Twee overnachtingen, op de avond van de tweede dag zijn ze weer naar Antwerpen vertrokken.'

'Dat klopt dus, allemaal?'

'Het is te zeggen... Ik heb even opgezocht waar Drimmelen precies ligt en ik heb het op drie verschillende routeplanners ingetikt. Vanuit Antwerpen kost het je maar een uur, het is veel dichterbij dan je zou denken.'

'Kaat Thierens is voor het laatst gezien om 18 uur 15', zei Liese. Ze dacht hardop na. 'Als ze ontvoerd is rond 18 uur 30, heeft hij een uur gehad om zijn ding te doen en daarna te vertrekken. En dan was hij nog op tijd.'

'Ja', antwoordde De Sutter. 'Dat dacht ik ook. Het is nipt, maar het kan.'

'Laurent vraagt hem om morgen langs te komen voor een gesprekje', besloot Liese. 'Goed werk, De Sutter. Voor een lastige kerel val je nog goed mee, moet ik zeggen.'

'Ik heb mijn reputatie tegen, commissaris,' grijnsde hij, 'maar eigenlijk ben ik een pussy.'

Om vijf uur waren ze weer in de Goedehoopstraat, met stramme spieren en een flinke blos van de buitenlucht. Niet veel later vertrok Matthias naar De Veluwe. Hij zou pas laat terug zijn, want hij had met enkele vrienden afgesproken om na zijn werk nog een glas te gaan drinken.

Liese belde haar mama.

'Lukt het een beetje?' vroeg ze.

'Het zal wel moeten, zeker.'

Vijf woorden, dacht Liese, maar nog altijd diezelfde botheid tegenover haar die haar ongerust maakte omdat ze dat van haar moeder niet gewoon was.

'Zal ik straks langskomen?'

Stilte.

'Dan kunnen we samen iets eten,' drong Liese aan, 'anders zit je daar toch maar alleen.'

'Je ziet maar', zei haar moeder.

Toen ze gedoucht had en uitgeput met een kop thee voor het grote raam in de woonkamer zat, moest ze opeens aan Kirsten Vanaeken denken en wat ze haar beloofd had. Naar haar ouderlijk huis in Lembeek reed ze normaal via de A12. Maar als ze de E19 nam, kon ze langs de plek komen waar het gebeurd was.

Ze keek op haar horloge, raapte haar laatste restje energie bij elkaar en vertrok.

Ditte Vanaeken was op een vroege avond op de grens tussen de gemeenten Edegem en Kontich opeens de autosnelweg opgelopen, wist ze uit het rapport dat ze vluchtig doorgenomen had. Een Sloveense trucker die van de haven kwam en onderweg was naar Luxemburg, kon haar niet meer ontwijken. Ze was op slag dood geweest en bijna onherkenbaar verminkt omdat ze onder de wielen van de twintigtonner terechtkwam.

De plek vanwaar Ditte de snelweg was opgelopen, heette het Adamsbroekbos of 'De vuile plas' in de volksmond, een stukje natuur dat de gemeente Kontich afschermde van de autosnelweg. Er liep een smalle weg door het gebied op nauwelijks honderd meter van de E19 en het was daar dat Liese langs de berm parkeerde. Ze was niet helemaal zeker van de juiste locatie, maar ze wist wel dat ze er hoogstens vijftig meter naast kon zitten.

Ze stapte uit en keek om zich heen. Rechts van haar strekte het natuurgebied zich uit, met vooral weidegronden en een meertje. Links was een talud van een meter of vijf hoog, begroeid met struiken en bomen.

Liese baande zich een weg door het onderhout. Ze struikelde toen ze in een greppel trapte die ze door de dichte begroeiing niet opgemerkt had en kon zich nog op het nippertje in evenwicht houden tegen een van de jonge bomen. Hoe hoger ze op het talud kwam, hoe harder het geluid van het verkeer. Toen ze boven stond, schrok ze. Voor haar was alleen nog een tien meter brede strook gras en de lage vangrail. Vlak erachter raasde het verkeer voorbij in de richting van Brussel. Het lawaai was zo hels en de snelheid van de enorme trucks die voorbijreden zo hoog, dat Liese zich ongemakkelijk voelde.

Waarom wil iemand nu in godsnaam een drukke autosnelweg oversteken? dacht ze, terwijl ze voor zich uit keek. Volgens haar zus was Ditte verslaafd aan zowat alles wat ze kon krijgen, een statement dat trouwens bevestigd werd door de bloedanalyse achteraf. Maar waarom dan zoiets? Was ze gaan flippen en wist ze niet meer wat ze deed of waar ze was? Hoe dan ook, de jonge vrouw had geen schijn van kans gehad, met of zonder drugs in haar lichaam.

Toen ze weer bij haar auto kwam, zag ze een man staan die haar observeerde.

Hij was een stuk in de zestig, schatte ze, en nogal warm gekleed voor de tijd van het jaar, met een muts en een winterse overjas die tot aan zijn knieën reikte. Toen ze naar hem toe liep, deinsde hij even achteruit.

'Goeienavond', begon Liese. 'Woont u hier in de buurt?'

De man knikte achterdochtig. Ze toonde haar politiekaart, en de trekken op zijn gezicht verzachtten.

'Frans Oversteyns', zei hij terwijl hij haar de hand schudde. Zijn stem kraakte. 'Gepensioneerd ambtenaar bij de Antwerpse Waterwerken. Ik woon hier zowat een kilometer verderop. Ik doe mijn avondwandeling.'

'Een goeie week geleden is hier een jonge vrouw verongelukt', zei Liese. 'Ik kom gewoon eens een kijkje nemen op de plek waar het gebeurd is.'

Hij knikte.

'We hebben het op het journaal gezien. Dat was vreselijk. Maar ik dacht dat u voor iets anders hier was.'

'Waarvoor dan wel?'

Hij aarzelde. Het leek of hij het onderwerp niet graag ter sprake bracht.

'De laatste maanden zijn hier af en toe... vrouwen. Hier, aan de Veroustraat. Voor afspraakjes.' Oversteyns haalde zijn schouders op om te benadrukken dat hij er niets van begreep. 'Hier komt normaal niemand, behalve de mensen uit de buurt natuurlijk, zoals ik. Dat is toch niet te geloven?'

'Waar komen ze dan vandaan?' vroeg Liese.

'Dat weet ik niet, mevrouw. Het zijn er ook nooit veel, nooit meer dan een of twee tegelijk, en altijd in de vooravond. Ik heb gisteren onze wijkagent gebeld om het nog maar eens te signaleren, daarom dacht ik dat u...' Hij maakte zijn zin niet af.

Liese keek rond. Buiten het ononderbroken geraas van het verkeer op de snelweg, was het er merkwaardig rustig. Voor zover ze kon kijken, was er behalve haar oude Saab geen auto in de buurt.

'Hier komt toch geen verkeer?' vroeg ze. 'Of is dit een sluipweg, tijdens de spitsuren?'

'Helemaal niet. Anders zouden mijn vrouw en ik hier niet zoveel komen wandelen. We lopen hier minstens twee keer per dag voorbij, weet u, telkens een wandeling van een klein uur, 's ochtend en 's avonds.'

'En altijd samen?'

'Nee, niet altijd. Soms gaan we ook alleen wandelen. Maar we stappen veel, hoor. Dat houdt je gezond. Anders zit je toch maar binnen voor die stomme televisie.'

Het leek haar of Oversteyns niet veel anders omhanden had dan te wandelen.

Liese scrolde door de bestanden op haar gsm tot ze bij de foto kwam die Kirsten haar had doorgestuurd.

'Dit is de vrouw die hier verongelukt is. Was zij er soms bij? Bij de vrouwen die u hier hebt zien rondhangen?'

Oversteyns bestudeerde de foto van Ditte Vanaeken. Hij knikte.

'Ja, die was er bij. Ik heb haar één keer gezien.'

'En?'

'Ik heb me omgedraaid en ben weer naar huis gewandeld.'

Liese keek hem vragend aan, maar er volgde geen verdere uitleg.

'Bedankt, meneer Oversteyns', zei ze. Ze wilde naar haar auto lopen, toen hij zijn keel schraapte.

'Mijn vrouw heeft haar ook gezien', zei hij weifelend.

'Ah. Kan ik met haar praten?'

Hij reageerde niet.

Liese wees naar de Saab.

'Het duurt maar even, hoor.'

Het huis van Frans Oversteyns stond aan het eind van een doodlopend straatje aan de rand van de gemeente Edegem. Toen ze voor de kanteldeur van de garage parkeerde, zwaaide de voordeur open. Een muizige, kleine vrouw stond in de deuropening. Ze hield haar hand om de klink alsof ze een houvast zocht.

'Maria, dit is commissaris... mijn excuses, ik ben uw naam vergeten.'

'Liese', glimlachte ze terwijl ze haar hand uitstak.

'Kom binnen', zei de vrouw aarzelend.

De woonkamer was donker en somber. Er kwam koffie op tafel en koekjes die al zo lang uit de verpakking waren dat ze wak waren. Liese nam er eentje, maar legde het meteen en zo discreet mogelijk terug op het bordje.

'Uw echtgenoot vertelde me dat u deze vrouw ook gezien hebt.'

Ze opende de foto van Ditte op haar telefoon.

'Ja, die heb ik gezien.'

Maria Oversteyns keek heel even naar haar man en Liese zag de afkeuring in haar blik.

'Maar wij zijn nogal op onszelf, mevrouw, we willen geen problemen.'

Haar stem was breekbaar als glas.

Liese zweeg en deed alsof ze genoot van het slappe bakje koffie.

'Ik was aan het wandelen langs het Adamsbroekbos en...'

'Wanneer was dat?' onderbrak Liese haar vriendelijk.

De vrouw sloeg haar ogen neer.

'Een week geleden. Misschien iets langer. Wij gaan elke dag wel een paar keer wandelen, ik weet het niet meer zo precies.'

'En was dat voor- of nadat uw man haar gezien had?'

'Daarna.'

'Oké. Vertel maar verder, Maria.'

De vrouw keek van Liese naar haar echtgenoot en weer terug.

'Er valt niet veel meer te vertellen. Ik kwam uit het bosje en zag haar naast een geparkeerde bestelwagen staan. Ze praatte met de bestuurder, maar die heb ik niet gezien.'

'En je bent zeker dat het deze vrouw was?'

Maria knikte. 'Ze hebben haar foto getoond op het journaal, de volgende dag. Ik was er erg van geschrokken.'

'Is ze in het voertuig gestapt?'

'Dat weet ik niet. Ik... ik ben niet blijven kijken, ik heb me meteen omgedraaid en ben door het bos terug naar huis gegaan. Dat is alles wat ik gezien heb.'

Ze keek Liese aan. 'Wij willen geen problemen, mevrouw', herhaalde ze.

Toen Liese bij haar moeder in Lembeek aankwam, vond ze haar in de keuken achter het fornuis. In een pan lagen twee kleine kipfilets te sudderen in de olie. Haar moeder schepte een klontje boter door de wortelpuree.

'Hmm,' zei ze lachend, 'dat ruikt heerlijk. Ik heb honger. Zal ik de tafel dekken?'

'Dat is al gebeurd', antwoordde haar moeder.

Zolang haar vader leefde, had hij erop gestaan dat de avondmaaltijden een beetje decorum hadden. Katoenen servetten, het juiste bestek, een bloemetje op de tafel. Er was nooit geld te veel geweest in Lieses jeugd, maar 's avonds wilde hij eten in stijl.

Haar moeder schoof enkele onderzetters tussen de borden en zette de braad- en de kookpan gewoon op tafel.

Liese had zich onderweg in de auto voorgenomen om zo vriendelijk en constructief te zijn als maar kon, maar haar moeder maakte het haar zelfs moeilijker dan ze gevreesd had. Zowat elke opmerking, zowat elke aanzet tot een gesprek, hoe onschuldig ook, werd op een botte manier afgeblokt. Toen haar moeder haar bord na enkele lusteloze happen wegduwde en zei dat ze het niet te laat wilde maken, werd het Liese opeens te veel.

'Ik mis hem even erg als jij!' Ze gooide haar bestek in haar bord. 'En ik begrijp niet waarom je zo kloterig doet tegen mij want dat is nergens voor nodig, verdomme toch!'

'Hij had een ander.'

Liese had haar niet begrepen.

‘Hoe bedoel je, mama?’

‘Zoals ik het zeg.’ Haar stem klonk opeens rauw. ‘Je vader had een ander.’

Liese keek haar stomverbaasd aan. Heel even dacht ze dat haar moeder een grap maakte, een misselijke grap weliswaar, maar toch een grap. Toen zag ze de mengeling van verdriet en woede op haar gezicht en sloeg haar hart een tel over.

‘Ik geloof je niet’, zei ze zacht. ‘Waarom zeg je nu zoiets, dat...’

‘Hij heeft een vrouw leren kennen nadat jij je miskraam had.’

‘Ik had helemaal geen miskraam!’ schreeuwde Liese. ‘Ik ben in mijn buik geraakt en ze hebben mijn kind doodgeschoten! Ik had helemaal geen miskraam, hoor je me!’

Het was alsof haar moeder haar uitbarsting niet eens gehoord had.

‘Ze woont hier niet ver vandaan, ze werkt in de bibliotheek.’

Lieses vader was een tijd vrijwilliger geweest in de plaatselijke bib. Telkens wanneer er lezingen of tentoonstellingen van lokale kunstenaars waren, ging hij ’s avonds een handje helpen, soms twee avonden per week.

‘Hij praatte zelfs niet meer met mij’, zei haar moeder zacht. ‘Het was alsof ik met een vreemde leefde, hier, in mijn eigen huis. Het was alsof ik niet meer bestond.’ Nu fluisterde ze. ‘Hij raakte mij niet eens meer aan.’

Liese was zo geschokt dat ze alleen maar voor zich uit zat te staren.

‘Het is begonnen toen jij in het ziekenhuis lag. Het heeft bijna een half jaar geduurd, toen was het ineens voorbij.’ Er kwam een grimas op haar gezicht. ‘Ze was hem beu, denk ik.’

'Mama,' hijgde Liese, 'ik...'

'Hij kon het niet aan. Hij kon het niet verdragen dat hij zijn kleinkind verloren had. Hoe ik mij voelde, dat vroeg hij mij niet.'

Haar moeder sloeg haar magere handen voor haar gezicht. Toen ze ze wegtrok, zag ze er opeens een stuk ouder uit. De groeven rond haar mond waren dieper dan Liese ze ooit gezien had. Haar ogen zwommen in het verdriet.

'Hij is in jouw kamer gaan slapen toen het begon. Dat is zo gebleven, ook toen het al lang gedaan was met die vrouw. Hij sliep beter alleen, zei hij, voor zijn rug. We hebben sindsdien nooit meer in hetzelfde bed geslapen.'

Onverwacht duwde ze haar halfvolle bord zo hard van zich weg dat het van de tafel schoof en in stukken op de vloer viel.

'Allemaal door die rottige baan van jou!' schreeuwde ze. 'Allemaal door dat verdomde werk! Geen van ons tweeën wilde dat voor jou, maar je hebt nooit willen luisteren, nooit!' De tranen sprongen in haar ogen.

Zo zaten ze een tijdje tegenover elkaar, zwijgend, een moeder die bijna geluidloos huilde en een dochter die zo verbijsterd was dat ze geen woorden vond.

Uiteindelijk kwam Liese moeizaam overeind en legde voorzichtig haar hand op haar moeders schouder.

'Het spijt me, mama', fluisterde ze. Haar stem kwam van heel diep en heel ver. 'Het spijt me echt.'

Toen haar moeder niet reageerde, trok Liese haar hand terug en liep wankelend de kamer uit.

Iets voor acht uur 's avonds was ze al weer in haar flat.

Ze had de hele terugweg op de automatische piloot gereden en alleen maar aan het verhaal van haar moeder kunnen denken. Hoewel ze het nog steeds niet kon geloven, voelde ze gewoon dat het waar was.

Haar ouders hadden jarenlang als vreemden naast elkaar geleefd. Hij was een relatie begonnen en had zijn vrouw van hem weggeduwd en haar moeder, terwijl ze moest leven met wat er zich bijna onder haar neus afspeelde, zij was verbitterd geworden, diep gekwetst en in zichzelf gekeerd, boos op de wereld, op hem, op haar.

Vooral op haar, besefte Liese.

Ze had haar telefoon al in haar handen toen ze bedacht dat ze Matthias onmogelijk kon storen, nu. In de keuken in De Veluwe zou het rond deze tijd een heksenketel zijn en Matthias liet zijn gsm sowieso altijd bij Nelle aan de bar achter als hij bezig was. Hij haatte het als iemand hem belde terwijl hij aan het koken was.

Ze drukte op een sneltoets.

'Dag Liese', zei Masson. 'Is het dringend?'

'Waarom?'

'Ik sta voor de Carolus Borromeus, wil juist de kerk binnengaan. Een concert.'

'Ah.'

'Muziek uit de vijftiende eeuw, de Vlaamse polyfonie. Het zal de moeite waard zijn, denk ik. Waarom bel je?'

Ze had het plezier gehoord in zijn stem en ze wilde het niet vergallen.

'Zomaar', zei Liese. 'Geniet ervan. Ik zie je morgen.'

Een uur later had ze twee boeken vastgepakt en ze allebei na enkele pagina's weer weggelegd. In televisiekijken had ze nog minder zin. Hoe later op de avond, hoe droeviger ze het verhaal van haar moeder vond. En hoe droeviger ze er zelf van werd.

Ze besefte ineens dat ieder beeld dat ze van haar ouders had terwijl ze naar elkaar lachten of elkaar een knuffel gaven, een beeld was van vroeger. Dat had ze de laatste jaren niet meer gezien en, erger nog, ze had er ook nooit bij stilgestaan: ze was altijd bezig geweest, altijd opgeslorpt door haar eigen leven en door haar werk. Dat verdomde werk, zoals haar moeder het haar in haar gezicht had gegooid daarstraks. Haar ouders waren de laatste jaren misschien vreemden geweest voor elkaar, maar zij was dat ook voor hen geweest.

Ze had haar vader langzaam zien afglijden en alleen maar gepiekerd over zijn gezondheid, zijn kwetsbaarheid. Ze had haar moeder zien afglijden in verbittering en zich alleen maar geërgerd aan haar negativiteit, haar chagrijn. En bij geen van beiden had ze echt de moeite gedaan om te peilen wat er werkelijk achter zat. Om hen te begrijpen.

Om tien uur 's avonds, toen hij buiten voor de Carolus Borromeuskerk stond en zijn donkerbruine overjas zorgvuldig dichtknoopte, was het Michel Massons grootste zorg een kroeg te vinden die de vrede in zijn hoofd niet zou verstoren. Zoals een andere stedeling zich in gedachten oriënteerde door zich straten en gebouwen voor te stellen, zag hij een denkbeeldig stratenplan van cafés en andere drankgelegenheden. Er waren er bij waar hij naartoe ging om mensen te ontmoeten die hem met zijn werk konden helpen, vogels van de meest diverse pluimage, van tipgevers en gepensioneerde collega's tot stoere buitenwippers en vermoeide hoeren die na een nachtje werken bij hem aanschoven voor een vertrouwelijke babbel. Er waren andere waar Masson midden in de nacht geregeld aanspoelde om juist niet te hoeven praten en alles en iedereen te vergeten – groezelige drinkholen waar de klanten zich met hun eigen zaakjes bezighielden en alleen maar wilden dat zo nu en dan hun glas werd bijgevuld.

De zeldzaamste categorie waren de cafés waar Masson naartoe ging als hij zich goed voelde. Hij overwoog De Pelgrim, het authentieke café van brouwerij De Koninck, hij aarzelde bij Kulminator, een café als een oude woonkamer, compleet met de katten van de eigenaars. Uiteindelijk koos hij voor 't Oud Arsenaal in de buurt van het Theaterplein.

Een kwartier later had hij zijn eerste borrel voor zich staan.

Hoe ouder hij werd, hoe meer moeite Masson had met wat hij graag omschreef als de sluipende banaliteit van het leven. Met de onbeschoftheid van zijn medemensen, met de algemene lelijkheid van de wereld rondom hem. Op zulke momenten hielp de alcohol om die lelijkheid wat te verdoezelen, maar wegnemen lukte natuurlijk nooit: het effect van zijn drankgebruik vergeleek hij zelf wel eens met het effect van een aspirientje bij een fikse verkoudheid. Je voelt je tijdelijk een stukje beter, maar genezen doet het niet.

Een van de drama's in Massons leven was dat hij op zeldzaam vredige momenten zoals nu, als hij zat na te genieten van twee uur totale schoonheid, altijd de keerzijde van dat kortstondige geluk zag of, beter uitgedrukt, de echte reden waarom hij zo vaak naar de fles greep. Het had niets met zelfdestructie te maken maar alles met machteloosheid. Met een vorm van vluchten. Een panacee voor de donkerste bladzijde uit zijn leven.

Zo kwam het dat Masson, na een concert van het Huelgas Ensemble, waarbij de virtuoze, meerstemmige muziek hem omzwachteld had als een warm bad, toch weer eens te veel borrels dronk in te korte tijd. En hij rond halftwaalf, terwijl hij aan een halte stond te twijfelen of hij nu wel of niet de laatste tram zou nemen, zijn gsm zocht en Liese belde.

'Dag Michel', zei ze.

Zelfs in zijn benevelde toestand hoorde hij het verdriet in haar stem.

'Daarstraks had ik te weinig tijd', zei hij. 'Nu heb ik die wel. Vertel maar.'

En Liese vertelde.

Er zat woede in haar verhaal en onbegrip toen ze het over haar vaders gedrag had, er was treurnis en schaamte bij toen ze over haar moeder praatte. Masson onderbrak haar geen enkele keer.

Haar eigen droefenis kwam pas op het einde.

'Ik dacht dat mijn eigen verdriet al groot genoeg was, maar nu heeft het ook het leven van mijn ouders kapotgemaakt', zei ze met verstikte stem. 'Ik heb toen mijn kindje verloren, was dat al niet genoeg pijn en ellende?'

'Ik zou kunnen zeggen dat het ooit weggaat,' antwoordde Masson, 'maar dan zou ik liegen. Het gaat nooit weg. Er zijn dingen die te groot zijn om ze te kunnen vergeten.'

'Waar heb je het eigenlijk over?' fluisterde Liese.

Masson haalde diep adem.

'Vanavond was ik op een concert rond de Vlaamse polyfonisten. Het was prachtig, zeker in zo'n decor als de Carolus Borromeus. Een van de componisten wiens werk ze brachten, was Juan de Urrede. Of Johannes de Wreede, want hij kwam uit Brugge. Zijn beroemdste lied heet "Nunca fue pena mayor". Weet je wat dat wil zeggen? Nooit was er groter smart.'

Hij zweeg, maar voor Liese iets kon zeggen, ging hij verder.

'Het gaat over verlies en over diepe, diepe treurnis, maar het is verpakt in pure schoonheid.' Hij zuchtte, mompelde dan: 'Dat moet ook. Zonder schoonheid zou het ondraaglijk zijn.'

'Wat wil je me nu eigenlijk vertellen, Michel?' vroeg ze.

'Niets. Ik moet mijn laatste tram halen. Tot morgen, Liese.'

Maar toen hij zijn gsm wegstopte en de tram piepend tot stilstand kwam bij de halte, draaide hij zich om en ging hij op zoek naar een geschikte kroeg.

De volgende ochtend had ze nauwelijks haar rituele kop koffie binnen toen het telefoontje kwam.

Ze was later dan gewoonlijk opgestaan, om de eenvoudige reden dat ze van pure vermoeidheid gewoon niet uit haar bed kwam. Matthias was om een uur of twee 's nachts thuisgekomen, ontspannen na een avondje stappen met zijn vrienden, en vond haar klaarwakker in haar bed, somber en verdrietig. Hij was voorzichtig naast haar komen liggen en ze had hem alles verteld, niet alleen over wat er die avond bij haar mama gebeurd was, maar ook over het laatste stukje uit haar leven dat hij nog niet kende: over Oostende en de schietpartij. Ofschoon hij erg geschokt was door het verhaal, reageerde hij nog beter dan ze had durven hopen. Hij had bijna geen vragen gesteld en had heel juist aangevoeld wat Liese op dat moment meer nodig had dan wat ook: hij had haar dicht tegen zich aan getrokken en haar vastgehouden tot ze, ergens diep in de nacht, uiteindelijk toch in slaap was gevallen.

'Met mij', kraste Masson toen ze eindelijk de telefoon opnam.

'Zo te horen heb je toch die laatste tram gemist.'

'Ja.'

Meer kwam er niet. Liese werd ongerust.

'Wat is er, Michel?'

'Ze hebben het lichaam van een jonge vrouw gevonden. Opnieuw aan het Galgenweel, maar nu aan de andere kant van het meer. Zelfde MO. Hij heeft het opnieuw gedaan.'

12

Liese kende de plek.

Begin september, op een van de mooiste en warmste avonden van de zomer, was haar vriendin Sura langsgekomen en in een opwelling waren ze op zoek gegaan naar Bar Left, een van de weinige pop-upbars van de Zomer van Antwerpen die ze nog niet bezocht had. De tijdelijke bar bestond uit weinig meer dan enkele containers, wat luifels en een hoop strandstoelen met parasols op een stuk braakland aan het meer. Ze hadden er met een cocktail in hun handen en op blote voeten in het gras gezeten en genoten van het uitzicht over het water, met de fabuleuze skyline van de stad erachter.

Het had toen wel wat voeten in de aarde gehad om er te komen, herinnerde Liese zich, en dat had het nu, een half jaar later, nog steeds. Ze sloeg de Katwilgweg in, passeerde de redactiegebouwen van het Mediahuis en een industrieterrein en hobbelde toen over een stoffige weg vol met gaten tot ze bij een afsluiting kwam. Links en rechts van haar lagen grote heuvels aarde en zand, overblijfselen van het Regatta-project, een nieuwe wijk met flatgebouwen en kantoren aan het Galgenweelpark. Naast de afsluiting was een opening die net groot genoeg was om een auto door te laten. In de verte, in het midden van een verlaten stuk grasland, zag ze twee combi's en enkele andere voertuigen staan.

'Ze ligt daarachter, in de struiken', zei Masson. Hij wees naar rechts. Een bosje jonge bomen, grasvelden, fiets- en wandelpaden. Boven zich hoorde ze het gekrijs van een meeuw.

Masson zag er verschrikkelijk uit. Zijn gezicht was asgrauw en in zijn ogen vochten tientallen gesprongen adertjes om een plekje.

'Gaat het?' vroeg ze zacht.

'Nee.' Hij hoestte.

'Ga naar kantoor, dan kun je er de permanentie doen. Stuur iemand anders hierheen.'

'Het lukt wel.'

'Oké. Vertel maar.'

'Het lichaam is een goed uur geleden gevonden door een fietser. Inspecteur Delporte heeft met hem gepraat, hij moet hier nog ergens rondlopen. Het Lab is nog bezig. Dokter Steppe is net gearriveerd, hij wacht op je.'

'Zelfde MO als bij Kaat Thierens en de anderen, zei je.'

'Ja', antwoordde hij schor.

'Ja en?'

Hij wuifde met een slap handje in de richting van het bosje.

'Ga nu maar naar Steppe, hij vertelt het je wel. Als ik moet praten, wordt mijn hoofdpijn erger.'

In tegenstelling tot haar hoofdinspecteur zag Fabian Steppe er fit en monter uit. De patholoog droeg een mooi, antracietgrijs vrijetijdspak waarvan Liese zou zweren dat het op maat was gemaakt. Zijn gezicht had onmiskenbaar zon gezien. Hij stond tegen zijn auto geleund en glimlachte naar haar.

'Vakantie genomen?' vroeg Liese.

Hij grijnsde.

'Uitstapje. Barcelona, drie dagen.'

Ze knikte. Nog niet zo lang geleden zou hij haar even gebeld hebben met dat nieuws, gewoon, zoals vrienden dat met elkaar doen. Sinds kort gebeurde zelfs dat niet meer.

'Weet je al iets meer?'

'Ik wacht op het Lab, ze zullen er elk ogenblik wel klaar mee zijn. Maar van wat ik uit de verte heb gezien, is het erg gelijkend. Vrijwel identiek, eigenlijk, zowel wat de MO als wat het slachtoffer betreft.'

'Wanneer doe je de autopsie?'

'Kort na de middag, zoiets.'

Tien minuten later was de technische recherche inderdaad klaar met het eerste sporenonderzoek.

'Ze is ingetapet', zei Maite Coninckx. 'Een one-to-one. Deze heeft gelukkig niet in het water gelegen. We zullen zien wat het oplevert.'

Een 'één op één' wilde zeggen dat er ten minste een kans bestond dat er onder een van de tientallen genummerde stukjes tape een bruikbaar spoor te vinden was.

'Ik schat haar midden twintig', ging Maite verder. 'Ze draagt een groen, geruit hemd en verder niets. Haar hemd zit helemaal onder het bloed.'

Liese keek haar aan en Maite begreep het.

'We hebben voorzichtig onder het hemd gekeken voor we ze hebben ingetapet. Het is een zootje. Haar hart is weg.'

'Lag er een veer bij?'

'Een veertje', verbeterde de vrouw van het Lab haar. 'Wit, zoals de andere, het lag naast haar lichaam.'

'Andere aanwijzingen?'

Coninckx schudde het hoofd. 'Ik heb wat extra volk opgeroepen om dat bosje en het weiland eromheen uit te kammen, die zullen over een halfuurtje wel hier zijn.'

Ze wees naar een open plek links van de bomen en struiken.

'Daar hebben we bandensporen gevonden, maar het zijn er een heleboel door elkaar, er zit op het eerste gezicht niets bruikbaars tussen.'

Toen Liese in haar beschermend pak en met latexhandschoenen de witte slachtoffertent binnenliep, richtte Fabian zich net op en veegde het stof van zijn knieën. Naast hem lag het lichaam van een jonge vrouw, helemaal ingetapet zoals Maite haar al had verteld.

'Ze is gewurgd, zoveel is zeker', zei Steppe. 'Ze is nog niet zo lang overleden, ik schat dat het deze nacht is gebeurd, maar dat zal de autopsie natuurlijk moeten uitwijzen.'

Hij wees naar het bebloede hemd. 'Ik ben er ook vrij zeker van dat ze op dezelfde manier verminkt is als het andere slachtoffer op Linkeroever.'

'Haar hart is weg', zei Liese zacht. Ze vertelde hem wat ze van Maite had vernomen. 'Net als bij Kaat. En net als bij Maria Rivera en Hannelore Dorfmann.'

Ze wist niet waarom, maar op een of andere manier vond ze het belangrijk om hun namen te noemen, hier, terwijl ze bij het volgende slachtoffer stonden.

Hij knikte. Samen keken ze naar het lichaam. Zelfs ingetapet was het duidelijk dat het om hetzelfde type vrouw ging als de drie andere: lang, zwart haar, een ietwat uitgerekt, zuiders gezicht, opvallend zware jukbeenderen. Ze had een vol bosje gitzwart schaamhaar.

'Ik kom naar de autopsie', zei Liese.

Hij bleef naar de vrouw staren en reageerde niet.

'Fabian?'

'Hm?' Hij knikte afwezig. 'Ja, prima.'

'Wat scheelt er?'

Hij schudde zijn hoofd terwijl hij antwoordde. 'Niets. Ik was me even aan het voorstellen wat ik straks weer ga zien, op de obductietafel. Aangenaam is anders.'

Nu reageerde Liese niet.

'Ik hoop dat je hem snel vindt', zei Fabian stilletjes. 'Dit is echt ziek.'

Ze knikte. Op hetzelfde ogenblik voelde ze een rilling langs haar ruggengraat en besefte ze dat ze bang was.

Ze had in haar carrière al enkele gruwelijke misdaden meegemaakt, met als trieste hoogtepunt een man die kinderen had vermoord door ze een spuitje te geven, maar dit sloeg alles, besefte ze. Hier was een dader aan het werk die vrouwen het hart uit hun lichaam sneed, willekeurige vrouwen die alleen maar verbonden waren met elkaar doordat ze ongeveer hetzelfde voorkomen hadden.

In een van de rapporten van Troebleyn die ze die avond in haar flat had doorgenomen, had ze gelezen dat er bij de meeste psychopathische seriemoordenaars een soort defect in de hersenen zit. Ze herinnerde zich er het fijne niet meer van, maar het had ermee te maken dat ze geen enkele emotie voelden tegenover hun slachtoffer. Het waren objecten voor hen.

Ze had dus geen schijn van kans gehad, dacht Liese terwijl ze naar de dode vrouw bleef kijken. Zij niet, de andere drie evenmin. Ze mochten smeken en huilen en pleiten zoveel ze wilden, vanaf het ogenblik dat ze in zijn handen waren gevallen, was hun lot al bezegeld.

'Ik zie je straks', zei ze, en ze liep de tent uit.

Inspecteur Andy Delporte stond haar op te wachten. Naast hem stond een man van de lokale, in een smetteloos uniform. Hij had een blauw kenteken met gouden kroontje op zijn schouders. Liese had altijd moeite om de graden uit elkaar te houden, maar ze was er vrij zeker van dat dit exemplaar zich niet echt bezighield met 's ochtends het verkeer te regelen.

'Ik heb de verklaring afgenomen van de fietser die het lichaam heeft gevonden, commissaris', zei Delporte nerveus. 'Wilt u het nu horen of leest u het straks?'

De man naast hem keek stoïcijns voor zich uit. Hij was ver in de vijftig en aan zijn gelaatsuitdrukking te zien had hij opgeschoten inspecteurtjes als Delporte het liefst als ontbijt, in rotten van vier.

'Zeg maar, Andy.'

'Hij is in shock. Hij was op weg naar zijn werk, hij fietst altijd langs het Galgenweelpark. Hij werkt bij Rucanor aan de Katwilgweg, die doen in sportartikelen. Toen hij...'

'Heeft hij iets gezien, Andy?' onderbrak ze hem.

'Nee. Behalve het lichaam dan, natuurlijk.'

'Niets anders?' vroeg ze hem.

Delporte begreep gelukkig wat ze bedoelde zonder dat ze hem hoefde te vragen of hij het veertje had gezien.

'Hij heeft het lichaam in de greppel naast het fietspad zien liggen, commissaris. Er is hem niets anders opgevallen. Ik heb het hem tot drie keer toe gevraagd.'

De collega van de lokale ademde nogal luid door zijn neus. Andy draaide zich in zijn richting.

'Commissaris Vanweelden is van de lokale politie', zei Delporte. 'Hij kent de plek als zijn broekzak, hij woont hier wat verderop. Volgens...' Zijn uitleg stokte en hij keek achterom. In de verte stond een man naast Lieses auto te dralen. Hij keek in hun richting.

'Excuseer', zei Andy. Toen draafde hij weg.

De man in uniform stak zijn hand naar haar uit. Hij glimlachte vermoeid, maar het was een gemaakte glimlach, zag Liese, op het randje van arrogant.

'Aspirant-commissaris Vanweelden.' Hij wees naar de wegrennende Delporte. 'Ze leren het wel, zullen we maar zeggen.'

'Je kent de buurt hier?' vroeg ze koeltjes.

'Dat is zo, ja.' Hij wees naar de open plek aan de rand van het bosje. 'Dit is een populaire plek voor koppeltjes die even willen vrijen in de auto.'

'En dat is ten strengste verboden?' vroeg Liese bot. Ze had weinig geduld met de man. Ze had trouwens geen flauw idee of vrijen in de auto nu strafbaar was of niet.

'Niet echt, maar dat is het punt niet', zei Vanweelden minzaam. 'Wat ons wel interesseert, zijn de kerels die hun troep hier in de bosjes komen gooien. Ik denk dat we hier de afgelopen maand al minstens vijf sluikstorters hebben betrapt. Ze komen hier hun afval dumpen omdat de containerparken niet meer gratis zijn.'

Liese wist waar hij over sprak. Ze had zelf nog geen twee weken geleden enkele stukken metaal en een versleten tapijtje van nauwelijks een meter groot weggebracht en tot haar verbazing gehoord dat haar dat tien euro kostte.

Maar los daarvan verklaarden de sluikstorters en de vrijende koppeltjes natuurlijk waarom Maite en haar team geen bruikbare bandensporen hadden aangetroffen.

Opeens stond Andy Delporte weer naast hen. Hij hijgde.

'Die man daar is een journalist van *Het Nieuwsblad*. Hij werkt in het Mediahuis aan de Katwilgweg. Hij heeft iets gezien, denkt hij.'

Fred Vandeputte was een deskjournalist. Toen hij na een late dienst met zijn fiets naar huis reed, had hij een bestelwagen voorbij zien rijden.

'Hoe laat was dat?'

'Ik ben om halftwaalf gestopt met werken, dus zeg maar vijf minuten later, zoiets.'

'En je hebt gezien dat hij hier naartoe reed, naar het bouwterrein?' vroeg Liese.

Vandeputte knikte. Hij was een dertiger met kortgeschoren haar en een ziekenfondsbrilletje.

'In ieder geval in die richting', zei hij. 'Tussen onze redactie en deze plek hier liggen nog wat industriegebouwen, maar daar wordt volgens mij 's avonds niet gewerkt. Ik weet nog dat ik dacht: weer eentje die illegaal afval gaat storten, dat gebeurt wel eens.'

'Kun je iets over het merk zeggen?'

Vandeputte dacht na. 'Ik heb het logo niet gezien, sorry. Die dingen lijken ook allemaal zo sterk op elkaar.'

Andy Delporte stond naast hen. Hij diepte zijn gsm op en liet de journalist meekijken terwijl hij langs internetafbeeldingen van de verschillende modellen scrolde. Vandeputte keek aandachtig toe.

'Ik denk dat het er zo een was.'

'Een Peugeot Boxer', zei Andy.

'Kleur?' vroeg Liese.

'Mmm...' de man aarzelde. 'Ik zou gaan voor zwart, maar daar durf ik niet op te zweren. Het was donker, weet u, ik heb er ook niet zoveel aandacht aan geschonken.'

Voor hen stopte een auto met de naam van de krant erop, in grote letters. Drie mensen stapten uit. Een van hen begon foto's te maken.

Liese keek geïrriteerd naar Vandeputte.

'Ik heb meteen maar de collega's gebeld, natuurlijk,' zei hij schutterig, 'dat is toch logisch.'

Van de plaats delict reed Liese door naar kantoor. Onderweg belde ze met de onderzoeksrechter en bracht verslag uit.

Myriam Carlens was een harde tante, maar ze was niet onredelijk. In het begin hadden ze wat aanvaringen gehad omdat Liese, om het zacht uit te drukken, niet direct de eerste van de klas was als het om administratie ging, maar sinds een tijd was er een stilzwijgend wederzijds respect gegroeid, ook al bleven ze elkaar netjes bij de achternaam of bij de functie noemen.

'Stuur de pv's door naar mijn kantoor', zei de onderzoeksrechter, nadat Liese vrij zakelijk had verteld wat ze aangetroffen hadden. 'Ik breng mijn collega's in Duitsland en in Spanje op de hoogte. Tenzij u de autopsie wilt afwachten om alle twijfel weg te nemen, commissaris?'

'Nee', antwoordde Liese. 'Zelfde MO, zelfde type vrouw, vrijwel zeker dezelfde verminkingen. Het past helaas in het rijtje.'

'Heeft de getuige de veer gezien?'

'Ik denk het niet, hij heeft er in ieder geval niets over gezegd. Ze lag ook niet op maar naast het lichaam.'

'Laten we dat maar hopen. Als de pers dit te weten komt, dan breekt de hel helemaal los', antwoordde Carlens.

Het duurde geen tien minuten voor de identiteit van het slachtoffer bekend was.

'Ik heb de vermiste personen gecheckt en we hebben een match', zei Laurent terwijl hij mankend de vergaderruimte binnenkwam. Hij legde een document op de tafel voor Liese en ging zitten. Hij had pijn, zag ze.

'Anna Wilmots uit Hemiksem is drie dagen geleden als vermist opgegeven door haar moeder en de vriend van haar moeder', las Liese voor. Ze scande door het document. 'Ze is net achtentwintig geworden. Ze was omstreeks 18 uur 30 gaan wandelen met haar hond door de Callebeekstraat en langs de Scheldeboord, in de buurt van de veerpont naar Kruibeke. De hond is een uur later op eigen houtje alleen thuisgekomen.'

Er waren twee foto's bij het document. Liese bekeek ze aandachtig, maar dat was eigenlijk niet nodig. Ze had de foto's voor zich liggen die het Lab die ochtend had gemaakt voor het lichaam was ingetapet, en de gelijkenis was duidelijk.

'Het is ze', zei ze zuchtend. 'Het lichaam is dat van Anna Wilmots.'

Liese hing de foto van Anna naast de andere op de casewand en verdeelde de taken.

'Waarschuw Interpol, wil je?' vroeg ze Laurent. 'En bel Sanz en Geiger ook, zeg hun dat we vandaag nog alle relevante info zullen doorspelen.'

'Will do.'

'Die journalist heeft een bestelwagen gezien', zei ze terwijl ze zich tot het team richtte. 'Waarschijnlijk een Peugeot, en meer bepaald een Peugeot Boxer. Kleur waarschijnlijk zwart. Check om te beginnen de beveiligingscamera's. Hij heeft 'm rond halftwaalf gisteravond de Katwilgweg zien inslaan en naar het terrein aan het Galgenweel zien rijden.'

Terwijl haar rechercheurs naar de familiegegevens begonnen te zoeken en de beelden van de verkeerscamera's in de buurt opvroegen, stond ze naar het bord te kijken. Vier vrouwen. Geen meisjes, jonge vrouwen. Alle hadden ze zwart haar en een nogal zuiderse look. Waar kick jij op, klootzak? vroeg ze in gedachte. Wat is het dat je doet toeslaan? Ze bleef naar het bord staren. Alle vier hadden ze ook een zelfverzekerde, bijna uitdagende blik. Was het dat? Wond het hem op om sterke vrouwen om te brengen? Maar waarom moest hun hart dan weg en wat deed hij er mee?

'Commissaris?' zei hoofdinspecteur De Sutter.

'Ja.'

'Marc Boumans. Die hengelaar? Hij komt om twee uur langs.'

'Reserveer een verhoorkamer. Die met de kijkwand, ik wil dat Troebleyn hem kan zien. Wanneer komt ze trouwens?'

'Ze is deze middag hier, ze moest eerst nog iets in Brussel afwerken.'

Toen Liese klaarstond om te vertrekken, maakte ze Laurent met een hoofdbeweging duidelijk dat ze hem op de gang even wilde spreken.

'Wat is er?' vroeg hij.

'Je been. Je mankt weer meer en je hebt pijn.'

Hij haalde zijn schouders op.

'Niets bijzonders.'

Liese zweeg.

'Ik ben vanochtend naar de dokter geweest', gaf hij toe. 'De revalidatie gaat toch niet zo vlot als ik gehoopt had.'

'Je dijbeen is aan gruzelementen geschoten', zei Liese zacht. 'Wat had je anders verwacht? En die oefeningen met Masson...'

'Die gaan door', vulde hij aan. Hij had een koppige trek op zijn gezicht. 'Als ik die kerels in het ziekenhuis geloof, dan mag ik al blij zijn dat ik nog kan lopen. Dat is niet genoeg.' Hij keek haar aan. 'Dat is niet genoeg voor mij, Liese.'

Anna Wilmots was na een mislukt huwelijk tijdelijk weer bij haar moeder ingetrokken in het ouderlijk huis in Hemiksem, een gemeente nauwelijks enkele kilometers ten zuiden van Antwerpen, gelegen aan de oever van de Schelde. Anna's moeder Elsie was een vijftigjarige weduwe, haar echtgenoot was een jaar geleden omgekomen bij een verkeersongeval. Sinds enkele maanden had ze een nieuwe vriend.

Het huis lag in een rustige straat en schreeuwde om een lik verf en wat oplapwerk. Liese belde aan, al stond de voordeur wagenwijd open. In de gang belemmerde een scooter de doorgang.

Enkele seconden later verscheen een vrij kleine, gedrongen vrouw, die Liese zwijgend opnam.

'Mevrouw Wilmots? Elsie?'

De vrouw knikte.

'Mijn naam is Liese Meerhout,' zei ze zacht, 'ik ben commissaris bij de gerechtelijke politie.'

'Oh God, nee, nee!' jammerde de vrouw. Ze hield zich vast aan de muur van de hal en ze snikte zo hard dat het door merg en been ging.

Een halfuur later stapte Liese weer in haar Saab en belde ze met Masson.

'Ja, Liese', zei hij. Zijn stem klonk al een stuk beter.

'Kun je de lokale van Hemiksem even bellen? Ik weet niet tot welke zone die behoren, maar...'

'Politiezone Rupel. Maar ze hebben een lokale post in Hemiksem en een wijkteam.'

Masson wist dergelijke dingen nu eenmaal.

'Bel hen even en vraag of ze assistentie willen leveren', zei ze. 'Slachtofferhulp en zo. De wijkagent zou ook ideaal zijn. Anna's moeder zit er helemaal doorheen.'

Terwijl ze de terugweg zocht naar Antwerpen, riep ze zich het gesprek weer voor de geest, of wat daarvoor had moeten doorgaan.

Ze waren in de woonkamer op de aftandse bank gaan zitten en Elsie had zich vastgeklampt aan ieder woord dat die mevrouw de commissaris had gezegd, alsof ze ongedaan kon maken wat ze daarnet in de hal had gevreesd. Alsof ze, gelukkig, verkeerdelijk het ergste had gedacht.

Liese was voorzichtig geweest. Ze had om de directe vragen van Anna's moeder heen gefietst en gevraagd naar wat

Anna precies had gedaan, de laatste keer dat ze haar gezien hadden.

'Ze is gaan wandelen met Chico, dat is onze hond. René en ik waren net klaar met de keuken opruimen.' Haar stem beefde en ze pulkte voortdurend aan haar zakdoek.

'René is jouw nieuwe vriend?'

De vrouw knikte. 'Sinds zes maanden. Hij kan ieder moment thuiskomen, hij heeft vrij genomen op zijn werk, om bij mij te zijn.'

'René woont bij jou?' vroeg ze.

'Ja.'

'En Anna?'

'Die woont hier ook, enfin, tijdelijk, zij en haar man zijn uit elkaar en ze moet een nieuwe flat zoeken, maar dat is niet gemakkelijk.'

'Ze is langs de Schelde gaan wandelen', zei Liese. 'Rond halfzeven 's avonds, zoiets, hé?'

'Ja.' Elsie rilde. 'Dat deed ze iedere avond sinds ze hier terug was.'

'Weet je nog wat Anna droeg toen ze vertrok?' vroeg Liese zacht. Ze zette zich schrap voor het onontkoombare. Al had ze het pv en de omschrijvingen in het vermissingsrapport gelezen, al had ze de foto's met elkaar vergeleken, ze wilde absolute zekerheid hebben voor ze deze vrouw de woorden zou zeggen die haar zouden vernietigen.

'Ja, natuurlijk, dat heb ik ook al aan de wijkagent verteld', zei Elsie. 'Anna droeg een legging en sportschoenen, daarin liep ze hier vaak rond 's avonds, en daar bovenop had ze een groen hemd aan, zo'n dik geruit ding dat ze onderaan samenbond in een knoop.'

Liese haalde diep adem.

'Het spijt me echt, Elsie', zei ze.

Toen Liese haar had verteld dat ze haar dochter vanochtend hadden gevonden, was Elsie beginnen te roepen en te tieren, ze had gehuild, ze had minstens tien keer geweigerd om het vreselijke nieuws onder ogen te zien door haar hoofd te schudden en te beweren dat het onmogelijk om Anna, haar Anna kon gaan. Daarna was ze op de bank in elkaar gezakt.

Liese was naast haar blijven zitten tot René thuiskwam.

Op de terugweg in haar auto had ze moeite om zich op het verkeer te concentreren. Ze besefte opeens scherp wat ze zo-even gedaan had, en hoe onzinnig, hoe belachelijk, hoe vreemd dat was: ze had een moeder verteld dat haar dochter vermoord was en nooit meer terug zou komen. Welke normale vrouw van bijna veertig moest voor haar baan zulke gruwelijke dingen doen? Het zinnetje van haar moeder spookte de hele tijd door haar hoofd.

Dat werk van jou.

Dat verdomde werk van jou.

Op de Antwerpse Ring bleef ze netjes rechts achter een vrachtwagen hangen die nauwelijks negentig kilometer per uur reed. Ze kon toch niet naar de middenstrook: de weg ging lichtjes bergop en haar oude bakbeest accelereerde als een tank. Haar gsm rinkelde.

'Het eerste verslag is klaar', zei Maite Coninckx. 'Maar ik kan pas tegen vier uur binnenspringen, ik heb over een uurtje een vergadering buitenshuis.'

Liese keek op haar vaders horloge.

'Ik kan over tien minuten bij je zijn, ik ben op de Ring, is dat oké?'

'Dat lukt nog net', zei Maite.

Het hoofd van het Lab verspilde geen tijd.

'Ik had het je ook gewoon over de telefoon kunnen vertellen, maar ik was met tien dingen tegelijkertijd bezig en ik heb er niet bij stilgestaan.'

Ze zaten in Maites kleine kantoor.

'We hebben nog enkele speurders op de plaats delict. Ze zoeken de omgeving af naar sporen, maar ik betwijfel eerlijk gezegd of het nog iets zal opleveren. Het veertje wordt op dit ogenblik onderzocht en vergeleken met de andere die we gevonden hebben, maar volgens mijn collega's staat het al zo goed als vast dat het om een zwanenveer gaat. Identiek, dus. Voor de eventuele sporen op het lichaam is het wachten op de autopsie, natuurlijk.'

'En voor de rest?' vroeg Liese.

Maite knikte ongeduldig. 'Dat wilde ik je gaan vertellen. We hebben vrijwel geen bloed gevonden op de plaats waar het lichaam lag, en ook niet in de onmiddellijke omgeving. Neem maar van mij aan dat haar hart ergens anders is verwijderd. Hij heeft de vrouw daar later neergelegd.'

Toen Liese op de terugweg naar kantoor door de straat van Sofie reed, zag ze haar collega naar buiten komen en de voordeur sluiten.

Liese stopte en draaide met veel moeite haar raampje naar beneden.

'Ik moest bij Maite zijn. Hoe is het?'

Sofie haalde haar schouders op.

'Ik wilde een wandelingetje maken. Orders van de dokter.' Ze keek alsof ze ernstig twijfelde aan diens verstandelijke vermogens.

'Mag ik even binnenkomen?' vroeg Liese. 'Ik heb maar vijf minuutjes, maar...'

'Ja, da's goed', zei Sofie.

In de woonkamer heerste dezelfde vrolijke chaos als de vorige keer.

'Blijven de kinderen op school 's middags?' vroeg Liese.

'Ja. Ze hebben een lunchbox mee. 's Avonds koken we, dat is hier een beetje heilig.'

Ze zaten op de bank en Liese vertelde haar over de nieuwste ontwikkelingen.

Sofie schudde haar hoofd.

'Gruwelijk', zei ze. 'Ik kan me niet herinneren dat we ooit zoiets hebben meegemaakt.'

'Ik in ieder geval niet, maar jij draait hier in Antwerpen al langer mee.'

'Ik ook niet', antwoordde Sofie.

'Hoe lang ben je nu al bij de Moord?'

Sofie keek naar het plafond en maakte een sommetje in haar hoofd.

'Bijna achttien jaar, zoiets.'

Ze zuchtte.

'Ik zal blij zijn als ik daar niets meer mee te maken heb. En mijn gezin ook.'

'Ze zullen het wel fijn vinden dat je naar Ecofin gaat, niet?' zei Liese vriendelijk. 'Regelmatige uren. Geen psychopaten achternazitten in het holst van de nacht.'

Sofie Jacobs knikte.

Het was een tijdje stil.

Toen zei ze: 'Ik zit hier voortdurend te piekeren. Wat moet je anders als je de hele dag thuis bent.'

'Waarover pieker je dan?'

'Wat dacht je?' zei Sofie stilletjes. 'Over Alain Verbist, om maar iets te noemen.'

Ze legde haar handen in haar schoot.

'De aanwijzingen waren er écht, Liese. Ik was ervan overtuigd dat hij het gedaan had en ik heb die man tot een bekentenis gedwongen. Niet fysiek of zo, natuurlijk niet, maar door hem hard en lang te ondervragen. Door hem in een richting te duwen.' Ze zuchtte en wreef traag haar handen in elkaar. 'Ik heb er veel te weinig bij stilgestaan dat de man eigenlijk labiel was, dat ik hem zo onder druk zette dat hij om het even wat bekend zou hebben. Uit angst, niet omdat hij schuldig was.'

Ze zweeg een poosje.

'Ik heb de laatste tijd echt veel nagedacht over mijn baan.' Ze trok het elastiekje uit haar haren, draaide het behendig rond haar vingers en strikte opnieuw haar paardenstaart. 'Wat ik al die jaren gedaan heb. Wat het nut ervan geweest is.'

Liese liet haar hoofd achterover tegen de bank rusten. Ze voelde zich opeens doodmoe.

'Die vraag krijg ik al sinds ik bij de recherche begonnen ben, Sofie. En ik heb er geen antwoord op.'

Ze vertelde haar kort over haar ouders. Over hoe ze altijd tegen haar keuze waren geweest. Over het verdriet dat ze hun aangedaan had, zonder dat ze er zelf veel aan kon doen.

'Er loopt daarbuiten iemand rond die vrouwen vermoordt en hun hart uit hun lichaam haalt', zei ze. 'Ik wil weten waarom hij dat doet. En ik wil hem vangen, Sofie. Omdat ik daar goed in ben. Omdat wij daar goed in zijn. Dat is alles. Dat is wat ik doe.'

Sofie keek haar aandachtig aan.

'We hebben nooit zo gepraat', zei ze uiteindelijk. 'Zoals nu, wat jij vertelt en zo. Zo hebben we nooit gepraat.'

'Nee.'

'Je bent de hele dag bezig met zoveel ellende dat je de simpele dingen gewoon vergeet', ging Sofie verder. 'Hoe je je voelt, bijvoorbeeld. Hoe anderen zich voelen. We hebben...' Ze dacht even na. '...hoe lang is het nu? Vier jaar samengewerkt?' Ze wachtte niet op Lieses antwoord. 'Vier jaar dat je meer samen bent dan met je man of je kinderen, en we kennen elkaar om zo te zeggen niet.'

'Michel ken ik in ieder geval beter dan ik jou ken', antwoordde Liese zacht.

'Dat denk je maar.' Ook Sofie praatte zacht. 'We denken dat we elkaar goed kennen, maar niemand kent een ander écht goed. Zeker niet met zo'n vreselijk werk.'

Het gesprek viel even stil.

'Ik heb een brief gekregen van Interne Zaken', zei ze.

Liese keek haar aan.

'Ik moet voor een commissie verschijnen. Mijn verhoor met Verbist zal worden onderzocht op deontologische fouten. De klootzakken.'

'Dat loopt wel los, toch?' vroeg Liese.

'Met die kerels weet je het nooit.'

'Ik moet vertrekken', zei Liese. 'Het is een beetje een heksenketel bij ons.'

Toen ze weer aan de voordeur stonden, vroeg Sofie: 'Hoe is het met Laurent? En met zijn been?'

'Prima. Hij komt er wel, hij is een doorzetter.'

'Hij zou moeten thuisblijven, weet je. Al die activiteit is niet goed voor hem.'

'Dat is het wel, denk ik', reageerde Liese. 'Hij loopt iedere dag beter. Hoe meer hij werkt, hoe beter hij zich voelt, zegt hij zelf.'

Sofie haalde haar schouders op.

In haar auto zette ze radio aan en viel midden in het middagjournaal. Ze herkende de stem van Myriam Carlens. Ze klonk nerveus.

'Het is nog te vroeg om daar nu al conclusies uit te trekken', zei de onderzoeksrechter. 'Ik kan alleen maar bevestigen dat het opnieuw om een moordonderzoek gaat en dat er aanwijzingen zijn dat deze zaak in verband staat met de vorige.'

Liese parkeerde haar auto bij het torengebouw aan de Noordersingel waar de federale politie haar kantoren had en zag daar Laurent en zijn vriendin Evi staan.

'Ik breng hem wat te eten', zei Evi. 'Hij eet vaak 's middags niet, het is gewoon belachelijk.'

Laurent geneerde zich een beetje.

'Wil jij er een beetje op toezien?' vroeg ze Liese ernstig. 'Dreig maar met extra weekendwerk, dan gaat hij wel overstag.'

Ze stapte in haar Peugeot 308 en scheurde weg van het parkeerterrein.

Liese staarde de auto na. Toen keek ze Laurent aan. Hij stond wat te drentelen en hield een doorzichtig plastic zakje in zijn hand met daarin enkele mandarijntjes, een flesje water en een flinke hoop broodjes in aluminiumfolie.

'Stap in', zei ze.

'Waarom?'

'We gaan even bij iemand langs.'

Onderweg bracht ze verslag uit over Ditte Vanaeken en het ongeval op de E19. Ze vertelde hem over het echtpaar Oversteyns en over de bestelwagen die de vrouw gezien had.

'En daarom rijden we daar nu naartoe?' vroeg Laurent ongelovig. 'Omdat dat meisje gezien is terwijl ze met iemand praatte bij een bestelwagen?'

'Ik weet het', zuchtte Liese.

Hij schudde het hoofd.

Liese loenste naar het zakje.

'Mag ik zo'n broodje? Ik sterf van de honger.'

'Die zijn voor mij bedoeld, dat is mijn lunch, je hoorde wat Evi zei.'

'Als je me geen broodje geeft, krijg je extra weekendwerk.'

Laurent mompelde iets onverstaanbaars en opende de aluminiumfolie.

Het duurde even voor Liese het huis terugvond. Toen ze uiteindelijk weer voor de kanteldeur parkeerde, zwaaide net als de vorige keer de deur open. Dit keer was het Frans Oversteyns die hen met gefronste wenkbrauwen aankeek. Hij leek niet op zijn gemak.

'We zullen u echt niet lang storen', begon Liese. 'We hebben alleen nog enkele vragen voor uw echtgenote. Ze is toch thuis, hoop ik?'

De man knikte.

'Het gaat over die bestelwagen', zei ze.

Ze zaten weer in de woonkamer maar dit keer kwamen er geen koekjes en slappe koffie op tafel.

Maria Oversteyns leek nog kleiner dan de vorige keer. Ze zat ineengedrongen op een stoel aan de tafel.

'Ik begrijp niet waarom u teruggekomen bent, mevrouw', zei ze aarzelend. 'Mijn man en ik hebben u alles verteld wat we gezien hebben. Wij willen daar eigenlijk niets mee te maken hebben.'

'Ik wil gewoon dat u even naar een paar foto's kijkt en dan zegt of u het type bestelwagen herkent. Daarna zijn we weg', zei Liese.

Haar gsm trilde. De hoofdcommissaris, zag ze.

'Laurent, wil jij?...'

Terwijl inspecteur Vandenbergh zijn telefoon pakte en de afbeeldingen begon te zoeken, liep Liese naar buiten.

'Zeg het maar, Frank.'

'Straks om vier uur is er een persconferentie van het parket. Je wordt verwacht.'

Ze zuchtte.

'Oké.'

'Die Fred Helleputte', ging Torfs verder. 'Die journalist met wie je vanochtend gesproken hebt?'

'Wat is daarmee?'

'Die heeft er geen gras over laten groeien. Het stond een halfuur later prominent online in *Het Nieuwsblad*. Ondertussen zijn alle kranten gevolgd, en dan bedoel ik ook álle. De telefoon staat hier niet stil. En Carlens...'

'Ik heb haar daarnet gehoord.'

Torfs zuchtte.

'Ik wou dat ik weer tussen het zeewier zat. En de massages met lavendelolie.'

'Dat meen je niet.'

'Natuurlijk meen ik dat niet!' blafte hij. 'Waar ben je trouwens?'

'Onderweg', zei Liese.

Toen ze weer naar binnen liep, leek Laurent nogal opgewonden.

'Volgens mevrouw Oversteyns was het een Peugeot Boxer.'

'Ja,' zei ze, 'dat was het soort bestelwagen dat ik gezien heb, bij die vrouw, ik ben er zeker van.'

'Herinnert u zich de kleur nog?' vroeg Liese.

Maria dacht na.

'Zwart, denk ik', zei ze.

Liese dropte Laurent bij hun kantoren aan de Noordersingel en reed door naar het UZ in Edegem.

Toen ze in het ziekenhuis de hoek omsloeg naar het mortuarium, bleek de autopsie net achter de rug te zijn, want in de gang kwam ze de technici van het Lab tegen. Een van beiden droeg het metalen koffertje waarin onder meer de stukjes tape zaten die nu door de laboranten van Maite moesten worden onderzocht.

Binnen was Fabian druk in overleg met zijn assistent in het kamertje naast de autopsieruimte en riep naar haar over zijn schouder.

'Ik ben er zo, hoor!'

Ze probeerde om de geuren zo weinig mogelijk te registreren en keek bewust niet naar de hoek waar al het gebruikte gereedschap lag, gaande van tangen en beitels tot een kleine cirkelzaag.

Het lichaam van Anna Wilmots lag uitgestrekt op de obductietafel. Een grote Y-vormige incisie liep over zowat haar hele borstkas en er was eenzelfde diepe snede om de bovenkant van haar hoofd waar Fabian de schedel had gelicht. De incisies waren dichtgenaaid met ruwe, zwarte steken. Het stoorde Liese, zoals het haar altijd al had gestoord bij de andere lijkschouwingen die ze had bijgewoond. Waarom moest dat zo ruw? Waarom werd een slachtoffer dichtgenaaid alsof het om een aftands tentzeil ging dat gerepareerd moest worden? Toen ze nog samen was met Fabian had ze hem op een avond die vraag gesteld, in ongeveer dezelfde bewoordingen. Ze was het niet helemaal eens geweest met zijn antwoord, maar ze had moeten toegeven dat er wel enige waarheid in zat.

'Het stoort je omdat je het een gebrek aan respect vindt, is het niet?'

'Daar komt het min of meer op neer, ja.'

'Het is een moordslachtoffer', had Fabian geantwoord. 'Op het moment dat het lichaam op mijn tafel belandt, is het geen persoon meer maar een onderzoeksobject. Dat hoort ook zo, want het is mijn taak om zo goed mogelijk uit te zoeken wat er gebeurd kan zijn en daar hoort nu eenmaal geen romantiek bij. Trouwens, als je echt respect wilt voor het slachtoffer, weet je wat je dan moet doen? Dan moet je de dader vinden. En da's dan jouw taak.'

'Hier ben ik al', zei Fabian. Hij nam het klembord met zijn voorlopige rapport en keek het even in. 'Ze is gisteravond omgebracht, zoals ik al vermoedde. Het tijdstip van overlijden ligt rond 23 uur. En haar hart is inderdaad verwijderd, maar dat wisten we al.'

'Heb je de incisies goed kunnen bekijken? Ik bedoel, is...'

'Het lijkt heel erg op de vorige, Liese', bevestigde Fabian. 'Voor zover ik dat kan beoordelen, is het ook hier met een kartelmes gebeurd. We hebben ook de snijrichting vergeleken met de foto's die we bij Kaat Thierens hebben gemaakt, en het stemt overeen. Je zoekt dezelfde dader, mocht je daar nog aan twijfelen.'

Ze knikte.

'Misbruik?'

'Ja, zowel vaginaal als anaal. Er zitten ook lichte scheurtjes rond de anus. En we hebben sporen van benzocaïne aangetroffen. Maar er is nog wat.'

Fabian liep rond de obductietafel en lichtte Anna's hoofd op.

'Ze heeft een klap gehad, hier, op het achterhoofd, zie je?'

Liese knikte.

'Zeker niet dodelijk, maar misschien voldoende om haar te kunnen overmeesteren. En dan is er nog dit.'

Hij nam Anna's arm vast, draaide hem lichtjes naar buiten en toonde enkele piepkleine gaatjes in haar bovenarm.

'Ze heeft meerdere spuitjes gekregen.'

'Recent?' Ze wilde weten of er nog iets van terug te vinden zou zijn in Anna's bloed.

'Een paar dagen, denk ik, hoogstens.'

‘Wanneer is de bloedanalyse klaar?’ vroeg ze.

‘Reken niet meer op vandaag. Ze werken snel daar in het Lab, maar die dingen hebben hun tijd nodig, Liese. Ten vroegste morgen.’

In de auto belde ze Laurent.

‘Marc Boumans is net binnengekomen’, zei hij.

‘En?’

‘Hij had geen bewaar tegen een swap en vingerafdrukken, dus dat hebben we maar eerst gedaan. Ik heb alles direct naar het Lab gestuurd voor DNA-analyse.’

‘Ik ben er over tien minuten’, zei Liese. ‘Nog iets: denk er aan dat we het alibi van René moeten checken, de vriend van Anna’s moeder. En vraag ook eens naar Chico.’

‘Wie is dat?’

‘De hond. Hij was erbij toen het gebeurde, hij is achteraf alleen naar huis gelopen. Volgens Fabian heeft Anna een klap gekregen en werd ze mogelijk verdoofd. De dader moet haar daarna in zijn voertuig hebben gesleurd. Wat deed die hond dan de hele tijd?’

‘Niet alle honden zijn waakhonden, Liese.’

‘Dat zal wel’, zei ze terwijl ze voorsorteerde om weer op de Singel te komen. ‘Maar het kan evengoed zo zijn dat Chico niet tussenbeide is gekomen omdat hij ook de dader kende, toch?’

‘Ah, op die manier’, antwoordde Laurent.

Marc Boumans droeg een bleekbruin, goedkoop pak dat zijn tonvormige lichaam niet echt flatteerde, en een donkerbruine, slecht geknoopte das. Zijn wangen waren hier en daar rood en geïrriteerd door het scheren. Een plukje zwarte haartjes onder zijn kin was aan de scheerbeurt ontsnapt. Hij zag eruit als de manager van een kebabzaak.

'Goedemiddag', zei Liese. Ze stelde zichzelf en Michel Masson voor en ging zitten.

Boumans keek van haar naar Masson en weer terug. Hij had een rond gezicht en opvallend lichte ogen. Zijn haar was zwart en krullerig en kon zo te zien best wel eens een wasbeurt gebruiken.

'Ze hebben me gevraagd om nog even langs te komen', zei hij. 'Over die zaak aan het Galgenweel.' Zijn stem klonk zwaar en redelijk rauw. 'Is er een probleem of zo?'

'We willen gewoon even met u praten', zei Liese. 'U wat vragen stellen.'

'Ah. Dat is goed', zei hij eenvoudig.

Achter het kijkglas stonden Carla Troebleyn en de hoofdcommissaris, hun ogen gefocust op de man achter de tafel.

Gedurende het hele gesprek had Liese het ongemakkelijke gevoel dat ze te hard van stapel was gelopen. Boumans was een alleenstaande man van achtenvijftig die door zijn firma een paar jaar geleden met vervroegd pensioen was gestuurd. Hij kluste nog wat bij als vertegenwoordiger in onderhoudsproducten – vandaar het pak, waarschijnlijk – maar het grootste deel van zijn tijd bracht hij door achter zijn hengels of keek hij voetbal.

Ook Masson vond het een vrij nutteloos gesprek, wist ze.

'Hij heeft niet gelogen, hé, Liese, in zijn eerste verklaring tegen Sofie', had hij gezegd voor ze de verhoorkamer binnenliepen. 'Hij is werkelijk gaan hengelen in Nederland op de avond van de verdwijning.'

Toen Liese het gesprek na een goed halfuur beëindigde, waren ze geen spat wijzer geworden. Aan de andere kant had de man zich ook niet helemaal vrijgepleit.

Torfs vatte het samen toen ze met zijn allen weer bij het team zaten.

‘Hij heeft geen alibi voor het tijdstip van de moord in Córdoba en eigenlijk ook niet voor de moord op Kaat Thierens.’

Boumans had verklaard dat hij bijna twee uur over de rit naar het Nederlandse Drimmelen had gedaan, bijna dubbel zo lang als nodig. Hij had zich zijn hele loopbaan moeten haasten, vertelde hij, nu deed hij alles in zijn eigen tempo en nam onderweg de tijd voor een kop koffie.

‘Hij heeft ook een flodderalibi voor het tijdstip waarop Anna Wilmots is ontvoerd.’

‘Zijn auto was in de garage voor groot onderhoud’, legde Masson uit. ‘Hij had naar eigen zeggen alleen maar zijn fiets dat weekend. Hij was om 18 uur gewoon thuis en heeft voetbal gekeken. Alleen.’

‘En Duitsland?’ vroeg Moessens. ‘Waar was hij op die datum?’

‘In Brugge. Hij had een ticket voor een bekerwedstrijd in het voetbal. Iets dat hij voor geen geld had willen missen, zei hij.’

‘We laten hem discreet volgen’, zei Liese. ‘En voor de rest is het afwachten wat de DNA-analyse brengt.’

Toen ze later met Masson bij ‘het tankstation’ stond, verwoordde ze haar gevoel.

‘We rennen maar wat rond’, zuchtte ze. ‘We hebben geen enkel aanknopingspunt, niets. Hoe pak je nu verdomme een dader zonder motief?’ Ze haalde een flesje water uit de automaat en keek hem aan. ‘Hé?’

‘Door te doen wat we altijd doen. Door te blijven zoeken. Door aanwijzingen na te gaan, door te analyseren, door uiteindelijk...’

‘Welke aanwijzingen?!’ riep ze. Ze herstelde zich en ging op zachtere toon verder. ‘Welke aanwijzingen, Michel? Er is daarbuiten een klootzak die vrouwen vermoordt en hun hart meeneemt om er god-weet-wat mee te doen. Misschien heb je gelijk over dat ritueel met dat hart en die veer, waarschijnlijk zelfs, maar dan weten we nog altijd niet waarom. We weten gewoon niks!'

'En daarom gaan we koppig verder', zei hij sussend. 'Kom, ze wachten op ons.'

De teamvergadering begon met een stand van zaken in verband met de laatste moord. De hoofdcommissaris had Liese met een handgebaar gevraagd of ze de leiding wilde nemen, maar ze had ontkennend haar hoofd geschud en was tussen Laurent en Masson gaan zitten.

'Wat hebben jullie voor me?' begon Torfs.

Niet veel, zo bleek.

Het buurtonderzoek was nog volop aan de gang en was uitgebreid naar de hele route die Anna Wilmots langs de Schelde had gevolgd. De beelden van de verkeerscamera's hadden twaalf Peugeot Boxers opgeleverd in de buurt van de Waaslandtunnel en de afrit naar Linkeroever, maar in een straal van twee kilometer rond de Katwilgweg waren geen camera's en dus was dat niet echt een doorbraak te noemen.

'Check ze toch maar', zei Torfs.

'Daar zijn we mee bezig, hoor', antwoordde Laurent zakelijk. 'Er zijn er nog vier te gaan.'

'Wat die Peugeot Boxer betreft, is er nog iets anders', kwam Liese tussenbeide.

Ze vertelde het team over het ongeval van Ditte Vanaeken op de E19 en de getuigenis van Maria Oversteyns.

'De vrouw is er vrij zeker van dat ze hetzelfde voertuig heeft gezien op de avond dat Ditte Vanaeken de autosnelweg heeft willen oversteken. Ze stond met de bestuurder te praten.'

'Hoe zag die vrouw eruit?' vroeg Torfs.

Liese had afdrukken gemaakt en liet ze rondgaan. Terwijl ze naar haar eigen exemplaar van de foto keek, voelde ze de machteloosheid terugkomen. Ditte staarde haar aan vanaf de foto: een bleke vrouw met wat sproeten en asblond haar, een Scandinavisch type pur sang.

'Ik weet dat ze niet in het rijtje past', zei Liese voor iemand kon reageren.

De profiler verwoordde het diplomatisch.

'Het is hoogst onwaarschijnlijk dat de dader opeens een hele andere "target" kiest', zei Troebleyn. 'De grote overeenkomsten in fysionomie van de vrouwen en in mindere mate hun leeftijd zijn zowat de enige constanten die er zijn in deze zaak. Dit is inderdaad een heel ander type dan alle andere slachtoffers. Dat van die bestelwagen zou ik eerder een toeval durven noemen.'

Liese knikte alleen maar.

'Wat hebben we nog meer?' zei Torfs.

Andy Delporte was met de hulp van de Computer Crime Unit in de meest obscure websites en blogs gedoken waar over de gewelddadigste fantasieën werd verteld, maar nergens hadden ze een spoor gevonden naar iemand die het over het verwijderen van harten had, laat staan over een Oud-Egyptisch ritueel als het wegen van het hart.

De Sutter en Hendrik Moessens brachten verslag uit over de geografische profiling van het nieuwste slachtoffer, maar ook daar was geen aanknopingspunt. Anna Wilmots was nooit in het zuiden van Spanje geweest, noch in de buurt van Trier.

Liese vertelde het team over de voorlopige resultaten van de autopsie.

Troebleyn stond op en ging naast Torfs staan.

'We hebben één nieuw gegeven, en volgens mij iets belangrijks', zei ze. 'De dader heeft haar meer dan waarschijnlijk enkele dagen vastgehouden. Dat is de eerste keer, voor zover wij weten. Ook dat komt meer voor bij seriemoordenaars: ze worden stoutmoediger, ze durven meer als blijkt dat ze met de vorige moorden goed zijn weggekomen. Bij de meesten is de daad zelf het hoogtepunt, dus wordt het genot van het uitstellen daarvan ook belangrijker.'

De Sutter keek alsof hij iets vies moest doorslikken.

'We hebben hierdoor ook bevestiging van iets dat we al zo goed als zeker wisten,' ging ze verder, 'namelijk dat de dader iemand is die in deze buurt woont. In het buitenland heeft hij geen kans gezien om rustig te werken, hier kon hij dat wel, zowel bij de moord op Kaat Thierens als nu, bij Anna Wilmots. Hij woont hier.'

Niemand zei iets. Er was sowieso weinig animo te bespeuren bij de groep, alsof ze allen dat sombere, machteloze gevoel van Liese hadden opgepikt en doorgegeven.

Carla Troebleyn voelde de stemming goed aan.

'De zoektocht naar een dergelijke dader is een van de moeilijkste die er zijn', zei ze zacht maar ferm. 'Ze zijn intelligent en gedisciplineerd, dat vertelde ik jullie al. Maar je moet blijven zoeken naar een scheurtje in dat pantser, hoe klein ook. Naar een "crack in the wall". Die Peugeot kan zo'n scheurtje zijn. Het zijn dat soort details die voor een doorbraak kunnen zorgen.'

De persconferentie van het parket vond die middag om vier uur plaats en was wat de mediabelangstelling uit binnen- en buitenland betrof een van de drukste die Liese ooit had bijgewoond. De zaal zat afgeladen vol en de reportagewagens van de grote zenders blokkeerden bijna het verkeer op het Bolivarplein voor het Justitiegebouw.

Procureur des Konings Beckx gaf een inleiding. Hij was

een kleine, nogal dikke man die erom bekendstond dat hij zichzelf graag hoorde spreken, iets wat hij feilloos bevestigde door een ellenlange opsomming te geven van de inspanningen die het parket zich in deze zaken al had getroost.

Daarna was het de beurt aan de onderzoeksrechter.

Myriam Carlens besteedde weinig aandacht aan het in de verf zetten van haar ego en kwam onmiddellijk ter zake. Ze gaf de bijzonderheden van de macabere ontdekking van die ochtend en was erg duidelijk in het benadrukken van de overeenkomsten met de moord op Kaat Thierens. Het enige wat ze wegliet, was de vondst van het veertje.

Een uur voor de persconferentie had Liese met Carlens gebeld om een actuele stand van zaken te geven, en ook tijdens dat gesprek bekroop haar het gevoel dat ze geen van allen goed wisten in welke richting ze aan het zoeken waren.

'We hebben gegronde redenen om ervan uit te gaan dat we te maken hebben met een meervoudige moordenaar', besloot Carlens het officiële gedeelte van de persconferentie. 'Iedereen die gisteravond tussen 18 en 19 uur aan de Scheldeoever in Hemiksem iets gezien heeft dat ons verder zou kunnen helpen, wordt dringend verzocht om zich kenbaar te maken.'

Toen de aanwezigen werden uitgenodigd om hun eventuele vragen te stellen, brak de hel pas goed los. Journalisten tuimelden bijna over elkaar heen om aan de beurt te komen en de meesten riepen hun vraag gewoon in de richting van de tafel vooraan, in de hoop dat iemand hen zou horen.

Toen het eerste tiental vragen zo goed en zo kwaad als het kon beantwoord waren, werd het wat rustiger in de zaal.

'*Jürgen Scholz, ARD, can I put my question to you in English?*' vroeg een journalist van de Duitse zender met een accent, maar wel in correct Engels.

De onderzoeksrechter knikte.

'Kunt u bevestigen dat ook bij dit slachtoffer het hart werd meegenomen?'

'*Yes*,' antwoordde Carlens, '*yes, that's correct*.'

'Hebt u misschien aanwijzing wat het motief is voor dit meenemen van het hart?' vroeg een slanke, donkere vrouw in haar rudimentaire Engels.

'En u bent?' vroeg Carlens vriendelijk.

'Isabella Muñoz, *El País newspaper*, Madrid.'

'We volgen enkele sporen, mevrouw Muñoz, maar daar kan ik in het licht van het onderzoek weinig meer over vertellen.'

Nadat de persconferentie eindelijk achter de rug was en Carlens zich in een hoekje van de zaal liet interviewen door de verschillende Vlaamse zenders, sloop Liese naar buiten.

Toen ze de lege vergaderruimte binnenliep omdat ze enkele documenten was vergeten mee te nemen, merkte ze dat Troebleyn er zat, gebogen over haar laptop.

'Ik maak nog vlug mijn rapport af voor ik naar huis ga', zei ze.

'Woon je in Brussel?'

'Ja. Elsene.'

Nu pas viel het haar op hoe elegant de vrouw eruitzag in haar donkerblauwe rok en jasje. Door haar brillenglazen keek ze Liese geïnteresseerd aan.

'Lukt het een beetje?'

'Ja, hoor', zei Liese neutraal.

Ze graaide de papieren bij elkaar en wilde weer naar buiten lopen, maar ze bedacht zich en keek Troebleyn aan. Ze herinnerde zich haar gedachtekronkel van die ochtend, toen ze in de slachtoffertent naar het lichaam van de vrouw had staan kijken.

'Ik heb de meeste van de papers gelezen die je meegegeven had', zei ze. 'Er was er een bij die over het brein van seriemoordenaars ging, maar ik herinner het me niet zo goed meer.'

Troebleyn legde haar bril naast haar laptop en wreef voorzichtig in haar ogen.

'Dan heb je het over psychopaten, niet?' antwoordde ze. 'Daar is wel wat discussie over, hoor. Het komt erop neer dat men nogal vaak een storing aantreft in het brein van die mensen. In onze hersenen zit iets wat de "amygdala" heet, een hoopje neuronen in de vorm van een amandel. De amygdala krijgt informatie van onze zintuigen en stuurt die dan door naar een ander deel van het brein, de...' Ze keek Liese aan. 'Interesseert je dit echt?'

'Ja,' zei Liese vermoeid, 'anders zou ik er niet naar vragen.'

'Goed. Dat andere deel van het brein is de prefrontale cortex. Daar wordt de informatie van die amygdala, dus van onze zintuigen, gekoppeld aan de juiste emoties. Bij psychopathische moordenaars is het al vaak opgevallen dat de verbinding tussen die twee heel zwakjes is. Met andere woorden: dingen die andere mensen als heel negatief zouden ervaren, krijgen weinig of geen respons bij hen.'

'Je bedoelt dat ze iets kunnen doen dat... weerzinwekkend is en daar niets bij voelen?' vroeg ze.

Troebleyn knikte. 'Inderdaad. Ze voelen zich niet nerveus of gegeneerd als ze gepakt worden terwijl ze iets gruwelijks doen. Ze voelen geen emoties als ze andere mensen zien lijden.'

Liese zweeg een tijdje.

'Hun slachtoffers', zei ze aarzelend. Ze probeerde de walging uit haar stem te houden. 'Hun slachtoffers zijn dus gewoon... objecten voor hen?'

'Daar komt het op neer, ja. Of in ieder geval: ze dienen

gewoon een doel, meer niet. Hun angsten en hun pijn zijn totaal bijkomstig.'

'En naar zo'n gestoorde ben ik op zoek', mompelde ze.

Troebleyn had het gehoord.

'Dat is een misvatting die je zo snel mogelijk moet vergeten als je hem echt wilt vangen', zei ze. 'Een psychotische moordenaar, die is gestoord, ja, die kan vreselijke dingen doen omdat hij stemmen hoort of denkt dat-ie bezeten is door de duivel. Die spoort meestal niet met de realiteit. En hij loopt ook veel sneller tegen de lamp omdat hij fouten maakt. Een psychopaat daarentegen is heel anders, Liese. Die is precies, heel berekenend en manipulatief, die weet perfect wat hij doet en hoe hij het moet verbergen. Dat kan de beste buurman zijn die je ooit had.'

Ze haalde een flesje water uit de automaat en dronk er afwezig van terwijl ze uit het raam naar het verkeer beneden haar keek. Het was gaan regenen.

Haar gsm trilde.

'Hey', zei Matthias. 'Ik vertrek naar De Veluwe. Alles oké daar?'

'Niet echt', mompelde ze.

'Wat is er?'

'Gewoon.' Ze vond even geen woorden.

'We komen er wel, lieverd', zei Matthias.

Dat bewust gekozen meervoud deed haar wel een beetje plezier, merkte ze, maar ook niet meer dan dat.

Toen ze in de gang naar de teamkamer liep, ging haar telefoon opnieuw. Het was Kirsten Vanaeken.

Even aarzelde ze en dacht eraan om gewoon niet op te nemen.

'Dag Kirsten.'

'Sorry dat ik je maar blijf bellen', zei de jonge vrouw zacht. 'Ik weet met mezelf geen raad.'

Wat kon ze haar vertellen? dacht Liese. Wat wist ze nu eigenlijk meer over die intrieste zaak, anders dan dat er een jonge, gedrogeerde vrouw meer dan waarschijnlijk was gaan flippen en in haar slechte trip de autosnelweg op was gelopen?

'Ik kan je echt niet helpen, Kirsten', zei ze mat.

'Een vriendin van Ditte is bij mij op bezoek geweest, ze wilde over mijn zus praten.'

Haar uitleg stokte en Liese hoorde haar zachtjes huilen.

'Ze is zelf verslaafd', ging Kirsten verder. 'Ze zei dat er een blog is waar ze regelmatig iets op zet, voor mannen die willen betalen om ergens snel seks te hebben. Ze zei dat ze daar aan de E19 de laatste tijd wel eens afspreekt met mannen, in hun auto. En mijn zus deed daar soms aan mee.'

Nu begon ze voluit te huilen.

Liese wachtte tot ze wat bedaard was.

'Heeft ze je gezegd hoe die blog heet, Kirsten?'

'Ja, iets met "fast". Fast sex, denk ik', snikte ze. 'Waarom?'

'Zomaar', zei Liese.

Het kostte Laurent weinig moeite om de blog te traceren. Het ding heette inderdaad 'Fast sex' en het was een rechttoe rechtaan contactmedium voor, zo leek het, mannen die kickten op een anoniem vluggertje ergens langs de kant van de weg. Waarschijnlijk op hun route tussen het werk en thuis, dacht Liese bitter, was me dat even handig. Er waren zowel aanbieders bij als vragers, net als op een gewone zoekertjessite.

'Kun je zoeken naar afspraakjes langs de E19?' vroeg ze Laurent. 'De Veroustraat of omgeving. Lukt dat?'

'Ja, ik koppel wel met Andy, dat is een kei in dat soort dingen. Of wil je dat nu?'

Liese antwoordde niet meteen.

'Dat duurt echt wel even, hoor,' zei Laurent, 'zo te zien staan er honderden zoekertjes op.' Hij keek op zijn horloge. 'Het is ondertussen zes uur...'

'Moet je ergens naartoe, misschien!?' vroeg ze fel.

'Nee, Liese.' Hij zuchtte. 'Ik begin er wel aan.'

'Je hebt gelijk', zei ze, een stuk zachter. 'Sorry, ik ben niet echt mezelf. Begin er morgenochtend aan met Andy, goed?'

'Tuurlijk.'

Ze hoorden voetstappen in de gang.

'Ha, de noeste werkers!' zei Maite Coninckx. Ze stond in de deuropening van de teamkamer. 'Ik wist wel dat ik hier nog iemand zou aantreffen.'

'Heb je nieuws?' vroeg Liese.

Maite knikte.

'Maar geen al te best, vrees ik.'

De analyse van het DNA van Marc Boumans had een negatief resultaat opgeleverd, vertelde het hoofd van het Lab. Geen match met de sporen die bij Kaat Thierens of de andere slachtoffers waren aangetroffen. Boumans ging vrijuit.

'En dat is nog niet het einde van het slechte nieuws', ging Maite verder. 'We zijn net klaar met het sporenonderzoek op het lichaam van Anna Wilmots. Nada. Niets bruikbaars, niet op haar lichaam, niet op het hemd dat ze droeg.'

Nadat Maite Coninckx al een tijdje was vertrokken, zaten ze nog steeds na te praten en stelden de planning voor de volgende dag op.

Het was bijna zeven uur. Laurent had op iedere desk de bureaulampjes aangestoken, wat de teamkamer een bijna huiselijke sfeer gaf. Dat kon eindelijk, nu Sofie niet op kantoor was: zij wilde mordicus altijd de tl-lampen aan het plafond aan hebben, alsof ze ook wat verlichting betrof een duidelijk onderscheid wilde maken tussen werk en privé.

'Gaan we iets eten, samen?' vroeg Masson opeens.
'Mij goed', antwoordde Laurent. 'Evi is toch naar een of andere workshop, voor haar werk. Liese?'
'Nee, jongens', zei ze. 'Ik ben bekaf. En ik ben eerlijk gezegd niet echt in de stemming.'
Masson speelde met zijn vulpen.
'Als we naar die bruine kroeg gaan waar jij soms zit, de Chocola,' zei hij, 'dan ben je op enkele stappen van thuis. Dan heb je iets gegeten en kun je vertrekken als je er genoeg van hebt.'
Ze wilde nog eens weigeren, maar ook daarvoor had ze te weinig fut in haar lijf, en ze wilde haar collega's ook niet teleurstellen. Dus zei ze schoorvoetend ja en zocht ze haar autosleutels.
'Ik bel even met Sofie', zei Masson. 'Misschien heeft ze wel zin om langs te komen.'
'Daar geloof ik niks van.'
'We zien wel.'

Maar Sofie was er inderdaad. Ze had haar haren losgemaakt en droeg een zwarte rok die haar slanker maakte. Ze zag er goed uit, en Liese zei het haar ook.
'Dank je. En jij ziet er afgepeigerd uit.'
'Zo voel ik me ook.'
Dansing Chocola was een populaire plek en een tafel vinden 's avonds was bepaald geen sinecure, maar omdat een stel net vertrok, lukte het hun toch om met zijn vieren achter in de zaak te gaan zitten.
Ze bestelden hun drankjes en ze bekeken vluchtig het menu.
'Niet voor mij,' zei Sofie, 'ik heb al met mijn gezin gegeten. Maar ik drink wel iets mee met jullie.'
Na de eerste paar slokken van haar glas Omer had Liese

moeten weten dat ze in haar toestand beter geen alcohol kon drinken, maar ook voor dergelijke overwegingen of beslissingen ontbrak haar nu eenmaal de fut, en ze bestelde afwezig mee toen Masson in recordtempo zijn glas had geledigd en om een nieuw vroeg.

Ze kregen hun maaltijd en hoewel ze 's middags alleen maar een broodje van Laurent had gegeten, had ze weinig honger. Ze speelde met het kommetje sla dat ze bij haar gerecht had gekregen en keek toe hoe Laurent en Masson met smaak aan het eten waren, terwijl ze een discussie voerden over een boek dat de inspecteur onlangs had gelezen. Hij begreep er niets van, zei hij, wat volgens Masson alleen maar betekende dat hij het niet aandachtig genoeg gelezen had.

Ondertussen zakte Liese weg, en dronk.

Het duurde niet lang of ze begon tegendraadse opmerkingen te maken.

Ze informeerde naar de ziektebriefjes van Sofie, waarvan ze er naar eigen zeggen geen enkel had gezien, wat moeilijk kon omdat ze die in haar functie toch moest paraferen? Ze vroeg nogal bot naar Laurents revalidatie, en hoe lang het nog zou duren voor ze weer een inspecteur had die normaal kon lopen. Ze vitte zelfs op Masson, haar Masson, die volgens haar meer dronken dan nuchter was op het werk, iets wat ze stilaan 'kotsbeu' werd.

Geen van hen ging met haar de confrontatie aan, alsof ze dat zo onder elkaar stilzwijgend hadden afgesproken. Of omdat ze haar zo goed kenden, wat meer voor de hand lag. Zelfs Sofie, de meest directe van hen allemaal, hield zich in en protesteerde alleen maar voor de vorm.

Hoe langer ze daar samen zaten, hoe meer ze dronk en hoe somberder en wanhopiger ze werd. Het leek haar alsof ze ineens boven de tafel uitsteeg en hen hier met zijn allen zag zitten: vier mensen die faalden, die tekortschoten.

Vier mensen die ook allemaal op een of andere manier gekwetst waren.

Een half kreupele Laurent. Een diep ontgoochelde Sofie, een vrouw die al met een half been uit het team stond en wilde vluchten in de saaiheid, en Liese zelf, die de leegte na de dood van haar vader maar niet gevuld kreeg en waarschijnlijk nooit zou kunnen opvullen.

Zelfs Masson was een gekwetste. Hij had in recente tijden dan misschien geen ongeluk te verwerken gekregen, maar hij leed aan het leven zelf en dat was misschien wel de grootste kwetsuur van allemaal.

Toen ze onzeker opstond en met haar lege glas een teken gaf in de richting van de tapkast, kwam Masson tussenbeide.

'Ik denk dat iedereen stilaan gaat vertrekken, het is een lange dag geweest. En morgen moeten we fris zijn, niet?'

'Ik wil nog een glas.'

'Je kunt beter naar huis gaan, Liese', zei hij rustig. 'Het is maar een paar honderd meter, kom.'

Ze keek hem aan met ogen die brandden van woede. Tegelijkertijd kwam er zo'n gepijnigd waas over haar gezicht dat zelfs Masson ervan schrok.

'Er is weer een vrouw vermoord vannacht, Michel!' schreeuwde ze.

Aan de tafeltjes rondom hen vielen de gesprekken stil.

'Die vrouw stierf omdat ik het niet snap! Ik snap het niet, oké!'

Toen snikte ze en liep wankelend naar buiten.

13

Om tien uur de volgende ochtend stond Sofie Jacobs opeens weer in de teamkamer.

De eerste uren van de dag waren hels geweest voor Liese. Ze was wakker geworden met een kurkdroge mond en een hoofd dat zo bonkte dat het was alsof iemand het als springkasteel gebruikte.

Matthias was in zijn eigen bed gaan slapen, zo bleek.

'Je lag te ronken als een Zwitser toen ik thuiskwam', zei hij lachend terwijl hij zorgvuldig en tegen de regels haar eerste koffie van de dag klaarmaakte. 'Ik wilde je niet wakker maken door erbij te komen liggen.'

'Slimme jongen', kraste ze. Ze had een bevende hand uitgestoken naar haar lievelingsmok en hem daarna gevraagd of hij ergens een aspirientje wist liggen.

Het ochtendgebed om negen uur was gelukkig kort geweest. Torfs had met één oogopslag gezien in welke toestand zijn caseofficer verkeerde en had in haar plaats de vergadering efficiënt geleid.

De eigenaars van de Peugeot Boxers op de camerabeelden waren allemaal geïdentificeerd en gecheckt, maar er zat er geen enkele tussen die voor enige argwaan zorgde. De familieleden van Anna Wilmots en de vriend van haar moeder hadden een sluitend alibi. De oproep van Callens tot getuigen was door zowat alle media verspreid, maar er waren tot dusver nog geen bruikbare meldingen binnengekomen, behalve de normale paniekerige telefoontjes en de resem idiote berichten die ze altijd ontvingen wanneer ze een oproep deden.

Na nauwelijks een halfuur had Torfs de vergadering ontbonden en iedereen opgedragen om een tandje bij te steken.

Sofie kwam binnenwandelen toen Laurent en Andy Delporte aan het uitleggen waren hoe moeilijk het was om namen te kunnen plakken op de zoekertjes die op 'Fast sex' verschenen. Zowat iedereen gebruikte een schuilnaam of in het beste geval een voornaam. Maar het aantal afspraakjes van de afgelopen weken dat zich aan de Veroustraat of wijde omgeving situeerde, kwam nauwelijks boven de twintig uit, wat toch hoopgevend was.

'Ik kom van bij Torfs', zei Sofie terwijl ze ging zitten en twee planten uitpakte die ze op de verste rand van haar bureau plaatste. 'Ik heb mijn aanvraag tot overplaatsing voorlopig geparkeerd. Dat kan altijd nog, is mij verzekerd.'

'Miste je ons?' vroeg Laurent speels. Hij was duidelijk in zijn nopjes.

Ook Masson keek tevreden voor zich uit.

'Hoegenaamd niet. Jullie rennen hier rond als kippen zonder kop. Iemand moet hier toch het hoofd helder houden, zou ik zo zeggen.' Ze keek daarbij naar Liese, maar het was een blik waar alleen maar vriendelijkheid uit sprak.

Liese lachte zuur en lichtte haar flesje water op om duidelijk te maken dat ze het wel begrepen had.

Ze gingen rond de kleine vergadertafel in de hoek van het kantoor zitten en wilden Sofie gaan updaten toen Maite Coninckx binnenkwam.

'Beschaafde mensen kloppen voor ze ergens binnenkomen', bromde Masson.

'Ja,' antwoordde Maite glimlachend, 'ik heb dat ook horen vertellen, gek, hé? Ik heb nieuws voor jullie. Goed nieuws, misschien. Eindelijk.'

Het gespecialiseerde lab had de hondenharen die op het truitje van Maria Rivera waren gevonden, kunnen thuisbrengen, zo bleek uit het relaas van Maite.

'Dat werd tijd, niet?' zei Liese.

'Hoe bedoel je?'

Te laat realiseerde ze zich dat het vandaag dinsdag was en dat ze pas op vrijdagochtend met Masson was teruggekeerd uit Córdoba. Het leek al veel langer geleden.

Maite leek een beetje op haar tenen getrapt.

'We hebben de stalen vrijdag per koerier vanuit Spanje gekregen. Daarna was het weekend. Vandaag is het dinsdag. Hallo?'

'Sorry,' zei Liese, 'ik dacht niet goed na. Het werkt hierboven nog niet echt.' Ze wees met een vinger naar haar hoofd.

'Misschien moeten we het even duidelijk maken voor Sofie?' vroeg Laurent. Hij wachtte niet en legde uit dat op het truitje van het Spaanse slachtoffer enkele witgrijze hondenharen waren aangetroffen, en dat de recherche van Córdoba zo vriendelijk was geweest om de stalen aan hen te sturen.

'Mag ik het nu eindelijk vertellen?' vroeg Maite gepikeerd. 'Dat lab heeft referentiemateriaal van zowat alle hondenrassen die er bestaan, en ik heb me laten verzekeren dat dat er een hoop zijn. Het gaat bijna zeker om haren van een langharige windhond, en meer dan waarschijnlijk van de barzoi. Dat is een soort die oorspronkelijk uit Rusland komt. Ik heb wat foto's voor jullie meegebracht.'

De hond op de afbeeldingen had de kleine, langwerpige kop en de typische ranke, hoogbenige lichaamsbouw van een windhond, maar was helemaal behaard met een prachtige witte vacht waar hier en daar grijze en zwarte vlekken in zaten.

'Ik denk niet dat er veel van dergelijke honden in Córdoba rondlopen', zei Masson. Hij keek geconcentreerd naar de foto's, waaruit Liese begreep dat hij de informatie belangrijk vond.

Ze had haar telefoon al vast.

Niet veel later wisten ze van Carlos Sanz dat de kans dat Maria Rivera met een Russische windhond in contact was gekomen volgens hem uiterst klein was.

'Dank je, Maite', zei Liese. Haar hoofdpijn leek ineens weg te zijn.

'Ik ken iets van honden', zei Sofie. 'We hebben er thuis altijd gehad, ik ben opgegroeid met honden. Een windhond heeft het grootste hart van allemaal. En hij is zo licht als de spreekwoordelijke veer.'

Masson glimlachte.

Liese besefte plotseling dat Sofie Jacobs perfect van alles op de hoogte was. Iemand moest haar regelmatig gebrieft hebben, en die iemand kon alleen maar Masson zijn.

Ze keek rond de tafel en observeerde de gezichten van haar collega's. Bij iedereen merkte ze dezelfde opgeluchte en tegelijkertijd verbeten trek, die zonder twijfel ook op haar gelaat te lezen stond, de uitdrukking van een gevoel dat ze voor zichzelf niet anders kon verwoorden dan zo: voor het eerst sinds ze op die koude lenteochtend het lichaam van Kaat Thierens uit het Galgenweel hadden gehaald, waren ze eindelijk een stapje verder gekomen. Ze hadden eindelijk iets in handen.

Ook de profiler deelde hun gevoel toen ze haar de informatie van Maite gaven.

'Goed zo', zei Troebleyn ernstig. 'We hebben hem nog niet, maar we hebben vandaag een glimp van hem gezien.'

In de vergaderruimte ging Andy Delporte snel aan de slag.

'Er zijn slechts een twintigtal kwekers van barzois in België', zei hij. 'Het is specialistenwerk, en er zijn aan hun websites te zien ook weinig knoeiers bij. Er zijn er veertien in Vlaanderen, en maar vijf in het Antwerpse.'

'Ik wil geen stokken in de wielen steken,' kwam De Sutter tussenbeide, 'maar ik heb daar toch een bedenking bij.'

'Zeg het maar', zei Liese.

'Het lijkt of we er nu bijna automatisch van uitgaan dat we naar een kweker van die honden zoeken. Het zou toch veel meer voor de hand liggen dat de dader gewoon thuis zo'n beest heeft?'

Liese dacht even na.

'We gaan ervan uit dat onze dader hier in de wijde omgeving woont, toch? Er zijn vijf kwekers in het Antwerpse. We beginnen daar, bij de kwekers, maar we vragen ook hun klantenlijsten op. Hopelijk verkopen ze geen honderden van die dieren.'

'Hoe dan ook, het is begin', viel Masson haar bij. 'Laten we beginnen met ze alle vijf even onder de loep te nemen.'

'Waarom ben je teruggekomen, Sofie?' vroeg Liese haar toen ze even apart bij de koffieautomaat stonden.

Sofie wachtte lang met haar antwoord.

'Omdat het belangrijk is. Wat we doen, hier.' Ze wees om zich heen. 'Omdat we hier een verschil maken, ondanks alle ellende.' Ze zweeg even. 'Zoals je zei toen je bij me thuis was: dat is wat ik doe. Het is een klotebaan, in alle opzichten, maar dat is wat ik doe.'

'Dank je', zei Liese.

'En er is nog iets', glimlachte Sofie een beetje wrang. 'Ik laat me niet op mijn kop zitten door die van Interne Zaken. Ik kom uit de Seefhoek, Liese. Je kent toch de strijdkreet van Sus Antigoon en de Mageren?'

'Eh... niet echt, nee.'

'Suske en Wiske, *Het eiland Amoras*. Je moet wel je klassiekers kennen, hé.'

'Wat is die strijdkreet dan?'

'Seefhoek vooruit!' zei Sofie. 'Mij gaan ze niet liggen hebben.'

Even later belde Matthias haar.

'Hoe gaat het met het hoofd?'

'Een stuk beter.'

'Ik dacht er zojuist aan,' zei hij, 'vanavond doe ik alleen maar de voorbereidingen in de keuken, Britta werkt af. Dus als je niet al te laat van je werkt komt, kunnen we misschien...'

'Dat zou fijn zijn,' zei ze, 'maar ik vrees dat...'

'Niet zeggen', lachte hij. 'Zeg gewoon: ik probeer het, en laten we hopen dat het lukt.'

'Dat dan', glimlachte ze.

De voorzitter van de overkoepelende vereniging van rashonden was een joviale Gentenaar. Hij begreep niet goed waarom de Antwerpse recherche hem belde, maar hij vroeg er ook niet verder naar.

'Barzois worden weinig gekweekt,' zei hij, 'dus de kwekers kennen elkaar allemaal wel. Het zijn mensen die elkaar vrij regelmatig tegenkomen op hondenshows en zo en op wedstrijden. Allemaal topmensen in de branche, stuk voor stuk. En het is ook een prachtig dier, zo'n barzoi, niet?'

Nog geen kwartier later kwam het onderzoek definitief in een stroomversnelling.

'Ruud Brevaert', zei Laurent. Hij bleef naar zijn scherm turen terwijl hij praatte. 'Hij is eenenveertig jaar. Woont in Sint-Job-in-'t-Goor. Hij heeft twee ingeschreven voertuigen, een Porsche Cayenne uit 2013 en een zes maanden oude Peugeot Boxer. Een zwarte.'

'Laat hem ophalen voor verhoor', beval Liese.

Ze greep naar haar telefoon.

'Hebt u nieuws, commissaris?' vroeg onderzoeksrechter Carlens.

'Een verzoek tot huiszoeking, mevrouw. Bij hoogdringendheid. Brevaert, voornaam Ruud.' Ze gaf haar kort de bijzonderheden.

'Mijn mondelinge toestemming hebt u al', zei Carlens. 'Het document wordt u onmiddellijk toegestuurd. Nog iets?'

'Zijn bankgegevens. En een telefoonlisting.'

'Bij dezen', antwoordde Carlens.

Sofie leidde op haar verzoek de huiszoeking. Het Lab en de lokale politie werden op de hoogte gebracht en het volgende halfuur was het team bezig met de organisatie.

Die middag, om kwart voor twaalf, werd Ruud Brevaert, begeleid door Andy Delporte en een agent van de lokale, binnengebracht in een van de wachtkamers op de benedenverdieping van het gebouw. Tien minuten later verscheen zijn advocaat. Delporte gaf de man een schriftelijke opsomming van de redenen voor verhoor en liep dan de wachtkamer uit. Na het reglementaire onderhoud van een halfuur werd de deur geopend en begeleidde Andy de verdachte en zijn advocaat naar een van de verhoorkamers op de achtste verdieping.

Liese stond achter het glas in de kijkruimte. Troebleyn was bij haar, en ook Masson.

Ruud Brevaert zat recht op zijn stoel achter de verhoortafel, de armen gevouwen.

Hij was vrij groot en had een flink buikje. Hij droeg een mosgroene fluwelen broek, een open overhemd met fijne streepjes en een kastanjebruin jasje. Aan zijn voeten had hij bruine instappers.

Hij zag er niet nerveus uit, maar het was ook niet zo dat hij er ontspannen bij zat. Hij had niet geprotesteerd toen zijn DNA werd geswapt en er van hem vingerafdrukken werden genomen.

'Denk er aan,' zei Troebleyn, 'bijna alle seriemoordenaars leiden een normaal leven. Ze hebben behoefte aan structuur. Ze sluiten zich niet af van de gemeenschap, wel integendeel. Vraag hem naar buurtwerk, vrijwilligerswerk, dat soort dingen.'

'Waarom?'

'Omdat ze extra hun best doen om vriendelijk te zijn tegen iedereen, om mensen te helpen. Dat is vaak hun dekmantel. Meestal beseft niemand wat er werkelijk aan de gang is en dat is precies zoals ze het hebben willen.'

Toen Liese naar binnen wilde gaan, zag ze Torfs in de gang staan. Hij zei geen woord maar op zijn gezicht stond te lezen dat niet alleen hij, maar ook de hele politietop – die hem steeds meer pushte voor resultaten – aan het duimen was op een goede afloop.

Ze hadden de verhoorkamer aan het einde van de gang gekozen omdat daar opnameapparatuur aanwezig was. Brevaerts advocaat, een wat oudere man met wie Liese bij andere zaken al een paar keer te maken had, ging staan en gaf haar en Masson een hand.

Liese stelde zichzelf en haar hoofdinspecteur voor.

'Meneer Brevaert, uw advocaat zal u al wel gezegd hebben

dat hij het recht heeft om bij een eerste verhoor aanwezig te zijn, maar niet het recht om tussenbeide te komen. Wij gaan u een aantal vragen stellen, en het is echt in uw belang dat u daar zo zorgvuldig mogelijk op antwoordt.'

'Mijn advocaat heeft me verteld dat u iemand zoekt die honden kweekt en die een Peugeot Boxer heeft', zei hij. 'Ik kweek inderdaad honden en ik heb zo'n voertuig, maar ik begrijp echt niet waarom ik voor zoiets verhoord moet worden. En ik begrijp ook niet waarom de politie mijn huis ondersteboven haalt.'

Zijn stem was vrij zacht en melodieus. Hij had een groot, vierkant gezicht en zijn ogen waren spleetjes, alsof hij voortdurend in de zon keek. Op de schouders van zijn jasje lag aan beide kanten haarroos. Zijn handen waren opvallend mooi, slank en gracieus, met lange vingers als van een pianist.

'Vertel eens wat meer over uw beroep', vroeg Masson.

'Ik ben nog maar een jaar of tien bezig als barzoikweker. U weet toch wat een barzoi is, niet?'

Hij keek alsof hij erg geïnteresseerd was in hun antwoord.

Toen dat er niet kwam, ging hij verder: 'Prachtige dieren, die barzois. Een oud Russisch hondenras. Ik kweek alleen het Perchinotype, dat is het meest aristocratische van allemaal. De Russische tsaar heeft er een paar aan de Britse koningin geschonken, en zo zijn ze bij ons gekomen. In Rusland...'

'Ik bedoelde: vertel iets over uw beroep', onderbrak Masson hem. 'U kweekt honden. Maar zodra u ze hebt gekweekt, wat gebeurt er dan?'

Terwijl Brevaert uitlegde dat hij in een nogal bekend netwerk opereerde en dat hij geïnteresseerde kopers altijd zelf ging opzoeken, kwam De Sutter de verhoorkamer ingelopen. Hij had een stapel papieren in zijn handen waarop hij hier en daar passages had gemarkeerd. Hij gaf ze aan Liese en liep zonder een woord te zeggen weer naar buiten.

'U komt regelmatig in Duitsland, zie ik', zei ze.

'Ja. Onder meer, ja. Waarom?'

'Vakantie? Werk?'

Brevaert fronste zijn wenkbrauwen maar bleef vriendelijk.

'Dat zei ik toch net tegen uw collega? Dat onze kopers niet gebonden zijn aan grenzen? Wij gaan waar de kopers zitten, mevrouw. Dat geldt voor alle barzoikwekers, hoor.'

'U bent de afgelopen zes maanden twee keer in Duitsland geweest en u hebt er ook overnacht. Kunt u ons vertellen waar u was en waar u geslapen hebt?'

Brevaert zuchtte. 'Ja, natuurlijk kan ik dat, ik moet elk papiertje bijhouden of die van de belastingen zetten me af. Maar dat weet ik natuurlijk niet zomaar uit mijn hoofd, wacht eens even...'

'De laatste keer is nog maar enkele maanden geleden,' zei ze, 'dat kunt u toch niet vergeten zijn? Op 28 januari verbleef u in de buurt van Saarbrücken. U hebt er met uw Visa betaald.' Ze wachtte niet op hem. 'Het Goldener Hirsch.'

Brevaert wees met zijn wijsvinger naar haar.

'Dat was het', glimlachte hij. Dan werd zijn gezicht ernstig. 'Maar mag ik nu ook weten waarover dit precies gaat, mevrouw?'

Ondertussen had Liese een papiertje naar Masson geschoven met daarop een mededeling van De Sutter die hij met gele markeerstift had aangeduid: dat het hotel waar Brevaert toen verbleef op nauwelijks veertig minuten rijden lag van Trier.

Masson knikte.

Wat Liese niet had moeten opschrijven, omdat beiden het uit hun hoofd wisten, was dat precies één dag na Brevaerts verblijf in Saarbrücken, Hannelore Dorfmann verdwenen was.

'Wat deed u toen in Duitsland?' vroeg Liese.

'Ik zou naar een grote hondenshow gaan, maar daar ben ik uiteindelijk niet geraakt, ik ben in Saarbrücken blijven hangen. Ik heb er een goede klant die al een vijftal barzois heeft van mij, hij verkoopt ze door. We hebben nogal zwaar getafeld toen in mijn hotel, de volgende dag ben ik weer naar huis gereden.'

De uitgave in het restaurant van het hotel stond ook op Lieses lijstjes en bedroeg 192 euro.

'Boert u goed, meneer Brevaert?' vroeg ze.

Hij glimlachte. 'Dat gaat, maar ik hoef het gelukkig niet echt voor het geld te doen, mevrouw. Mijn ouders zijn helaas een jaar of acht geleden gestorven, op nauwelijks zes maanden van elkaar. Mijn vaders familie is nogal welgesteld en ik heb het een en ander geërfd. Ik heb een mooi huis in Sint-Job en een vast inkomen uit wat er op de bank staat. Mijn barzois kweek ik uit passie.'

'U bent niet getrouwd?' vroeg ze. 'Of hebt geen andere relatie?'

'Nee.'

Geen verdere uitleg. Ze liet het voorlopig rusten.

'Ik zou graag weten waar u was op 24 oktober van vorig jaar', vroeg Masson. 'Ik weet dat het meer dan vijf maanden geleden is, maar misschien hebt u een agenda bij u of zoiets...?'

Brevaert bewoog niet, hij bekeek hen alleen maar.

'Kunt u me nu eindelijk vertellen waarom ik hier ben? En waarom u wilt weten waar ik overal was, de laatste tijd?'

'Niet overal, meneer Brevaert', antwoordde Masson. 'Op bepaalde plaatsen, maar niet overal. We onderzoeken een ernstig misdrijf en we hebben nu vooral informatie nodig. Dus als u misschien...?'

De man haalde zijn telefoon tevoorschijn en scrolde een tijdje door de gegevens.

'Voor de 24ste oktober staat hier niets', antwoordde hij. 'Ik denk dat ik toen gewoon thuis was. Ik reis al genoeg voor mijn honden, ik ben blij als ik gewoon eens in de sofa zit.'

'Graag ook de dag ervoor en erna', zei Masson.

Brevaert schudde het hoofd. 'Ook niets, het was toen een kalme periode. De 23ste had ik in de ochtend de dierenarts op bezoek, maar dat is alles.'

'We onderbreken even', zei Liese.

'Wat hebben we al?' vroeg Torfs.

Ze zaten met zijn allen in de vergaderruimte. Laurent wilde aan een uitleg beginnen, toen Liese een oproep kreeg.

'Heb je iets, Sofie?' vroeg ze.

Liese luisterde, zei 'oké, tot straks' en verbrak de verbinding.

'Ze zijn nog volop bezig met de huiszoeking', zei ze. 'Ze hebben een hoop DNA-sporen gevonden maar ook enkele druppels bloed in de badkamer. Menselijk bloed, volgens Maite, het is voor onderzoek naar het Lab.'

Torfs knikte.

'Hij heeft geen alibi voor de moord in Córdoba', begon Laurent. Hij had het verhoor gevolgd achter de kijkwand. 'En hij was heel dicht in de buurt van Trier toen Hannelore Dorfmann werd vermoord. Hij kweekt barzois, hij heeft een zwarte Peugeot Boxer.'

'Wat vind jij, Carla?' vroeg Torfs.

Het viel iedereen op dat hij de profiler bij haar voornaam noemde, wat betekende dat ze toch wel een heel degelijke indruk op hem had gemaakt.

Troebleyn aarzelde.

'Het zou kunnen. Het is nog te vroeg, natuurlijk, maar

het zou kunnen. Hij toont zo goed als geen emotie tijdens het verhoor, wat je toch wel zou verwachten als je door mensen van Moordzaken wordt ondervraagd.' Ze tuitte haar lippen. 'Ik zie voorlopig nog geen motief, maar dat komt misschien nog wel.'

'Motief?' vroeg De Sutter. 'Die hebben toch geen motief, daar gaat het toch juist om?'

'Misschien niet voor ons, maar wel voor zichzelf, hoofdinspecteur. Er is altijd een rechtvaardiging voor hun daden, een reden, als je dat wilt. Ze haten homo's, ze verafschuwen prostituees, ze zijn mishandeld in hun jeugd, noem maar op.' Ze tikte met haar nagel op het dossiertje dat ze vasthad. 'Bij Brevaert vind ik niet direct een verklaring, als ik zijn verleden en zijn activiteiten bekijk. Maar zoals ik al zei, dat komt misschien nog wel.'

Lieses telefoon trilde.

'Heb je even?' vroeg Fabian. 'Ik heb net het toxicologisch rapport binnen van Anna Wilmots.'

'We zitten in meeting, ik zet je op de speaker. Zeg maar.'

'Er zaten sporen van butorphanol en acepromazine in haar bloed. Verdovingsmiddelen. Het eerste wordt vooral verkocht onder de merknaam Dolorex, het tweede als Neurotranq.'

'Hij heeft haar op haar hoofd geslagen en haar dan een spuitje gegeven', zei Liese.

Haar collega's luisterden aandachtig mee.

'Wellicht, maar dat is nog niet alles', zei Fabian. 'Het zijn verdovingsmiddelen die bijna uitsluitend in de diergeneeskunde worden gebruikt. Als je honden of katten moet verdoven, dan zijn dat de aangewezen producten.'

'Maar het werkt ook bij mensen, dus?'

'Natuurlijk, dan heb je gewoon een hogere dosis nodig.'

De pauze was voorbij. Er was Brevaert water en koffie aangeboden, maar beide dranken stonden onaangeroerd voor hem.

'Als ik u zou vertellen dat we bloed hebben gevonden in uw badkamer, wat zou u dan antwoorden?' vroeg Liese.

'De waarheid.'

'En die is?'

'Ik heb me vanochtend gesneden. Ik scheer me altijd nat, dat vind ik aangenamer. Ik stak een nieuw mesje in de houder en ik heb niet goed opgelet.'

Liese deed alsof ze iets noteerde. Die stilte werkte soms om iemand aan te zetten tot meer uitleg, maar niet in dit geval.

'Als kweker van rashonden zult u de dierenarts wel vaker op bezoek krijgen, niet?' vroeg ze.

'Ja, die heeft een flinke klant aan ons.'

'Moet u voor elk akkefietje de arts roepen, of kunt u ondertussen sommige dingen ook wel zelf?' vroeg Masson.

Brevaert schudde het hoofd en zweeg.

'Wat scheelt er?' vroeg Liese.

'Ik vraag me gewoon de hele tijd af waarom ik hier zit, dat is toch logisch, niet?' zei hij. Hij klonk een tikkeltje nerveuzer en agressiever dan daarvoor, maar Liese had al genoeg verhoren op de teller om te beseffen dat zoiets niet meteen iets hoefde te betekenen.

'Geloof me,' zei ze, 'zodra wij duidelijkheid hebben over een aantal dingen, stopt dit verhoor. Kunt u antwoorden op de vraag van mijn collega?'

'Soms', zei hij. 'Soms doe ik wel eens iets zelf, na al die jaren weet je ondertussen wel wat veilig is en wat niet.'

'Zoals?'

'Nagels knippen. Die groeien nogal snel in het vlees, daar moet je mee opletten. Huidzweertjes behandelen, dat soort dingen.'

'Is dat niet pijnlijk?'

'Ja, natuurlijk, dan moet je ze plaatselijk verdoven', zei Brevaert.

'En dat doet u ook zelf', constateerde Masson.

Brevaert zei niets, maar aan zijn gezicht te zien was het antwoord ja.

'Mag u dat, in feite?'

'Strikt genomen niet, nee. Maar wij kwekers, we kennen onze eigen dierenarts al jaren, er is een vertrouwensband. Dus we doen het soms wel zelf, ja.'

'Ik zou graag willen weten waar u was op twee specifieke data', zei Masson. 'Om te...'

'Dat hebben we toch al gehad?' vroeg Brevaert. Hij keek naar zijn advocaat voor hulp, maar die knikte alleen maar.

'Om te beginnen vrijdag 20 maart, vanaf zes uur 's avonds.'

'Is er toen iets gebeurd?'

Masson gaf geen antwoord en de man scrolde opnieuw door zijn bestanden.

'Niets. Gewoon thuis, alleen.'

Wat dus betekende dat Ruud Brevaert ook geen alibi had voor de moord op Kaat Thierens.

'De tweede datum is gewoon vorige vrijdag', zei Masson. 'Ik neem aan dat u daarvoor niet in uw agenda hoeft te kijken.'

'Nee,' glimlachte hij, 'maar dat komt alleen maar omdat het zo'n memorabele avond was. Mijn beste vriend was op bezoek en ik heb gekookt. We hadden een zwaar afscheidsfeestje.'

'Kunt u wat meer vertellen over die vriend van u?'

'Natuurlijk. Hij heet Rico Malfliet. Hij is gisteren voor zijn werk naar de States vertrokken, voor een jaar, als manager. Zijn vriendin woont er al. We hebben zowat de hele nacht gedronken en gepraat en zijn pas tegen de ochtend gaan slapen. Rico is trouwens blijven logeren, dat ging moeilijk anders in de staat waarin hij was.'

Vrij snel daarna had Liese het verhoor opnieuw onderbroken en zaten ze weer samen in de vergaderruimte. Hun pogingen om Rico Malfliet te bereiken liepen op niets uit: zijn gsm werd keer op keer niet opgenomen.

'Ik vind maar één Rico Malfliet op Facebook', zei Andy Delporte. 'Hij werkt bij een bedrijf dat DCI Systems heet.'

Laurent was al bezig de gegevens op te zoeken.

Toen Liese enkele minuten later een van de directeurs van het bedrijf aan de lijn had, vernam ze dat DCI Systems een vrij grote firma was die gespecialiseerd was in industriële koelinstallaties. Malfliet was inderdaad zopas naar de States vertrokken, bevestigde de directeur, hij ging er het opstarten van een nieuwe fabriek begeleiden en zou een goed jaar weg zijn.

'We moeten hem dringend bereiken', zei ze. 'Zodra u hem hoort, vraag hem dan om onmiddellijk met ons contact op te nemen.'

Ze gaf de man enkele telefoonnummers en beëindigde het gesprek.

Torfs staarde haar aan.

'En nu?' vroeg hij.

'We weten nog te weinig, Frank. Misschien heeft hij een alibi voor de ontvoering van Anna Wilmots, misschien niet. Ik wil hem absoluut niet laten gaan, maar we hebben voorlopig te weinig in handen. We moeten wachten op de DNA-analyses.'

'Hij blijft hier', besliste Torfs. 'Ik bel wel met de onderzoeksrechter, we kunnen hem nu niet laten gaan.'

Om halfvier scheurde Liese net de wikkel van een reep chocola, die als laat middagmaal moest fungeren, toen Masson naast haar kwam zitten.

'Die voorzitter van die rashondenvereniging', begon hij. 'Weet je nog wat die man zei?'

Ze had haar mond vol en knikte van nee.

'Dat ze elkaar allemaal kennen, die barzoikwekers. Dat het een hecht groepje is. Misschien moeten we eens gaan praten met die heren, zien of ze ons wat meer over Brevaert kunnen vertellen.'

Liese had haar autosleutels al in haar handen.

Carlo Demayer woonde in Kruibeke en was een wat norse, introverte man van begin veertig die eerst weinig of niets over Brevaert kwijt wilde.

'Mensen roddelen al zoveel, mevrouw,' zei hij, 'ik probeer daar niet aan mee te doen.'

'Is er dan iets om over te roddelen?' vroeg ze.

Dat wilde Demayer niet zo gezegd hebben.

'Hij is een fijne collega, meer niet. We hebben elkaar al meerdere keren geholpen, maar dat doen we allemaal wel eens, barzoikwekers onder elkaar.'

Demayer woonde alleen in een vrij vervallen, laag huis dat in vroeger tijden een boerderij was geweest. In de schuur tegen zijn huis hield hij blijkbaar zijn honden, want Liese hoorde geblaf.

Hij was nogal op zichzelf, herhaalde hij tot twee keer toe.

Over Brevaert had hij niet echt veel te vertellen: buiten wat oppervlakkigheden voegde zijn verhaal niets toe aan het beeld dat ze al van de man hadden.

'Hoe vaak ontmoet u hem dan, zo gemiddeld?' vroeg Masson uiteindelijk.

Demayer dacht even na.

'Af en toe. Hij zorgt ook voor verwaarloosde honden, die moeten dan een nieuwe thuis krijgen en daar help ik hem wel eens mee. Als u misschien een hondje zou willen...' Hij glimlachte, waardoor hij er ineens een stuk sympathieker uitzag.

'Komt u soms bij hem thuis?'

'Heel soms. Ruud had een feestje, een week of twee geleden, daar ben ik wel naartoe geweest, ik durfde weer eens geen nee te zeggen. Maar het was wel in orde, hoor, dat feestje. Hij hoeft dan ook niet echt op zijn centen te letten.'

Demayer wreef wat ongeduldig in zijn handen.

'Ik wil niet onbeleefd zijn, maar ik moet dringend de honden gaan verzorgen, ze...'

'Bedankt voor uw tijd', zei Masson.

De tweede barzoikweker die ze bezochten, heette Jacques Lestienne, een magere, wat nerveuze man van begin zestig die pal aan de spoorweg in Berchem woonde. Zijn huis bestond uit twee kleinere huizen die met elkaar waren verbonden. Tegen het huis was een aanbouw, waar de honden zaten.

Binnen in het huis was het een rommeltje, iets waar Lestienne zich ongevraagd voor verontschuldigde.

'Mijn vrouw is pas overleden. Enfin, twee maanden geleden. Ik kom er maar niet toe om...' Hij wees naar de bonte verzameling meubels, beddengoed en gebruikt servies in de kamer. In een hoek stond een ziekenhuisbed.

'Dat spijt me voor u', zei Liese zacht.

'Dank u.' Hij schraapte zijn keel. 'Ze was al jaren ziek en bedlegerig, ze kwam niet meer uit deze kamer. Het is voor haar beter zo, hoor, ze had alleen maar pijn, maar toch...'

'Hebt u af en toe contact met Ruud Brevaert?' vroeg Masson.

Dat had Lestienne, maar alleen professioneel. Ze hielpen elkaar wel eens met pups, als de klant een specifieke tekening in de vacht wilde of als ze er toevallig eentje te weinig hadden voor een grote klant. Brevaert was hier nog nooit over de vloer geweest, zei hij, maar dat was normaal want hij had de laatste jaren ook zo goed als niemand uitgenodigd.

'Dat was moeilijk, met Bernadette die hier in de woonkamer lag. Ze kon ook slecht tegen bezoek.'

Hijzelf was nog maar één keer bij Brevaert thuis geweest, en net als bij Demayer was het ook op een feestje, een jaar of twee geleden.

'Dat was mooi, hoor, dat feestje. Op het einde niet meer, hij en zijn vriendin hadden de hele tijd ruzie, ze waren dronken.'

'Had hij een vriendin, toen?' vroeg ze.

'Blijkbaar. Ze woonden samen, maar ik weet niet of ze zo gelukkig waren met elkaar, eerlijk gezegd.' Hij wuifde met zijn hand voor zijn gezicht. 'Maar goed, dat zijn mijn zaken niet. Het was een heel verzorgd feest, dat wel. Hij werkt dan ook niet voor het geld, hé, mevrouw, hij doet het voor zijn plezier. Voor mij is dat anders, het is mijn broodwinning.'

Masson keek rond.

'Is dat geen probleem, hier, een kennel zo dicht bij de buren? Ik heb altijd gedacht dat je voor honden...'

'Dit is geen hondenkennel', onderbrak Lestienne hem een beetje verontwaardigd. 'Ik kweek barzois. Die maken weinig lawaai en als ze dat al doen: ik woon zo dicht tegen de spoorweg dat mijn buren wel wat gewend zijn.'

'Is het je opgevallen dat geen enkele van die mannen een normaal gezin heeft?' vroeg Masson toen ze in de auto stapten. 'Brevaert is alleen, die Demayer ook en Lestienne zijn vrouw is gestorven. Ik heb het altijd geweten, honden zijn nefast voor je relatie.'

Masson tolereerde geen enkel huisdier, zelfs geen kanarie. Los daarvan, dacht Liese, zou zijn vrouw Nadine misschien wel baat hebben bij een hond: dan had ze tenminste iemand om tegen te praten.

Onderweg belde ze Sofie.

'Ik ben net terug op kantoor. Voorlopig niks, maar de mensen van het Lab hebben wel veel sporen genomen, die hebben alles uitgekamd, vooral die Peugeot Boxer. Die heeft hij helemaal ingericht voor zijn honden, die is binnenin mooier dan mijn eigen auto.'

'En het huis?'

'Hij woont in een grote villa, een beetje vervallen. Achteraan is een soort schuur gebouwd voor de honden, er zitten er acht. Allemaal kleintjes, echt snoezige dingen.'

Massons neusvleugels trilden.

'Zijn jullie bij de buren langs geweest?' vroeg Liese.

Dat hadden ze gedaan, hoewel de dichtstbijzijnde buur toch een flinke honderd meter verderop woonde.

'Hij had een vriendin', zei Sofie. 'Een van de buren vertelde ons dat.'

'Dat hebben we ook net gehoord, ja.'

'Die buur helpt af en toe met voederen en dergelijke, als Brevaert naar een klant moet. Hij kent hem redelijk goed. Volgens hem is Nadia, zo heet ze, een kleine twee jaar geleden van de ene dag op de andere verdwenen.'

'U had een vriendin', zei Liese. 'Tot een jaar of twee geleden. Dat klopt toch, hé?'

Het verhoor was een halfuur eerder opnieuw van start gegaan. Brevaert was een beetje geagiteerd geweest en had geklaagd dat hij dringend voor zijn honden moest gaan zorgen. Nadat hij zijn buurman had mogen bellen om hem te vragen om bij te springen, was hij een stuk rustiger geworden.

'Dat is zo, ja. Nadia.'

'Heeft ze ook een achternaam?'

'Sobiech. Nadia Sobiech, ze is Poolse van origine maar ze woonde hier al vanaf haar jeugd.'

'Kunnen we haar bereiken?' vroeg Masson. 'We zouden haar graag enkele vragen stellen.'

'Ik zou het niet weten', antwoordde Brevaert. 'Nadia en ik zijn nogal bruusk uit elkaar gegaan.' Hij verbeterde zichzelf: 'Enfin, zij is nogal bruusk vertrokken, laat ik het zo zeggen. We hadden een vrij... stormachtige relatie, moet u weten. Ze is artieste, ze maakt straattheater en zo. Ze is verliefd geworden op een muzikant en is halsoverkop vertrokken.'

'Waar naartoe?'

Hij haalde zijn schouders op.

'Het laatste wat ik gehoord heb, is dat ze in Slovenië woont. Ze heeft een soort rondtrekkende theatergroep. Maar dat nieuws is toch al een jaar oud, hoor, dus...'

Omstreeks zes uur 's avonds werd een nieuwe onderbreking ingelast. Interpol en de Sloveense autoriteiten was gevraagd om Nadia Sobiech op te sporen. Stefan Voets, de advocaat van Brevaert, had zijn gebruikelijke kalmte verloren en op nogal scherpe toon gevraagd wat ze eigenlijk van plan waren met zijn cliënt. Niets, had Liese hem willen antwoorden. Alles. Ik weet het niet.

Toen kwam het telefoontje van Maite Coninckx.

'We hebben net de resultaten van de DNA-analyses binnen, Liese.'

Ze zette haar op luidspreker.

'Het DNA van Brevaert komt overeen met de sporen op de sjaal van Kaat Thierens en op het jasje van Hannelore Dorfmann.'

In de vergaderruimte was het muisstil geworden.

'De match is honderd procent. Geen twijfel mogelijk.'

'We hebben hem', fluisterde De Sutter. 'We hebben de klootzak.'

Brevaert keek op toen niet alleen Liese en Masson, maar ook Torfs en De Sutter de verhoorkamer binnenkwamen.

Hij reageerde boos en zelfs paniekerig toen Liese hem vertelde dat zijn DNA aangetroffen was op de kleding van twee moordslachtoffers en hij weigerde tot twee keer toe om een bekentenis af te leggen.

'Ruud Brevaert,' zei Liese, 'we hebben voldoende aanwijzingen om u zo dadelijk voor te leiden bij de onderzoeksrechter. De rechter zal beslissen of die aanwijzingen volstaan om u in staat van beschuldiging te stellen.'

Nog voor Brevaert op luide toon begon te protesteren, was Liese al de kamer uit.

Toen ze om klokslag zeven uur 's avonds in de buurt van de kathedraal een parkeerplaats vond, bracht het radiojournaal het nieuws dat er een aanhouding was verricht in de zaak rond de vermoorde vrouwen. Het parket had laten weten dat iemand in staat van beschuldiging was gesteld. Het zou iets later op de avond verdere details geven op een extra persconferentie.

Liese greep haar telefoon.

'Waarom?' vroeg ze Masson. 'Waarom deed hij het?'

'Hij heeft nog niet bekend, voor zover ik weet', bromde hij. 'Dat is dus nog even afwachten.'

'Hij haalde hun hart uit hun lichaam, Michel, en hij legde er een veer naast. Waarom deed hij dat?'

'Wil je dat ik in herhaling val?' vroeg hij een beetje nors. 'Het waarom, dat is de winkel van Troebleyn en alle andere geleerde koppen die hem ongetwijfeld zullen bestuderen. Hij is aangehouden, het is laat en ik heb dorst. Daar hoeft geen tekening bij, denk ik.'

Na dat laatste woord had hij al opgehangen.

Liese liep langs de kathedraal, sloeg de Torfbrug in en duwde de deur van De Veluwe open. Ze liep rechtstreeks naar de keuken, waar ze Matthias een smakkerd gaf, tot verbazing van zowel hem als zijn nerveuze souschef Britta. Liese griste zonder het te vragen een met pancetta en gegrilde groenten gevuld broodje van de plank, nam een hap en zei met half volle mond: 'Kom, ik wil je iets laten zien.'

Het huis van haar ouders stond er verlaten bij.

Liese liep langs de zijkant van het huis naar een houten afsluiting waar ze soepel overheen klauterde door haar voet op een tak van een boom te zetten die er tegenaan groeide. In de tuin opende ze het deurtje in de afsluiting en wenkte Matthias binnen. Ze nam hem bij zijn hand en leidde hem naar het houten gebouwtje in een hoek van de tuin.

Binnen was alles nog zoals ze het de laatste keer gezien had. De werkbank. De houten rekken tegen de wanden en het gereedschap. De ijle geur van lijm en schaafsel en, heel ver weg, van de sigaartjes die hij af en toe rookte.

Ze graaide met haar hand in de houten bak op de werkbank en haalde er enkele onafgewerkte figuurtjes uit.

'Hij maakte konijntjes voor mij', zei ze zacht. 'En honden en katten. Ze stonden lange tijd binnen op het dressoir en hij heeft er mij ook een aantal meegegeven toen ik ging studeren. Ik ben ze allemaal kwijt.'

'Behalve je eendje dan', zei hij.

'Ja. Behalve mijn eendje.'

Ze gooide de houten blokjes terug in de bak.

'Waarom deed hij dat, Matthias? Waarom deed hij mijn moeder zoveel pijn?'

Haar vriend zweeg.

'Komt het door mij?' fluisterde ze. 'Is het mijn schuld?'

Matthias kwam naar haar toe en omhelsde haar.

'Natuurlijk niet', zei hij.

Ze dacht aan Brevaert en aan dat monsterlijke ritueel van hem. Hoe kon iemands hart nu lichter zijn dan een veer? Het moest wel zo zijn dat de ene zonde zwaarder doorwoog dan andere. Je vrouw van je wegduwen en bijna onder haar neus met een ander slapen, maandenlang, hoe zondig was dat dan, hoe zwaar maakte dat je hart? Daar kon geen veer tegenop, dacht ze een beetje droef. Maar was hij nu een goed mens geweest of niet?

'Toen ik bij Sofie thuis was, zei ze dat niemand een ander echt kent', zei Liese. 'We denken dat we elkaar goed kennen, maar dat is niet zo.'

Hij wachtte lang met antwoorden.

'Je kunt alleen maar oprecht je best doen en af en toe in de spiegel kijken', zei hij. 'Meer niet.'

Ze klommen over de afsluiting en liepen in de richting van de velden en de bossen die ze zo goed kende. De zon stond heel laag en zou spoedig verdwenen zijn, en er lagen lange, uitgerekte schaduwen over de weiden. Ze liet hem zien waar ze haar eerste kamp had gebouwd, helemaal in haar eentje, een schuilplaats waar ze enkele weken lang intens van had genoten, tot de jongens uit de buurt de houten constructie met veel branie hadden afgebroken.

Toen ze weer bij het huis en bij hun auto kwamen, stond haar moeder in de deuropening naar hen te kijken.

Liese liep op haar toe en nog voor de vrouw kon protesteren, had ze haar vastgepakt en haar dicht tegen zich aan getrokken.

'Wat scheelt er,' vroeg haar moeder, 'waarom..'

'Ssst', fluisterde Liese.

Zo stonden ze in de deuropening. Liese had haar armen stevig om de frêle schouders van haar moeder. Haar mama stond er wat stijfjes bij, een beetje gegeneerd, maar zichtbaar ontroerd. Matthias stond bij de auto en staarde beide vrouwen aan.

Toen liet Liese haar moeder los en gaf haar een zoen op haar wang.

'Ik kom snel weer langs', zei ze.

Ze draaide zich om en liep naar haar auto.

Ze aten onderweg naar Antwerpen in een restaurantje waar Matthias al vaag over had gehoord. Het eten viel best mee, maar Liese had er weinig aandacht voor en zelfs Matthias onthield zich van veel commentaar. Om de paar minuten keek ze op en glimlachte ze naar hem.

Een uur later, in haar bed boven in de dakkapel, kleedden ze elkaar uit.

Het kon niet snel genoeg gaan voor hem, hij had het ene kledingstuk nog niet op de vloer gegooid of hij begon met handen die lichtjes trilden al aan het volgende, maar Liese dwong hem om het langzaamaan te doen, om zijn tijd te nemen.

Toen hij zijn hoofd in haar schoot begroef, sloot ze haar ogen en voor het eerst in lange tijd voelde ze de vertrouwde, ritmische tintelingen die langs haar ruggengraat naar boven gingen en als kleine golfjes uiteenspatten in haar hoofd en steeds sneller gingen, en even daarna kwamen er ook weer de vertrouwde kleuren bij, en net op dat ogenblik hield ze hem tegen. Ze wreef met haar wijsvinger langs zijn hijgende mond en over zijn tong en fluisterde alleen maar 'kom' en trok hem over zich heen tot heel zijn lichaam haar bedekte als een deken.

14

’s Ochtends verraste ze Matthias met een ontbijt op bed. Het had niet de allure van wat je in allerlei magazines zag, met een rijkelijk gevuld dienblad compleet met een bloemetje voor de afwerking, maar gezien haar zeer beperkte kookkunsten kon het ermee door.

Hij sliep nog half.

‘Wat een leuk begin van mijn vakantie’, had hij gemompeld. Dan had hij haar een glimlach geschonken die zo mooi was dat ze er kippenvel van kreeg.

Voor het eerst in lange tijd had hij twee dagen vrij genomen, op aandringen van zijn vriend Magnus. Ze gingen samen naar Noord-Frankrijk, waar Magnus hoopte enkele essentiële onderdelen voor zijn boot voor een prikje op de kop te tikken, en aangezien hij uit principe geen rijbewijs had, moest Matthias rijden.

Liese was vroeg wakker geworden. Ze had haar stille ochtendritueel met haar eerste kop sterke koffie gehad en was toen aan het persen van een stapel sinaasappels begonnen, terwijl ze nadacht over de man die boven in haar bed lag.

Ze had, hoe kon het ook anders, ook aan zijn mogelijke vader gedacht.

Terwijl ze de schillen in de sorteerbak kieperde, was ze meer dan ooit vastbesloten om er werk van te maken, al moest ze er Masson manu militari voor naar een dokter of een ziekenhuis sleuren.

'Gefeliciteerd, commissaris', zei hoofdinspecteur De Sutter. Hij stak zijn hand uit en zwengelde haar arm bijna uit de kom. 'Ik moet eerlijk zeggen dat we in het begin wel wat twijfels hadden over uw... enfin, dat maakt nu niet meer uit. We hebben dat met zijn allen uitstekend gedaan. De collega's hebben cava gekocht, alles staat al klaar.'

'Om negen uur 's ochtends?'

'Volgens Masson opent het de bloedvaten, zodat je beter kunt nadenken. En hij kan het weten, hé.'

Even later stond ze met een glas bubbels in haar hand tussen haar opgeluchte collega's. Ze luisterde maar half naar de indianenverhalen die bij zulke gelegenheden steevast werden opgedist.

Laurent was naast haar komen staan. Hij dronk water.

'Mag ik die blog nu laten voor wat hij is? Dat "fast sex"-gedoe?'

'Ja, sluit maar af.'

Tegelijkertijd dacht ze aan Kirsten Vanaeken, en aan haar radeloosheid.

'De kleren van dat meisje dat verongelukt is, die zullen nog wel in het depot bij de lokale liggen, niet?'

'Ik neem aan van wel, ja.'

'Stuur ze naar het Lab,' zei Liese, 'je weet maar nooit. Ik heb haar zus beloofd dat ik mijn best zou doen.'

'Commissaris!' riep De Sutter. Hij had een vol glas cava in de hand, en zo te zien niet zijn eerste. 'Mag ik uw glas nog eens bijvullen?'

De middagjournaals van de tv-zenders openden stuk voor stuk met het ophefmakende nieuws dat er een doorbraak was in het onderzoek naar de gruwelijke 'Linkeroevermoorden', zoals de pers ze was gaan noemen. Procureur Beckx kwam prominent aan het woord, Carlens maakte een statement en zelfs Frank Torfs moest eraan geloven, duidelijk tegen zijn zin. Hij was de enige die in zijn korte verklaring nog de voorwaardelijke wijs gebruikte.

Laurent zette het toestel uit en Masson stond al klaar met het imposante exemplaar van de *Nederlandsche Voghelen* in zijn armen: nu Sofie een uurtje weg was voor haar lunchpauze, moesten ze ervan profiteren. Hij had het enorme boek net opengevouwen en op Laurents onderbeen gelegd, toen Maite Coninckx binnenliep.

'Ik ga me zelfs niet afvragen wat daar de bedoeling van is', zei ze flegmatiek. 'Mijn moeder heeft me geleerd dat je over sommige dingen beter kunt zwijgen.' Toen keek ze Liese ernstig aan, gooide een mapje op de vergadertafel en zei: 'Ik denk dat we een probleempje hebben.'

Geen enkel van de DNA-sporen die in het huis of de aanbouw van Brevaert waren gevonden, kwam overeen met een van de slachtoffers. Het bloed uit de badkamer bleek inderdaad dat van Brevaert te zijn, zoals hij zelf ook had verklaard.

'Heeft hij al een bekentenis afgelegd?' vroeg Maite.

'Nee.'

'Het kan natuurlijk zijn dat hij zijn slachtoffers ergens anders naartoe heeft gebracht,' ging ze verder, 'maar ik vind het eerlijk gezegd toch vreemd.'

Een goed uur later kreeg Laurent zijn contact bij Interpol aan de lijn. Hij luisterde, maakte ondertussen enkele aantekeningen en bedankte toen de beller voor het telefoontje.

'Nadia Sobiech? Die is terecht. De Sloveense politie heeft haar getraceerd. Ze woont met haar vriend en een stel andere artiesten in een dorpje in de bergen, in een soort commune.'

'Ik denk dat ik Carlens maar eens bel', zei Liese.

'Wacht daar nog even mee', antwoordde Masson. 'Het feit dat die Nadia levend en wel is, wil niks zeggen. We hebben hem niet opgepakt omdat hij zijn vriendin omgebracht zou hebben, toch? Zijn DNA komt honderd procent overeen met de sporen op de kleding van Kaat Thierens en met de sporen in Trier. Voor Thierens heeft hij geen alibi en ten tijde van de moord op Hannelore Dorfmann logeerde hij uitgerekend op een goed halfuur rijden daarvandaan. Ik heb wel minder sterke aanwijzingen gezien, hoor.'

Om vijf uur in de namiddag ging Lieses vaste telefoon.

'Commissaris Liese Meerhout?'

Een stem uit de verte, met die typische overzeese vertraging.

'Dit is Rico Malfliet. Ik moest dringend contact met u opnemen, heb ik van mijn bazen gehoord. Het spijt me dat het zo lang geduurd heeft, mijn gsm werkt hier niet in de States en ik heb me wat moeten organiseren.'

Liese vroeg hem naar afgelopen vrijdag en naar het avondje dat hij bij zijn vriend Ruud Brevaert zou hebben doorgebracht.

'Ik ben er nog niet echt van hersteld', lachte Malfliet. 'Als Ruud een borrel schenkt, kijkt hij niet op een fles. Of twee. Het was echt een hele leuke avond.'

'Weet u nog om hoe laat u er was?'

'Vroeg', antwoordde Malfliet. 'Een uur of vijf, zoiets.'

'En u bent er blijven overnachten, ook?'

'Dat ging moeilijk anders, ik kon nog nauwelijks op mijn benen staan. We zijn uiteindelijk rond een uur of vier 's ochtends gaan slapen, denk ik.'

'En Ruud Brevaert is de hele avond thuis gebleven?' vroeg Liese.

Het bleef even stil.

'Ja natuurlijk!' lachte de man. 'Hij heeft ontzettend goed gekookt voor ons beiden! Mag ik misschien weten waarover dit gaat, mevrouw, want ik snap er eerlijk gezegd...'

'Kunt u op een of andere manier aantonen dat u daar geweest bent? Ik weet dat het misschien een rare vraag is, maar het is erg belangrijk.'

Malfliet dacht even na.

'Ik heb enkele foto's aan mijn vriendin doorgestuurd, telt dat?'

'Wat voor foto's?'

'Gewoon, selfies, terwijl Ruud en ik lol aan het maken waren. Ik wilde haar een beetje jennen. Zij zat toen al hier, in de States. Ze kon er wel om lachen.'

'Kunt u mij die foto's bezorgen?'

'Eh... misschien wel,' zei Malfliet, 'maar ik zei u al dat mijn gsm...'

'Mag ik het nummer van uw vriendin even hebben?' onderbrak Liese hem.

De vriendin van Rico Malfliet heette Emily en ze had er geen enkele moeite mee om de foto's door te sturen die ze die avond had gekregen.

Vijf minuten later had Liese ze ook.

'Stuur ze door aan Delporte', zei Masson. 'De jongen zit al te wachten achter zijn scherm.'

De eerste foto toonde Malfliet en Brevaert in de keuken. Ze hadden beiden een cocktail in de hand en leunden met hun lachende hoofden tegen elkaar. De tweede foto was duidelijk veel later op de avond gemaakt. De twee mannen zaten aan tafel, met voor hen een aantal lege en volle flessen en de restanten van hun maaltijd. Ze lachten opnieuw en uitbundig naar de camera, maar hun ogen stonden wazig.

Het kostte Andy Delporte niet veel moeite om uit te vissen wanneer de foto's precies gemaakt waren.

'Die eerste foto, die in de keuken, is gemaakt om 18.58 uur. De tweede is van 's ochtends, 01.46 uur om precies te zijn.'

'Anna Wilmots is om 18 uur 30 in Hemiksem vertrokken voor een wandeling', zei Liese. 'Zelfs als ze bij wijze van spreken om de hoek van haar huis is ontvoerd, dan klopt het nog niet. Je hebt minstens drie kwartier nodig om vandaar in Sint-Job te komen, als het al niet langer duurt, op vrijdagavond. No way dat Brevaert dan om zeven uur 's avonds kan staan hijsen in zijn eigen keuken.'

Ze schudde haar hoofd en reikte naar de telefoon.

'Ik bel Carlens', zei ze.

Dit keer protesteerde Masson niet.

Ze werkten in de teamkamer tot een uur of acht 's avonds, maar hoe ze de aanwijzingen ook draaiden of keerden, ze kwamen geen stap verder. Iets later vertrok Sofie, duidelijk terneergeslagen.

'Hij heeft een waterdicht alibi voor de moord op Anna Wilmots', probeerde Laurent nog. Hij stond klaar om naar huis te vertrekken. 'Misschien is hij niet alleen, misschien heeft hij een handlanger. Denk er aan dat het lab geen sporen heeft gevonden bij Anna. Bij alle andere moorden wel, overvloedig zelfs, en bij haar niet, dat is toch opvallend? Misschien is deze moord door iemand anders gepleegd.'

Liese moest toegeven dat hij ergens wel een punt had.

'Ga naar huis, Laurent', zei ze. 'We zien elkaar morgen.'

Nog voor hij naar buiten was gelopen, scrolde ze al door de contacten in haar gsm.

'Het spijt me dat ik je zo laat nog stoor,' begon ze, 'maar we zitten met een probleem.'

'Vertel maar, Liese', zei Carla Troebleyn.

Ze gaf haar kort een stand van zaken.

'Een van de veronderstellingen hier is dat hij misschien een handlanger had.'

'Hoogst onwaarschijnlijk', antwoordde de profiler. 'Het kan natuurlijk altijd, maar ga er maar van uit dat deze moordenaars bijna zonder uitzondering alleen opereren. Wat wel zou kunnen, is dat we met een copycat te maken hebben.'

Liese voelde zich misselijk worden. Omdat ze niet antwoordde, voelde Troebleyn zich genoodzaakt om uitleg te geven.

'Er zijn genoeg voorbeelden van misdaden die gebaseerd zijn op moorden die uitvoerig in de media zijn gekomen en die...'

'Ik weet het,' fluisterde ze, 'ik weet wat een copycat is.'

Toen ze neerlegde, keken twee sombere ogen haar aan.

'Dat kan er ook nog wel bij', bromde Masson.

Zonder dat ze er erg in hadden, verzeilden ze in De Veluwe. 'We moeten toch iets eten', had Masson gezegd, en Liese had alleen maar geknikt.

Ze hadden het wel over de zaak, maar niet in detail en eigenlijk alleen over de praktische beslommeringen, alsof ze beiden hadden besloten dat dit niet de plaats was om over gruwelijke dingen te praten.

Nelle drentelde zowat de hele tijd rond hun tafel. Ze was zichtbaar blij dat Masson er was. Telkens als ze langskwam om een praatje maken, stond ze dicht tegen hem, zo dicht dat haar heup zijn schouder raakte.

'Hoe vinden jullie het eten?' fluisterde ze.

Britta liep nerveus rond en checkte voor de vijfde keer of iedereen wel zijn maaltijd had gekregen.

'Prima', zei Liese en Masson knikte enthousiast mee.

'Ik vind het maar niks', zei Nelle met haar Hollandse tongval. 'Ik zal blij zijn als onze echte chef weer hier is.'

'Je zult er toch aan moeten leren wennen, hoor', zei Liese. 'Je zoon wil ook nog wel wat andere dingen doen dan alleen maar hier in de keuken staan.'

'Wat is daar nou mis mee? Niks, toch?'

Later op de avond verhuisden ze naar de kleine bar.

Liese was die ochtend bij het ontbijt van plan geweest om de koe bij de hoorns te vatten en Masson te vertellen dat ze de vaderschapskwestie niet zou laten rusten, maar in de loop van de dag had de zaak-Brevaert hen allebei op sleeptouw genomen en nu, voelde ze, was ze zo uitgeput dat ze vreesde dat ze de verkeerde dingen zou zeggen.

Ze was zo moe dat ze niet eens protesteerde toen Nelle haar een bed aanbood.

'Je oude kamer is vrij. Blijf nou gewoon lekker hier slapen.'

Ze voelde er opeens veel voor om opnieuw in het bed te liggen waar ze Matthias had leren kennen, al waren de omstandigheden toen anders: toen was ze ondergedoken in dit kleine hotelletje, op de vlucht voor een man die haar dood wou.

'En dit keer zit er gelukkig geen gewapende agent in mijn bar die je moet beschermen', grinnikte Nelle terwijl ze Masson een drankje inschonk uit de fles waar een grote letter M op hing.

Toen Nelle even weg was, vroeg ze: 'Vertel me nu eens echt waarom je weigert om een wapen te dragen, Michel. Waarom heb je er zo'n hekel aan?'

Ze zag dat hij overwoog om de vraag weg te duwen, zoals hij altijd al gedaan had. Maar ook hij was doodop en hij bevond zich in de veiligste omgeving die hij zich kon wensen. Zijn echte thuis, zoals hij het ooit had genoemd.

En dus vertelde hij het haar eindelijk.

'Toen ik pas inspecteur was, werd ik opgeroepen voor een zaak van huiselijk geweld. Dat is nu vijfentwintig jaar geleden. Een kerel van negentien, totaal weg van de drugs. Hij bedreigde zijn vriendin op het balkon van een flat op de tweede verdieping. Hij hield een mes tegen haar keel.'

Masson nam een flinke slok van zijn glas.

Liese bewoog niet.

'Die jongen was echt weg, hij stond te roepen en te tieren en te huilen tegelijkertijd. Ik probeerde hem kalm te krijgen, maar dat lukte niet.'

Achter Massons rug zag ze Nelle weer komen aandraven, maar gelukkig had Liese oogcontact met haar en kon ze haar met een blik duidelijk maken dat ze even moest wegblijven. Nelle had het begrepen.

'Op een bepaald moment maakte die jongen een beweging met het mes. Ik oordeelde dat hij zijn vriendin zou neersteken en ik heb geschoten. Het was een prima schot, in zijn schouder. De jongen is achterover getuimeld en over de balustrade naar beneden gevallen.'

Hij hield zijn glas met duim en wijsvinger van beide handen vast en keek ernaar terwijl hij praatte.

'Hij had alleen wat breuken, zijn arm en zijn enkel geloof ik. Maar hij is in een catatonische shock gegaan en hij is overleden onderweg naar het ziekenhuis, aan een hartstilstand. Hij was de week ervoor net negentien geworden.'

Liese was verbijsterd.

'Michel,' fluisterde ze, 'dat is vreselijk, dat...'

'Ik heb toen besloten dat ik niets meer met wapens te maken wilde hebben. Ik ben ook gaan drinken. Ik lustte voordien wel eens een glas, maar niet zo... niet zo dwingend als het sindsdien is geworden.'

Hij zag er opeens een stuk ouder uit.

'Weet iemand dit?' vroeg ze. 'Iemand van ons, bedoel ik?'

'Sofie.'

'En Torfs?'

'Nee, natuurlijk niet. Als Frank het zou weten, dan zou hij verplicht zijn mij van de Moord te halen, dat zou niet anders kunnen.'

We denken dat we iemand kennen, dacht ze, maar we kennen een ander nooit écht goed.

'Weet je nog wat die Carlos Sanz zei, in de auto toen in Córdoba?' ging Masson verder. 'Over zijn litteken?'

Liese knikte.

'Dat je die eerste keer dat het echt fout loopt, nooit van je leven vergeet', fluisterde ze.

'Ja. Dat is ook zo.'

Hij wreef met zijn handpalmen over zijn gezicht.

'En het ergste van al is dat het niet eens nodig was. Dat is het pijnlijkste. Achteraf krijg je ervaring in die dingen, dan leer je mensen beter kennen, met al hun goeie kanten en al hun zwakheden. Ik weet nu zeker dat ik me toen vergist heb. Die jongen zou nooit gestoken hebben. Het was een schreeuw om hulp, meer niet.'

Liese wilde hem op haar beurt helpen, maar ze vond geen woorden.

'Ik ga geregeld naar zijn graf', zei Masson. 'Hij ligt op hetzelfde kerkhof als je vader.'

Nu wist ze opeens waarom hij zo geheimzinnig deed die keer toen ze hem voor een graf had zien staan.

'Hij heette Daniël. Daniël Covelinckx.'

'Michel,' begon ze, 'je hoeft...'

'Ik wil geen zoon, Liese. Wat er ook gebeurt, ik wil geen zoon.'

Een kwartier later lag ze in bed, in dezelfde kamer als toen.

Het duurde lang voor ze insliep.

15

Ze was vroeg op kantoor de volgende ochtend. Niet veel later druppelde ook de rest van het team binnen. Sofie had een meeting met de mensen van Interne Zaken, iets waar ze niet echt naar uitkeek. De anderen doken in de dossiers, checkten voor de tiende keer dezelfde feiten en deden wat iedere speurder in een dergelijke situatie zou doen: zoeken wat ze over het hoofd hadden gezien.

Torfs kwam de vergaderruimte binnen met de mededeling dat hij de onderzoeksrechter aan de lijn had gehad. Ruud Brevaert bleef nog zeker een dag aangehouden, maar veel meer zou er niet in zitten.

Iets over negen ging haar vaste telefoon.

'Commissaris Meerhout, u spreekt met Rachida El Kaddouri van TechGenetics in Gent. Stoor ik?'

'Eh... nee, zeg maar.'

'Ik ben diensthoofd van het laboratorium, we hebben gisteren stalen toegestuurd gekregen die we moesten vergelijken, van uw gerechtelijk lab.'

De specialisten met hun bibliotheek van dierenharen, ze wist het weer. Ze was al bijna vergeten dat ze aan Laurent gevraagd had om hun via Maite de kleren van Ditte te sturen.

'We hebben een positieve identificatie', zei El Kaddouri. 'Een drietal haren op de restanten van de broek van het slachtoffer. Het gaat opnieuw om haren van een windhond.'

'Van een barzoi?' vroeg Liese verbaasd.

'Toch niet, er zijn wel wat meer soorten windhonden dan die', zei de vrouw. 'Van een galgo. Een Spaanse greyhound.'

Enkele maanden geleden had Liese een reportage gezien over de vreselijke omstandigheden waarin greyhounds in Spanje leefden. Ze werden vooral gebruikt voor de jacht, herinnerde ze zich, en na het jachtseizoen of als de dieren te oud of gewond waren, werden ze gedumpt of genadeloos afgemaakt. De dierenmishandeling was er veel erger dan bij ons en de Spaanse wetgeving minder streng.

Ze vertelde het aan de collega's.

'Ik heb die reportage toen ook gezien', bromde De Sutter. 'Het zijn echte klootzakken, hoe ze met honden omgaan.'

De man verbaasde haar steeds opnieuw, en ze zei het hem ook.

'Ik heb zelf altijd honden gehad, commissaris, ik begrijp niet dat je die dieren zo kunt laten afzien.' Hij dacht even na. 'Als ik me niet vergis, ging die reportage toch vooral over Andalusië, niet?'

Liese zocht al naar een nummer in haar gsm.

'Hello, Liz', zei Carlos Sanz. 'Mag ik je straks terugbellen? Ik zit in een ontbijtvergadering.'

Ze hoorde verkeer en getik van glazen op de achtergrond.

'Vergaderen jullie buiten?'

'We zitten op het terras van het café tegenover ons kantoor. Het is hier 22 graden.'

'Ik heb informatie nodig over galgo's', zei ze. 'Spaanse greyhounds. In Córdoba.'

'*I'm a Bask,*' lachte Sanz, 'ik heb het niet zo op honden. Maar ik vraag het na en ik bel je terug.'

Opeens stond Sofie in de vergaderzaal.

'Ik kom van de meldkamer. Er is een jonge vrouw vermist. Ze ging gisteravond wandelen in de Hobokense Polder.'

Saskia Vanweelden was een drieëntwintigjarige studente industriële wetenschappen aan de campus Hoboken van de Karel de Grote Hogeschool. Ze deelde een huis met een medestudente aan de Scheldelei, een straat die pal tegen de Hobokense Polder lag, een groot natuurgebied tussen de Schelde en de petrochemische industrie van Antwerpen. De medestudente was erg laat thuisgekomen van een feestje en had pas de volgende ochtend, bij een laat ontbijt, gemerkt dat Saskia er niet was.

'Ze is rond zeven uur 's avonds nog gaan wandelen in de Polder,' snikte het meisje, 'dat doet ze bijna iedere dag. Het brengt haar tot rust, zegt ze altijd.'

'En daarna heb je haar niet meer gezien?' vroeg Sofie Jacobs.

Ze zaten in de kleine keuken van het huis. Laurent en Masson waren boven, in de kamer van Saskia.

'Nee. Daarna ben ik vertrokken, we hadden een campusfuif en ik moest helpen met alles klaar te zetten.' Ze begon opnieuw te snikken.

'Concentreer je even', zei Sofie streng. 'Het is erg belangrijk. Probeer zo exact mogelijk te omschrijven wat ze droeg toen ze vertrok.'

Terwijl Sofie noteerde, ging Liese door de foto's die de medestudente met haar gsm van haar had gemaakt. Saskia stond er in alle mogelijke poses op: lachend tijdens een feestje, aan de afwas, in haar pyjama op haar bed, nog half slaperig. Ze had ravenzwart haar, opvallende jukbeenderen, ietwat dromerige ogen die de beautybladen graag omschreven als 'smokey eyes'.

Ze beantwoordde perfect aan het profiel.

Een kwartier later werd de zwarte muts van Saskia teruggevonden langs een van de wandelpaden op nauwelijks tweehonderd meter van haar huis.

Terwijl de collega's van het Lab naar sporen zochten, stonden Liese en Sofie wat verderop. Laurent coördineerde het buurtonderzoek.

'Hij is het weer, niet?' vroeg Jacobs.

'Ja,' zei Liese, 'ik vrees van wel.'

Ze zagen Laurent vanaf de Scheldelei het wandelpad nemen en op hen toelopen. Hij hinkte nogal hard en zwaaide in hun richting.

'We hebben een getuige!' riep hij. 'Een eersteklas getuige, dit keer, dat mag ook wel eens.'

Linda Kelchtermans was een grote, mollige dame van dik in de zeventig die aan het einde van de Scheldelei woonde. Ze had de avond ervoor niet alleen Saskia gezien, ze had ook gezien dat ze met een man aan het praten was.

'Er is toch niets akeligs gebeurd, hé mevrouw?' vroeg de dame geschrokken.

Liese beantwoordde haar vraag niet.

'Vertel ons alstublieft wat u gisteravond gezien hebt.'

'Ik was gaan buurten bij een vriendin van me en ik kwam terug via een van de paadjes door de Polder. Saskia stond een paar honderd meter verderop', zei ze. 'Mijn ogen zijn niet meer al te best maar ik herkende haar toch goed, hoor, er zijn er weinig die zulk mooi haar hebben.'

'Had ze een muts op?'

'Ja, dat had ze wel, inderdaad, een zwarte.'

'En ze stond te praten met een man, zegt u.'

'Ik heb er natuurlijk niets bij gedacht,' zei de oude dame, 'dat is toch normaal? Ik moest me trouwens haasten, want mijn zoon kwam op bezoek. Maar toen die vriendelijke jongeman hier zonet kwam aanbellen en vroeg of ik Saskia soms nog gezien had, ja, toen kon ik mezelf wel slaan.' Ze keek Liese aan. 'Is er iets ergs gebeurd met haar?'

'Dat weten we nog niet, mevrouw. Laten we hopen van niet, goed? Vertel eens wat meer over die man.'

'Ik heb er niet zo goed op gelet, om eerlijk te zijn. Als ik nu geweten had dat...'

'Hoe zag hij eruit?' vroeg Sofie iets te scherp. Ze begon stilaan haar geduld te verliezen.

'Hij droeg een grijze jas, dat weet ik nog. En hij was vrij jong.'

'Wat is dat, vrij jong?' vroeg Liese. Ze dacht aan het feit dat de vrouw minstens vijfenzeventig was.

'Een veertiger, denk ik. Maar ik heb weinig van hem gezien, mevrouw, hij stond met zijn rug naar mij. En hij droeg handschoenen, dat heb ik wel gezien, want hij moest soms zijn arm uitstrekken omdat de lijn anders te strak stond.'

'De lijn?' vroeg Liese.

'Ja, van zijn hondje, heb ik dat niet gezegd? Hij had een schattig hondje, zoiets met veel haar, wit, heel mooi.'

Liese bedankte haar en stond op.

Toen ze bijna bij de deur waren, zei de oude vrouw: 'Ik weet niet of het belangrijk is, hoor, maar ik heb ook een auto gezien die ik niet ken.'

Liese en Sofie draaiden zich om.

'Een auto?'

'Ja, geen auto, zo'n groot ding waarmee de Post rijdt als ze een pakje komen afgeven. Een bestelwagen. De Scheldelei loopt dood, ik ken de meeste mensen hun auto's hier en...'

'Wat voor een bestelwagen, mevrouw?'

'Hij stond aan het einde van de straat geparkeerd, bijna op het gras, waar de Polder begint. Ik zag hem toen ik van het wandelpad kwam en naar huis liep.'

'Mevrouw Kelchtermans,' zei Liese met enige nadruk, 'beschrijf die bestelwagen.'

'Dat heb ik toch al gedaan? Zo'n ding waarmee de Post ook rijdt, maar een donkerblauwe. Een Renault. Mijn zoon heeft er ook zo een, maar dan een kleintje.'

Toen ze weer in de auto zaten, zei Sofie: 'De posterijen rijden inderdaad met Renault. Misschien ook nog met andere merken, maar zeker met Renault.'

Liese hield haar handen zo hard om haar stuurwiel geklemd dat haar knokkels wit zagen.

'Hij gaat wandelen met een hondje', zei ze grimmig. 'Zo benadert hij die vrouwen, al wandelend. Niemand heeft argwaan als je zo iemand tegenkomt. Hij is maar een gewone man met een hondje.'

Er heerste een voelbare nervositeit bij de leden van het team. Familie en vrienden van Saskia Vanweelden werden in kaart gebracht, er waren agenten naar de hogeschool gestuurd om ondervragingen te doen, haar signalement werd zo ruim mogelijk verspreid.

Torfs was aanwezig bij de teamvergadering.

Ook profiler Carla Troebleyn was er weer bij.

'Beide bestelwagens lijken heel sterk op elkaar, vooral als je er niet al te veel van kent, iets wat voor de meeste mensen geldt', zei Liese.

Andy Delporte had afbeeldingen van de Renault en de Peugeot uitgedeeld en liet ze rondgaan.

Liese stond ondertussen voor de casewand. Ze hing een foto van Saskia naast die van de andere vrouwen en draaide zich om.

Ze wilde er een opmerking over maken, maar de blikken van haar collega's maakten haar duidelijk dat het niet echt hoefde: de gelijkenissen tussen de slachtoffers en de vermiste vrouw waren zonneklaar.

Nog geen kwartier later had Liese de onderzoeksrechter aan de lijn. Carlens vertelde haar dat ze onmogelijk het nieuws over de recente ontvoering kon tegenhouden.

'Het is te groot', zei ze. 'De hele bevolking zit op informatie te wachten. We sturen zo dadelijk een persbericht uit.'

'Moet dat echt?' liet Liese zich ontvallen. 'We hebben zo al genoeg aan ons hoofd dat...'

De onderzoeksrechter onderbrak haar.

'Dat was geen vraag, dat was een mededeling, mevrouw Meerhout. En nu de zaak Saskia Vanweelden, graag.'

Liese bracht zo bondig mogelijk verslag uit van de feiten.

'En wat denkt u zelf?' vroeg Carlens.

'Ik denk dat het dezelfde dader is.'

Myriam Carlens zweeg even.

'En die copycat, wat denkt u daarvan?'

'Dat is natuurlijk mogelijk. Maar ik denk niet dat het Brevaert is, mevrouw. Ik denk dat we ons vergissen.'

Carlens wilde het gesprek afsluiten, maar Liese was haar voor.

'Ik zou hem graag opnieuw hier hebben', zei ze. 'Voor een nieuw verhoor.'

'Vindt u dat nodig?'

'Anders zou ik het niet vragen', zei Liese bruusk.

Het bleef even stil.

'Ik doe het nodige, commissaris.'

Ruud Brevaert zag er terneergeslagen uit toen hij een van de verhoorkamers werd binnengebracht. Zijn haar zat warrig en een van de slippen van zijn hemd stak uit zijn broek, maar het waren vooral zijn doffe, diep ingevallen ogen die haar opvielen.

Zijn advocaat reageerde grimmig toen Liese hem eerlijk vertelde dat ze hem niet echt veel te vragen had.

'De manier waarop mijn cliënt wordt behandeld, slaat alles. Ik ben vijftien jaar bezig als advocaat, en ik kan u zeggen dat ik dit nog nooit heb meegemaakt.'

Liese praatte dwars door zijn uitleg heen.

'Meneer Brevaert', zei ze terwijl ze tegenover hem plaatsnam. 'U hebt een waterdicht alibi voor de verdwijning van Anna Wilmots. U hebt er geen voor de andere zaken die we onderzoeken en die volgens mij door dezelfde dader zijn gepleegd.'

De ogen van de advocaat werden zo groot als schoteltjes.

'Wat zegt... ziet u wel!' riep hij. 'Ziet u wel!'

'Maar uw DNA is gevonden op de kleding van twee slachtoffers', ging Liese rustig verder. 'En dus zitten we met een probleem, zowel u als wij.'

'Ik zit niet met een probleem', reageerde Brevaert verongelijkt. 'Ik weet dat ik niks gedaan heb.'

Liese knikte.

'Weet u,' zei ze, 'ik geloof u. Maar dan blijft de vraag hoe dat DNA van u in Duitsland en op die sjaal op Linkeroever is geraakt.'

'Hoe moet ik dat weten, hé? Hoe zou ik dat nu moeten weten?'

Hij veegde in een reflex over een van zijn schouders. Op de andere schouder was duidelijk te zien dat de man nog meer last had van roos dan toen Liese hem de eerste keer in de verhoorkamer had. Ze bestudeerde zijn gezicht. Zijn huid was erg droog, zag ze, er hingen kleine huidschilfers op zijn voorhoofd. Toen hij merkte dat Liese hem observeerde, veegde hij gegeneerd met zijn mouw over zijn gezicht.

'Bent u onlangs bestolen?' vroeg ze. 'Van kleding, om precies te zijn. Bent u onlangs een kledingstuk kwijtgeraakt?'

Brevaert dacht na.

'Ik had een vrij nieuwe jas, een zwarte. Ik denk dat die is zoekgeraakt in het Greyhound Centre maar niemand heeft toen iets gezien of gevonden, dus ik heb er verder niet veel aandacht aan besteed.'

'Zei u Greyhound Centre?'

Brevaert knikte.

'Ik doe vrijwilligerswerk voor die vereniging. Niet veel hoor, ik help met de publiciteit.'

Ze stond op.

'Bedankt', zei ze eerlijk. 'Ik vermoed dat u heel snel weer naar huis mag, maar zeg niet dat ik dat gezegd heb.'

'Maar mij mag u wel citeren', siste de advocaat. Hij was zo kwaad dat er druppeltjes speeksel meekwamen terwijl hij sprak. 'Ik ga straks zoveel heisa maken dat heel de politie en het gerecht apenstront gaan schijten.'

Toen ze weer in de vergaderzaal kwam en werktuiglijk het geluid van haar gsm weer aanzette, zag ze dat ze een gemiste oproep had. Carlos Sanz had haar gebeld.

'Sorry, Carlos, ik was druk bezig. Heb je iets voor me?'

'Ja, en ik ben er niet trots op, Liz. Ik wist wel iets van die galgo's, maar ik wist niet dat het zo erg was.'

Uit het relaas van Sanz bleek dat het vooral mensen uit de lagere bevolkingsklasse waren die de Spaanse windhonden hielden, voornamelijk voor de hondenrennen en om te gaan jagen. De honden leefden in vreselijke omstandigheden en werden afgemaakt als ze niet meer voldeden.

'Het zijn vooral mensen op het platteland', zei Sanz. 'Ze jagen ermee op hazen en konijnen, zowel voor hun eigen gebruik als om te verkopen op de markt. Maar als het jachtseizoen voorbij is, worden ze in het beste geval gewoon gedumpt langs de straat.'

'En in het slechtste geval?'

'Opgehangen, achter een auto vastgebonden, overgoten met zuur, noem maar op. *Its very sad, really.*'

'En in Córdoba en omgeving zijn er veel van die galgo's?'

'In heel Andalusië, ja. Als het jachtseizoen voorbij is, zo rond januari, februari, dan zie je veel van die arme dieren langs de straat lopen, op zoek naar voedsel.'

Ze bedankte hem, stopte haar gsm weg en riep: 'Andy!?'

'Chef?'

'Greyhound Centre. Het adres graag, snel.'

Enkele minuten later zat ze al met Masson in de auto.

'Wij draaien helemaal op vrijwilligers', zei Mario Schoenaerts.

Hij was een gezette dertiger met een open, vriendelijk gezicht.

'De vereniging was oorspronkelijk een initiatief van mijn vrouw en mij. Ondertussen hebben we een veertigtal leden, zowel mensen die professioneel met honden werken als enthousiaste hondenliefhebbers. We komen hier twee keer per maand samen.'

Ze zaten in een bijgebouw van het huis van Schoenaerts in Rumst. Het kantoortje was nauwelijks vier bij vier groot, maar het was heel ordelijk ingericht, met rijen gekleurde mappen in de rekken tegen de muur. Achter hen was een ruime zaal waar de samenkomsten plaatsvonden.

'Ruud Brevaert', zei Masson.

Schoenaerts knikte en bladerde ondertussen door een map die hij uit een van de rekken had gehaald.

'Lid sinds 12 december 2004.' Hij zag Liese verbaasd kijken en glimlachte. 'Ik probeer zo ordelijk mogelijk te zijn, mevrouw, anders wordt het een rommeltje hier, en daar houd ik niet van. Ruud is een grote steun voor ons, hij gaat over de publiciteit en de mediacontacten, daar heb ik geen kaas van gegeten. En hij schiet ons wel eens iets voor, als we weer eens op zwart zaad zitten. Wat vaak gebeurt en ik kan het weten, want ik doe de boekhouding.'

'Hebt u nog andere hondenkwekers uit de streek die lid zijn?' vroeg Liese.

'Ja hoor, vooral mensen die met windhonden bezig zijn. Het is vreselijk wat ze met die greyhounds doen, daar in Andalusië. Als je dan zelf je brood verdient met die honden, dan wil je wel eens wat terugdoen.'

'Brevaert kweekt barzois', zei ze. 'Zijn er zo nog andere leden?'

'Een maar, Carlo.' Hij bladerde opnieuw door de map. 'Lid sinds 18 september 2003. Die man verdient een standbeeld, mevrouw.'

'Hebt u het over Carlo Demayer? Uit Kruibeke?'

'Ja natuurlijk, wie anders. Carlo rijdt minstens twee keer per jaar naar Andalusië voor ons, op zijn eigen kosten. Wij betalen hem alleen zijn benzine terug. Hij haalt per keer een tiental verwaarloosde greyhounds op. Hij verzorgt ze ook, hij laat ze op krachten komen, helemaal op zijn kosten. Hij heeft er altijd een stuk of tien tegelijkertijd, niet alleen uit Andalusië trouwens. En als ze voldoende hersteld zijn, dan krijgen die dieren hier een nieuwe thuis bij particulieren, daar zorgen onze andere leden voor. Ik zei het u al, die man verdient echt een standbeeld.'

Liese staarde naar de mappen.

'U weet toevallig niet wanneer Carlo laatst in Andalusië is geweest?' vroeg ze.

Schoenaerts glimlachte trots terwijl hij een andere map uit het rek haalde.

'Ik zei u al dat ik over de boekhouding ga, dus ik houd ook alle kosten bij.' Hij bladerde. 'Hier heb ik het al. De laatste keer was oktober vorig jaar. Ik weet niet precies wanneer hij vertrokken is, maar ik heb een tankbonnetje van de 24ste, ergens in Andalusië.' Hij bekeek het bonnetje dat hij op een wit blad had gekleefd wat nauwkeuriger en zei: 'In Abe...'

'Abejorreras', zei Liese zacht.

De man keek haar verbaasd aan.

'Hoe betaalt u hem terug, voor zijn kosten?' vroeg Masson.

'Contant. Carlo houdt niet van creditcards. Hij betaalt zijn onkosten trouwens ook altijd cash.'

'Hoe haalt hij die greyhounds op in Andalusië?' vroeg Masson. 'Met een bestelwagen?'

Schoenaerts knikte.

'U kent toevallig het merk van de bestelwagen niet?'

'Pfff, daar ben ik niet zo in thuis, moet ik zeggen, het is een zwarte, dat weet ik. Een Renault... ja, dat moet het zijn. Een zwarte Renault bestelwagen.'

'Wilt u een kopie van dat tankbonnetje maken voor mij?' vroeg Liese terwijl ze in haar gsm naar het nummer van Torfs scrolde.

Ze zat met haar chef in zijn kantoor.

Torfs wreef met zijn duim over zijn tablet. In zowat alle onlinekranten was de nieuwe ontvoering headline-nieuws. Hij gromde iets en gooide het ding op zijn desk.

'Het bevel tot huiszoeking is al geregeld. De POSA staat klaar, ze wachten op ons signaal.'

'Nee', zei Liese. 'Hij heeft een vrouw bij zich, Frank. Hij heeft Saskia Vanweelden. Als hij onraad ruikt, is ze dood. We gaan alleen. Please.'

De hoofdcommissaris fronste. 'Als dit verkeerd afloopt, dan kost het mijn kop. En die van jou ook.'

Liese zweeg.

'Nee,' zei hij, 'niet akkoord. De POSA doet mee en geen discussie. Jij leidt, Sofie en Michel gaan mee, De Sutter en Delporte ook. Laurent blijft hier. Good luck.'

Toen ze in de teamkamer haar locker opende om haar pistool eruit te halen, zag ze de labelzakjes liggen. Ze duwde ze naar de achterkant van het kastje en sloot het weer af.

Masson stond naast haar.

'Je hoeft niet mee, Michel. Ik kan ook Moessens vragen, of een van de anderen.'

'Ik ga mee', zei hij.

Om halfdrie waren ze bij het huis in Kruibeke.

Leden van het lokale politiekorps hadden hun combi's een eindje verder verborgen opgesteld en wachtten op nadere orders.

Liese en Sofie stonden met getrokken wapen tegen de muur toen leden van de POSA met een stormram de voordeur uit de hengsels lichtten en met hun wapen in de aanslag naar binnen liepen.

Even later kwam de overste van het team naar Liese, schoof zijn helm van zijn hoofd en zei: 'All clear, commissaris. Het huis is leeg.'

Ze stonden bij een van de dienstauto's en Sofie en Liese kauwden op de energierepen waarvan Sofie steevast een voorraadje in haar handtas had. Masson had het aanbod van een snack met een handgebaar afgewezen en in plaats daarvan een plat, zilveren heupflesje uit zijn binnenzak gehaald. Hij nam een flinke slok en stak het tevreden terug.

De POSA was net vertrokken.

Een kwartier daarvoor hadden Liese en haar collega's schoenbeschermers en latexhandschoenen aangetrokken en waren van kamer naar kamer gelopen, tot ze in de grote, tegen het huis aangebouwde schuur kwamen waar ze de vorige keer de honden had horen blaffen.

Er waren in totaal twintig kennels, en ze waren allemaal leeg. Aan de deur van elke kennel hing een metalen plaatje met daarop de naam en een foto van een barzoipup.

'Hij is ons voor geweest', zei Sofie.

Achteraan in de schuur was een grote kamer van een goeie tien meter bij zes. Tegen de achterste wand stonden enorme wasbakken en verzorgingstafels, alles van roestvrij staal. In het midden van de ruimte stond een grote roestvrijstalen tafel.

Ze bleven in de deuropening staan.

'Dat is voor het Lab', zei Liese.

'Kom,' zei Sofie, 'we gaan.'

'Ik blijf', antwoordde Liese. 'Vertrekken jullie maar vast, ik neem de andere dienstauto.'

'Je verliest hier je tijd.'

'Ik wacht op het Lab. Ik wil erbij zijn, Sofie.'

Haar collega zuchtte.

'Oké', zei ze. 'We zien je straks.'

Maite Coninckx was niet bijster enthousiast toen Liese haar duidelijk maakte dat ze mee wilde. Het duurde een tijdje voor ze toegaf.

'Je doet precies wat ik zeg', zei Maite. 'Je loopt niet in de weg en je komt nergens aan.'

Liese knikte.

'Begin in de schuur', vroeg ze. 'Achteraan, waar de wasbakken voor de honden staan.'

Ze had een complete outfit van Maite gekregen, inclusief het mondmaskertje. Ze liep achter de leden van het team aan tot ze bij de ingang van de ruimte stonden. Twee medewerkers begonnen vrijwel onmiddellijk foto's te nemen vanuit alle hoeken. Een andere zette een gele filterbril op, haalde een Crimelite 805 uit zijn koffer en duwde op een knop. De groot uitgevallen zaklamp hulde de kamer in een fel, blauw licht. Telkens als hij iets zag wat hem interesseerde, riep hij een collega bij zich die de plek voorzichtig bestreek met koolstofpoeder.

Maite stond met haar Crimelite bij de metalen tafel. Ze wenkte Liese.

'Hier,' zei ze terwijl ze haar gele bril aan Liese gaf, 'zet even op.' Haar stem klonk een beetje gemoffeld door het mondmaskertje.

Ze spoot een spray over het oppervlak en scheen erover met de lamp. Onmiddellijk zag Liese een hoop grote en kleine vlekken, allemaal zwart.

'Mocht het bijvoorbeeld sperma zijn,' zei Maite, 'dan zag je nu witgele vlekken.'

'En dit?' vroeg ze, hoewel ze het antwoord al kende.

'Bloed. Latent bloed, zoals dat heet, want iemand heeft veel moeite gedaan om het weg te wassen. Maar we zien het nog. En aan de omvang van de vlekken te zien, was het verdomd veel.'

Toen kreeg Liese het even moeilijk.

De angst overviel haar in een paar seconden en ze huiverde en zweette tegelijkertijd. Ze bleef naar de grote tafel kijken, ook toen ze de gele bril al weer had teruggegeven en nog alleen maar het stalen blad zag, glanzend en ogenschijnlijk schoon.

Hier is het gebeurd, dacht ze.

Hier lagen Kaat Thierens en Anna Wilmots. Hier heeft hij ze gewurgd en misbruikt.

Hier heeft hij ze met een mes opengereten en hun hart uit hun lichaam gehaald.

Er kwam een zure smaak in haar mond en ze haastte zich naar buiten.

Ze gaf over in de tuin naast het bijgebouw.

Toen ze zich oprichtte en haar mond schoonveegde met een papieren zakdoekje, zag ze een auto voor de oprit staan. Op de zijkant van de auto stond het logo van *Gazet van Antwerpen*, in koeien van letters.

Jurgen Cleyveldt stond naast de wagen en observeerde haar.

Ze liep ernaartoe.

Hij was niet alleen, zag Liese: op de passagiersstoel zat een fotograaf met zijn toestel in zijn handen.

'Ik heb bewust gewacht tot er iemand naar buiten kwam', verdedigde Cleyveldt zich meteen. 'We hadden naar binnen kunnen lopen, maar...'

'Hoe komen jullie hier?' vroeg ze. Haar stem klonk rauw.

'Een tip. Zo eenvoudig is dat. Je weet hoe het werkt, Liese, zeker bij de lokale. Jij doet iets voor mij, ik doe iets voor jou.'

'Jurgen,' zei ze, 'niet doen. Echt niet doen.'

'Is het hier?' vroeg hij gejaagd. 'De Linkeroevermoordenaar, woont hij hier?'

De fotograaf maakte aanstalten om uit te stappen. In een impuls liep ze op de auto af en schopte met haar voet de deur opnieuw dicht.

'Ik beloof je dat je de eerste bent die het verhaal krijgt. Maar ik moet je vragen om te wachten.'

Hij keek haar aan. Hij was een prille vijftiger, die steeds glimlachte en altijd lachrimpeltjes rond zijn ogen had, maar nu keek hij ernstig.

'Hij heeft een vrouw ontvoerd, Jurgen. Ze heet Saskia Vanweelden. Hopelijk leeft ze nog. Hij gaat met haar hetzelfde doen als wat hij met de andere vrouwen heeft gedaan.' Ze wist dat haar stem smekend klonk, maar het kon haar niet schelen. 'Geef me nog een dag, alsjeblieft. Een dag. Daarna is het verhaal van jou.'

Ze zag de journalist twijfelen. Hij keek naar zijn fotograaf, die weggedoken op de passagiersstoel zat, en toen weer naar haar. Het was de scoop van zijn leven, besefte ze. Als hij dit morgen als enige in de krant had, dan hoefde hij zich tien jaar lang geen zorgen te maken om zijn bonussen.

Ten slotte knikte hij.

'De primeur is voor mij, oké?'

'Ik doe wat ik beloof, Jurgen.'

'Pak 'm dan', zei Cleyveldt.

16

Tegen vijf uur 's avonds was Carlo Demayer geen onbekende meer.

Jullie hebben allemaal zijn dossiertje', zei Frank Torfs. Hij zag er moe uit, maar zijn stem klonk helder en vast.

'Dossier-tje is de juiste term', zuchtte De Sutter. Hij hield het flinterdunne bundeltje omhoog.

'Ik weet het, maar het is niet anders. Zoek. Ergens staat er iets in dat ons naar hem toe kan leiden. Het kan een detail zijn, iets kleins, maar zie dat jullie het vinden. Voordat het zover is, wil ik hier niemand naar huis zien gaan.'

De ploeg had zich in de vergaderruimte geïnstalleerd, tussen kilo's papier, lege koffiekopjes en de gebruikelijke rotzooi die zo typisch was voor een caseroom na enkele weken intensief werken.

Op dat moment kwam Masson de kamer binnen. Hij hield een kloek boek onder zijn arm.

'Waar was jij?' vroeg Torfs.

'Even naar huis, iets halen.'

Masson installeerde zich tussen Laurent en Liese in en legde het boek voor zich.

Le livre des morts des Anciens Égyptiens, las ze. Rechtsonder was er een stickertje met daarop 'Librairie Auguste Blaizot, Paris'.

'Ik ben in mijn kantoor,' zei de hoofdcommissaris, 'mijn

bazen proberen te kalmeren. Als er iets te melden valt, dan wil ik dat onmiddellijk weten.'

De Renault Master van Demayer was over het hele grondgebied gesignaleerd en ook Interpol was op de hoogte gebracht. De foto van Demayer was aan alle politiediensten doorgegeven en ook Sanz in Córdoba en Lucia Geiger in Trier hadden ze in hun mailbox ontvangen.

Liese nam haar gsm en zette hem op luidspreker.

'Niet overdrijven, hé,' viel Maite Coninckx uit, 'ik ben net terug in het lab. We zijn snel, maar niet zo snel, ik...'

'Sorry, Maite, daarover gaat het niet.'

Ze vertelde haar over de jas van Brevaert en de DNA-sporen.

'Ja,' antwoordde ze, 'dat is heel goed mogelijk. Het volstaat dat Demayer het slachtoffer stevig vastgegrepen heeft zodat er contact was tussen de beide stoffen. Zeker als die Brevaert zoveel huidschilfers verloor, zoals je zei. Of hij heeft met handschoenen aan over het ene en daarna over het andere kledingstuk gewreven, zo kan het ook.'

Liese bedankte haar.

'We werken hier vanavond door in het lab', zei Maite. 'Hoe laat het ook wordt, ik wil een resultaat hebben, wat dat huis betreft. En zeg maar tegen die baas van je dat ik het hem voor een keer niet extra zal aanrekenen.'

'Brevaert heeft veel last van roos en hij heeft een schilferige huid', zei Liese toen ze had neergelegd. 'Demayer moet dat gezien hebben, ze hadden regelmatig contact, door dat Greyhound Centre. Hij heeft Brevaerts jas meegenomen, zorgvuldig bewaard en aangetrokken toen hij op pad ging voor Kaat en voor Hannelore Dorfmann in Trier.'

'Maar niet toen hij Anna Wilmots vermoordde', zei Laurent.

'Een seriemoordenaar is door de bank genomen vrij intelligent', kwam Troebleyn tussenbeide. 'Hij plant alles zorgvuldig, dat zei ik jullie al. Hij wist dat hij zoiets niet meer kon doen zodra jullie Brevaert hadden opgepakt. Die man denkt na, hoor.'

'Ja, maar dat helpt ons niet echt verder!' snauwde De Sutter.

Liese keek hem aan en op dat moment zag ze wie hij werkelijk was: een wat onbeholpen, grofgebekte speurder, maar vooral een vader van een tweeling die ongeveer de leeftijd had van Kaat Thierens.

Troebleyn liet zich niet zo snel afschepen.

'Het patroon is helaas herkenbaar. We gaan ervan uit dat Maria Rivera zijn eerste slachtoffer was. Daarna komt er een periode van inactiviteit, we noemen dat een incubatieperiode. Sommigen houden er daarna mee op en kunnen we vaak nooit opsporen. Maar als er een tweede moord volgt, zijn er geen grenzen meer. Dan gaat het ook steeds sneller, met steeds minder tijd ertussen.'

Demayer was een eenling, zo bleek al snel.

'Zijn ouders zijn gescheiden toen hij twee jaar oud was', begon Laurent. Hij wreef met een pijnlijke trek over zijn linkerdij. 'Zijn moeder heeft hem alleen opgevoed. Ze werkte in de wasserij van een hotel. Zes maanden geleden is ze overleden, ze was pas drieënzestig.'

'En iets meer dan vijf maanden geleden maakte hij zijn eerste slachtoffer', zei Troebleyn. Ze knikte alsof ze zichzelf een schouderklopje gaf, iets wat Liese op dat moment mateloos irriteerde.

'Hij is nooit getrouwd', las Laurent verder. 'Hij heeft een tijdje in een hondenasiel gewerkt en is in 1996 met zijn eigen kwekerij begonnen. Eerst gewone honden, later barzois.'

'Geen enkele veroordeling, zelfs geen onbetaalde parkeerboete', kwam Andy Delporte tussenbeide. 'Persilwit, zoals we zeggen.'

'Jongens', zei Masson.

Hij wachtte tot iedereen hem aankeek.

'Zoek in zijn verleden. Dit gebeurt niet zomaar.'

Carla Troebleyn knikte.

'Waar ging hij naar school?' vroeg Liese.

Laurent keek in zijn notities.

'Het Sint-Jorisinstituut in Bazel, dat is een deelgemeente van Kruibeke. Beroepssecundair onderwijs, afdeling handel.'

'Kun je aan een lijst van leerkrachten uit die tijd komen?' vroeg ze.

Zowel Andy als Laurent begonnen verwoed te tokkelen.

'Hebbes', zei Andy na een tijdje. 'Wie moet je hebben?'

'De eerste op de lijst.'

Het duurde tot de vierde naam op de lijst voordat Liese iemand aan de lijn kreeg.

Fons Brandaen was een pas gepensioneerde leerkracht Nederlands. Hoewel het meer dan twintig jaar geleden was, kon hij zich Carlo Demayer nog goed herinneren, zij het niet direct op een positieve manier.

'Hij volgde beroepsonderwijs bij ons, maar hij kon het nauwelijks aan. De jongen interesseerde zich voor niets, mevrouw. Een lastpost, dat was het. Ik weet niet wat er van hem terecht is gekomen, maar als u mij al belt, en u bent van de politie, tja, dan weet ik...'

'Had hij goede vrienden?' onderbrak ze hem. 'Jongens met wie hij altijd optrok?'

'Hij trok met niemand op, hij had ruzie met iedereen. Niet meer dan normaal, als je je gedroeg zoals hij, natuurlijk.'

'Wat deed hij dan?'

'Eten stelen, om maar iets te noemen', zei Brandaen. 'Hij pikte keer op keer de boterhammen van de andere leerlingen uit hun boekentas, schandalig was dat, dat zal ik nooit vergeten.'

'Was er misschien een leerkracht met wie hij goed kon opschieten?' probeerde ze.

'Ja, nu u het zegt, Leemans, van geschiedenis. Ik zei daarnet dat hij zich voor niets interesseerde, maar dat is ook niet helemaal waar. Geschiedenis deed hij graag, dat lukte op een of andere manier wel. Maar de rest, ho-ho.'

'Dan zal ik die meneer Leemans maar eens bellen', zei Liese.

'Dat zal u niet lukken,' antwoordde de man, 'hij is twee jaar geleden gestorven. Herseninfarct.'

'De moeder van Carlo heette Viviane Peters', zei Laurent. 'Ze is ontslagen op haar tweeënvijftigste.' Hij had zich vastgebeten in haar verhaal. 'Ik weet nog niet om welke reden. Voor de rest heeft ze van een uitkering geleefd en later van haar pensioen. Maar Carlo is altijd bij haar blijven wonen, het huis in Kruibeke heeft hij van haar geërfd.'

Wat opviel, was dat ze zowat niemand van de familie vonden die ook maar één woord commentaar wilde geven op Carlo of zijn moeder. Het kostte Laurent een tiental telefoontjes tot hij eindelijk bij een neef van Viviane Peters terechtkwam die, na lang aandringen, wel zijn verhaal kwijt wilde.

Marcel Strombeeckx was een zestiger die naar eigen zeggen gezworen had dat hij nooit nog een woord aan zijn nicht wilde vuilmaken.

'Het was een onmens, meneer, het spijt me maar ik kan het niet anders zeggen. Ik weet wel dat men verwacht dat je over de doden alleen maar goed spreekt, maar aan die onzin doe ik niet mee. Ze leefde alleen maar voor zichzelf. Ze vond haar zoon een last, en dat heeft die jongen elke dag van zijn leven mogen voelen.'

'Ze heeft tot haar tweeënvijftigste gewerkt, maar toen is ze ontslagen,' zei Laurent, 'weet u misschien...'

'De drank', zei de oude man. 'Ze dronk zich te pletter. En daarna... enfin, wat heeft het ook allemaal voor zin.'

'Vertel alstublieft verder, meneer Strombeeckx.'

'Ze kende God noch gebod', siste hij. 'Ze dook tussen de lakens met iedereen. Dat is ook de reden waarom haar man vertrokken is. Ze deed het gewoon met iedereen die bij wijze van spreken haar pad kruiste. Eerst begon ze te zuipen, vaak al 's middags, en daarna kon het haar allemaal niet meer schelen. Ook Carlo kon haar niet schelen, de arme jongen. Veel erger nog. Weet u wat ze deed?'

'Wat deed ze dan?'

'Ach, ja', zei Strombeeckx. Hij klonk opeens vermoeid. 'Het is allemaal zo lang geleden, ik heb geen zin om nog over Viviane te praten.'

'Wat deed ze dan?' vroeg Laurent vriendelijk.

'Als ze een van haar vele vriendjes over de vloer kreeg , dan sloot ze de jongen op bij de honden, dat deed ze. In de kennel, verdomme! Ze hadden twee windhonden, zo van die magere beesten op hoge poten, kent u die?'

'Ja.'

'Die honden hadden een kennel in de tuin en daar zette ze Carlo bij, kunt u zich dat voorstellen? We hebben een keer geprobeerd om haar zoon bij haar te laten weghalen, maar dat is niet gelukt. Daarna wilde ze nooit meer met ons spreken.'

'Zijn moeder heeft haar huis aan hem nagelaten', zei Laurent.

'Dat heeft ze zeker niet bewust gedaan!' snauwde hij. 'Ze heeft plots een beroerte gekregen en ze is in het ziekenhuis gestorven zonder dat ze een testament had gemaakt. Wees er maar zeker van dat ze hem anders zo weinig mogelijk had gegeven.'

'Is er nog een ander huis, meneer Strombeeckx? Of een buitenverblijfje?'

'Bent u ermee aan het lachen of zo?' vroeg de man verontwaardigd. 'Een buitenverblijf? Viviane zoop alles op, meneer! Ze mocht blij zijn dat het huis ondertussen afbetaald was of ze hadden het onder haar kont weggetrokken. Er was nooit ook maar een cent over. En als er iets over was, ging het eerst naar eten voor de honden en pas daarna naar Carlo. Die jongen mocht al blij zijn als hij bij de honden mocht eten, een echte schande was dat.'

Toen Laurent neerlegde, was er walging op zijn gezicht te lezen. Hij stond op, greep de foto van Viviane Peters die hij eerder had afgedrukt en hing ze op de casewand onder de andere foto's.

Ze stond er op als jonge vrouw, lachend in de lens, met een uitdagende trek om haar mond en enkele slierten van haar gitzwarte haar over haar gezicht.

De gelijkenis met de slachtoffers was treffend.

'Hij vermoordt zijn moeder', zei Sofie. 'Hij vermoordt haar telkens opnieuw.'

Masson schraapte zijn keel. Hij had zijn boek openliggen op een pagina waarop nogal veel afbeeldingen te zien waren.

'Volgens de Egyptenaren was het hart het enige wat telde. Zonder hart kon je niet reïncarneren, dat was uitgesloten. Daarom hadden ze ook die hele ceremonie van het wegen van het hart als iemand stierf. Alleen als je zo onschuldig was als een veer, mocht je aan een nieuw leven beginnen.'

'Wat is dit godverdomme toch allemaal!' riep De Sutter. Hij had zijn das losgeknoopt en wreef met beide handen hard door zijn haar. 'Hoe gestoord moet je daarvoor zijn? Hé?'

Liese had gemerkt dat Massons verhaal nog niet ten einde was.

'Wat wilde je nog meer zeggen, Michel?'

Hij wuifde haar vraag weg.

'Wat wilde je nog meer zeggen?' vroeg ze zacht.

'Die ceremonie', zei hij. 'Ik wist niet meer precies hoe het zat als het hart zwaarder was dan de veer, ik dacht dat het ergens ging zweven, dat je er nooit meer aan kon.'

'En?'

Hij tikte op een pagina in zijn boek.

'Dat is niet zo. Als de weegschaal doorsloeg omdat je hart vol zonden was, dan zat daar Ammit te wachten. Een soort hellehond. En hij vrat je hart op.'

'Hij voert ze aan zijn honden', fluisterde Andy Delporte ontzet. 'Dat is wat er met de harten van die vrouwen gebeurt. Hij voert ze aan zijn honden!'

Ze hadden al wel wat gezien, de speurders die hier samenzaten. Huiselijke drama's, met kinderen die huilden wanneer vader of moeder werd weggeleid. Slachtoffers van moord, in alle mogelijke omstandigheden. Drugsdoden van achttien jaar oud in een of andere vervallen loods. Behalve Andy Delporte hadden ze allen wel wat kilometers op de teller. Maar het was toch even stil in de kamer. Iedereen was verbijsterd door wat Masson net had verteld en door de logische conclusie die Andy eraan had gekoppeld.

'We pauzeren even, mannen', zei Liese.

‘Dat meisje op de E19’, begon Troebleyn toen ze weer samenzaten. ‘Die Ditte Vanaeken. Ze past totaal niet in het profiel.’

Liese knikte. ‘Dat was niet gepland. Ik denk dat Demayer in de buurt was, op zoek naar een slachtoffer. Ze heeft hem aangesproken en hem uitgenodigd voor seks tegen betaling en dat was haar doodvonnis, gezien zijn verleden. Ik denk dat zijn stoppen toen zijn doorgeslagen.’

‘Ja, dat denk ik ook. Hij is achter haar aan gegaan. Ze had al waanideeën door haar drugsgebruik, ze moet totaal geflipt zijn. Ze is in paniek door dat bosje gerend en op de autosnelweg uitgekomen.’

Liese staarde voor zich uit.

Hoe moet ik dat in godsnaam aan Kirsten vertellen, dacht ze. Je zusje verkocht haar lichaam voor drugs en ze is de verkeerde man tegengekomen, een psychopaat met een mes die haar achtervolgd heeft tot ze door een vrachtwagen aan stukken werd gereten.

‘Hang haar foto op de casewand’, zei Masson. Hij klonk bedrukt. ‘Hang haar erbij.’

Om zeven uur ’s avonds had Sofie net broodjes en pizza’s besteld toen Polizeioberkommissarin Lucia Geiger uit Trier belde.

‘*Frau* Meerhout, ik ben daarnet even naar het hotel gereden waar Hannelore Dorfmann toen is ontvoerd. Het is maar een kwartiertje van mijn woning.’

‘*Vielen Dank*’, zei Liese. ‘Hebt u nieuws?’

‘Alleen maar een aanvulling bij wat u ondertussen al weet, neem ik aan. Ik heb de foto van de verdachte aan een aantal medewerkers getoond en ik heb een positieve identificatie. Een van de diensters in het hotel heeft hem herkend, hij heeft zelfs een kort gesprek met haar gehad, aan de bar. Hij vertelde dat hij in de buurt was voor een grote hondenshow, in Hermeskeil, dat is hier zo'n twintig kilometer verderop.'

'Richting Saarbrücken', zei Liese.

'Tja, min of meer, waarom zegt u dat?'

'Zomaar. Heeft ze hem zien vertrekken?'

'*Nein*. Maar het vervolg laat zich natuurlijk raden. Hij is op de parking van het hotel Hannelore tegengekomen en heeft snel gehandeld.'

Liese zweeg.

'Is uw verdachte de dader, volgens u?' vroeg Geiger.

'Waarschijnlijk wel.' Ze zuchtte. 'Ja, hij is het.'

'*Dann wünsche ich Ihnen eine gute Jagd.*'

Toen hing ze op.

'Die hondenshow, natuurlijk', zei Masson. 'Als dat voor Brevaert interessant was, dan was het dat voor Demayer natuurlijk ook.'

'Hij sliep in zijn bestelwagen als hij in het buitenland was', knikte Liese. 'Dat spaarde kosten uit. Daardoor hebben we hem in Trier en in Córdoba ook niet in de lijsten gevonden.'

Een halfuur later kregen ze een eerste update van het Lab. Hoewel niemand van de speurders er nog aan twijfelde, was het toch even schrikken toen ze hoorden dat ze zonder enige twijfel achter de juiste man aan zaten.

'De bloedsporen die we gevonden hebben, komen van zowel Kaat Thierens als Anna Wilmots', zei Maite. 'We hebben een positieve DNA-identificatie, zowel op de wastafels als op de... andere tafel.' Ze had even geaarzeld. 'Je hebt je dader.'

Liese verbrak de verbinding, stond op en liep naar het kantoor van de hoofdcommissaris.

Hoe later op de avond, hoe nerveuzer de stemming werd. Ze liep tot twee keer toe naar buiten: te weinig lucht en te veel transpiratie, ze moest op adem komen in de verlaten gangen van het gebouw.

Kom op, denk na, zei ze tegen zichzelf toen ze bij de waterautomaat stond. Waar kan Saskia zijn? Waar heeft hij haar naartoe gebracht?

En leeft ze nog? dacht ze toen ze even later terugliep naar de vergaderzaal.

Vooral dat. Leeft ze nog?

In de vergaderzaal had Troebleyn precies dezelfde vraag gesteld.

Ze had het goed bedoeld, daar was Liese zeker van, maar ze had de frustratie en de walging die in de kamer hing, niet goed aangevoeld.

'We moeten positief blijven denken', zei de profiler tegen niemand in het bijzonder. 'Hij heeft Anna Wilmots drie dagen in leven gelaten. Die tijd hebben we zo goed als zeker ook. Hij zal zijn genot niet inkorten maar het eerder willen rekken, dat gaat meestal zo.'

'Wil jij godverdomme gewoon je kop houden!?' snauwde De Sutter.

Op dat moment gooide hoofdinspecteur Hesseleers de deur open. Hij was een oudere collega die vaak de meldkamer bemande. Hij zag er gespannen uit en hij was buiten adem.

'Een ANPR-camera heeft de Renault Master gespot', hijgde hij. 'Hij staat stil aan de Beversebaan in Zwijndrecht.'

'Algemene alert', riep Liese. 'Wegblokkades, assistentie van iedereen die je te pakken krijgt! Laurent, Sofie, we gaan eropaf.'

De ANPR's of slimme camera's waren inderdaad slim en ze werden stelselmatig over het hele grondgebied geïnstalleerd. Ze scanden de nummerplaten van zowel geparkeerde als rijdende auto's en vergeleken ze automatisch met gegevens uit verschillende databanken.

Ze reden met hoge snelheid over de Antwerpse Ring toen de wat metaalachtige stem van Hesseleers door de luidspreker klonk.

'Het voertuig is weggereden. De mobiele eenheden zijn bijna ter plaatse.'

'Shit!' riep Liese. 'We zijn te laat.'

'Hij blijft in zijn buurt', zei Sofie luid. Ze zat op de achterbank en moest haar stem verheffen om boven het gehuil van de sirene uit te komen. 'Zwijndrecht, Kruibeke, Linkeroever, daar moeten we zijn. Hij heeft daar ergens een schuilplaats.'

'Ik heb de stomste beginnersfout gemaakt die je kunt bedenken', zei Laurent. Hij zat naast haar en keek bedrukt. 'Met die Peugeot Boxer.'

'Ja', zei Liese terwijl ze haar ogen op het verkeer hield. 'Je had die Maria Oversteyns allerlei foto's moeten laten zien, niet alleen die van de Peugeot. Natuurlijk heeft de vrouw meteen gezegd dat het die bestelwagen was die ze gezien had. Hij lijkt dan ook nog eens sterk op een Renault.'

'Ik kan me wel voor de kop slaan.'

'Het is nu niet het moment om zielig te gaan doen, Laurent!' riep Liese fel. 'Doe dat maar in je vrije tijd, verdomme.'

'Commissaris, waar bent u?' vroeg Hesseleers.

'Waaslandtunnel, we nemen zo de afslag Linkeroever.'

'Blijf op de E17. Het voertuig is op camera. Tankstation Texaco Kruibeke-Noord, ter hoogte van Beveren. Het voertuig staat momenteel aan de pomp.'

'Hij gaat tanken, verdomme!' zei Sofie. 'Hij is op de autosnelweg en hij gaat tanken.'

‘Vijf minuten!’ riep Liese naar het microfoontje op het dashboard. Ze gaf plankgas en de auto schoot vooruit. ‘We zijn er over vijf minuten, hoogstens!’

Ze scheurde zo snel door de tunnel dat de tientallen plafondlampen een ononderbroken gele streep vormden.

Een bord flitste voorbij: tankstation Kruibeke, 2000 meter.

‘Assistentie komt eraan’, zei Hesseleers zakelijk.

Ze stak haar rechterarm uit zodat Laurent de rode politiearmband over de mouw van haar jasje kon schuiven. Net voor ze de afslag namen, schakelde Laurent het geluid van de sirene uit. Liese moest hard in de remmen om de scherpe bocht naar links te kunnen nemen en ramde bijna een combi die net voor hen bij het tankstation was gestopt.

De deuren van de combi stonden open. Naast het voertuig hielden twee agenten van de lokale hun pistool in de aanslag. Een goeie honderd meter verder zag ze de Renault Master staan.

‘Hij zit misschien in zijn voertuig maar we weten het niet!’ riep de jongste naar Liese.

Links waren de overdekte pompen, rechts het servicestation, een groot, futuristisch uitziend gebouw met glooiende, metalen constructies en veel glas.

Met enkele bewegingen van haar hand dirigeerde ze Sofie en de agenten naar de bestelwagen. Vervolgens liep ze met getrokken pistool naar de glazen schuifdeuren, met Laurent achter haar aan.

De winkel in het gebouw was helverlicht.

Ondanks het late uur liepen er tien, vijftien mensen rond tussen de lage rekken met dranken en snoepgoed. Ze keken paniekerig naar het tweetal dat met een pistool in de hand in de winkel stond en spiedend rondkeek. Een vrouw liet met een kreet van angst een plastic fles mineraalwater vallen.

De adrenaline pompte door Lieses lichaam. Ze scande de gezichten. Ze was er zeker van dat ze, toen ze naar binnen liep, een glimp van hem gezien had. Ze had hem gezien, heel even maar. Dat wist ze gewoon.

Maar hij was nergens te bespeuren.

Laurent maakte de aanwezigen met een zwaai van zijn arm duidelijk dat ze uit de weg moesten gaan, terwijl hij de ruimte tussen de rekken checkte.

Aan de andere kant van de winkel was een grote glazen wand met het opschrift 'restaurant' en een dubbele deur die openstond.

Terwijl Liese haar collega duidelijk maakte wat ze ging doen, liep ze naar binnen.

Dezelfde lichtbeige vloer als in de winkel, enkele zwarte, hoge tafeltjes, een speelhoek voor de kinderen tegen een van de muren. Achteraan, witte zitbanken en het keukenblok dat afgesloten was met een metalen rek.

Behalve een zwarte man die als versteend met een zwabber in zijn handen stond en haar angstig aankeek, was de ruimte leeg.

Toen ze de dubbele glazen schuifdeur aan de achterkant van het servicegebouw zag, liep ze ernaartoe en was ze weer buiten.

Ze stond op een groot, geplaveid terras met enkele tafeltjes en grote, vastgeschroefde asbakken. Vanuit haar ooghoek zag ze Sofie en de twee agenten komen aanrennen.

Het terras was afgezet met een lage omheining van staaldraad en dat was ook de grens tot waar de verlichting van het restaurant reikte. Daarachter, weiden en bomen in de duisternis. In de verte enkele huizen en lage boerderijen.

Toen besefte Liese dat ze hem kwijt was.

De klopjacht kwam erg snel op gang en werd uitgevoerd door tientallen politiemensen van de omliggende korpsen. Liese en haar collega's zaten op de witte banken in het lege restaurant.

'Hij is te voet', zei Laurent terwijl hij voorzichtig over zijn dij wreef.

Sofie schudde haar hoofd.

'Hij kent de omgeving hier als zijn broekzak.' Ze dronk het laatste restje koffie uit haar plastic bekertje.

Liese staarde naar het zwart achter de grote ramen van het restaurant. Ze dacht aan Saskia Vanweelden. Het meisje, want dat was ze toch nog in Lieses ogen, was meer dan vierentwintig uur geleden ontvoerd.

Ze was al meer dan een dag in zijn handen.

Heel even begon Liese zich een voorstelling te maken van wat ze vreesde dat de jonge vrouw op dit moment doormaakte, maar ze duwde de gedachte weg.

Een uur later werd de klopjacht afgeblazen.

Het duurde tot twee uur 's ochtends voor Liese eindelijk thuis was.

De Renault Master van Demayer was een ware openbaring van sporen geweest, hadden de leden van het Lab verteld. Ze hadden ook bloedsporen gevonden en een witte koelbox met een vijftal helblauwe koelelementen. De box was leeg en schoongespoeld, maar de Crimelite van het Lab toonde overvloedige sporen van latent bloed.

'Hij heeft de harten van Maria en Hannelore meegenomen', had Laurent gefluisterd toen ze bij de bestelwagen stonden. 'Om ze thuis aan zijn honden te kunnen voeren.'

Liese keek naar zijn gelaat dat er in het licht van de schijnwerpers bleek en doods uitzag.

Hij is nog niet eens dertig geworden, dacht Liese. Hoeveel ellende kon een mens aan voor er iets definitief brak?

Terug in de vergaderzaal had ze de nachtploeg geüpdatet en hun instructies gegeven en daarna waren de leden van het team een voor een afgedropen, de meeste met hangende schouders.

Ze nam snel een douche omdat ze zich vies en vuil voelde en plofte even later op haar bed. Ze viel vrijwel onmiddellijk in slaap.

Ze sliep erg onrustig, met verwarde flarden van enge dromen die alleen maar over honden gingen, verwaarloosde honden die doolden langs de straten op zoek naar iets eetbaars, dode honden die in een greppel lagen met opengereten lijf en hun glanzende, roodbruine, hart dat naast hen lag.

Het laatste beeld dat ze zag was dat van een Spaanse galgo. Hij keek haar aan met zielloze ogen, zittend op een grote metalen tafel, zijn poten en zitvlak badend in het bloed.

Toen schoot ze wakker.

Het was zes uur 's ochtends.

Met een ruk gooide ze de dekens van zich af, liep naar de badkamer en stond tien minuten later, haastig aangekleed, haar eerste koffie van de dag te zetten. De zon was nog niet op, maar aan de horizon hing een diep oranje gloed boven de gebouwen van de stad.

Ze was nerveus en aarzelde of ze Masson nu al zou bellen. Ze nam een slok van haar koffie en greep naar haar telefoon.

Het signaal ging vijf keer over voor hij opnam.

'Ben je wakker?' vroeg ze.

Het was even stil.

'Nu wel.'

'Weet je nog, dat bijgebouw bij Demayer?' zei ze gejaagd. 'Met die kennels? Allemaal barzois, Michel. Ze hadden zelfs hun eigen fototje. Waar zitten de greyhounds? Die verwaarloosde greyhounds die hij oplapt? Die man van de greyhoundvereniging zei dat Demayer er altijd een stuk of tien had die hij op krachten liet komen. Waar zijn die dan?'

'Ik kom er aan', kraste Masson.

Om kwart voor zeven stonden ze voor het huis in Rumst en belden ze Mario Schoenaerts uit zijn bed.

'Die greyhounds die jullie opvangen,' zei Liese, 'waar zitten die?'

Schoenaerts stond in de hal van zijn huis en wreef met zijn handen over zijn gezicht om wakker te worden.

'Eh... in onze kennel. Die zitten in onze kennel. Waarom vraagt...'

'Waar?' vroeg Masson.

'In Beveren. Onze vereniging huurt daar iets.' Hij schraapte zijn keel. 'Het is een oud huis, maar er zijn stallingen aan, het was vroeger een varkenskwekerij.'

'En Demayer runt dat?'

Schoenaerts knikte.

'Hij gaat veruit de meeste honden ophalen. Hij betaalt ook voor al het eten, dus hij is er zowat de conciërge.'

'Het adres', zei Liese.

In de auto deden ze het ene telefoontje na het andere.

Combi's van de lokale politie waren al onderweg. Op Torfs' aandringen werd ook een arrestatieteam van de stad Antwerpen opgetrommeld. Het BBT of Bijzonder Bijstandsteam zou er sneller zijn dan een eenheid van de POSA, wist Liese, maar toch had ze zo haar twijfels: de 'bottinekes', zoals het BBT in de volksmond werd genoemd naar de zwarte laarzen die ze droegen, waren goed opgeleid en erg efficiënt, maar ze hadden soms nogal de neiging om als een soort RoboCops te werk te gaan.

‘Strikt genomen ligt het buiten hun territorium,’ zei Torfs, ‘maar het grenst aan de stad en ze zijn er in tien minuten. Ze hebben al de toestemming, trouwens.’

Het huis lag aan de Heirbaan, een eenvoudige betonnen weg die dwars door de velden en weiden liep.

Schoenaerts had niet overdreven: het zag er inderdaad vervallen uit. De muren brokkelden op een aantal plaatsen af en de neergelaten rolluiken waren smerig. Achteraan, voor de velden, stond een groot, laag gebouw met tientallen kleine raampjes.

Ze hadden hun voertuigen een eindje verderop geparkeerd. De agenten van de lokale politie stonden samengetroept bij hun combi’s, wachtend op orders, maar de hiërarchie was voor iedereen duidelijk: het was het arrestatieteam dat nu de lakens uitdeelde.

De overste van het BBT erkende de autoriteit van Liese en luisterde geconcentreerd naar haar korte briefing over Demayer en over Saskia Vanweelden, maar daarna was het zijn show, wisten ze beiden: als er een arrestatieteam werd ingeschakeld, gingen zij en niet de speurders over de gebruikte tactiek.

Hij toonde Liese een plattegrond van het huis die door zijn collega’s op het hoofdkwartier naar zijn smartphone was doorgestuurd.

‘Het huis is helemaal onderkelderd. Het heeft ook een grote zolder. Er is een voor- en een achterdeur. Het gebouw achteraan daarentegen is een eenvoudige betonnen constructie. Er is maar één ingang, en dat is de grote deur aan de voorkant.’

Hij zag er vervaarlijk uit, met zijn zwarte bivakmuts die alleen zijn ogen, mond en neusgaten vrij liet.

Liese knikte.

'Hij houdt haar hier meer dan waarschijnlijk vast, maar we weten niet of het bij de honden is of in het huis', argumenteerde ze. 'Hij moest snel zijn, hij heeft moeten improviseren. Als we eerst het gebouw met de honden doen en ze is er niet, dan kun je er zeker van zijn dat de dieren ons gaan verraden. Als hij ons hoort, dan is het voor Saskia afgelopen, vrees ik.'

De overste knikte en dacht na.

'We splitsen ons. Zeven naar het gebouw met de honden, de andere zeven naar het huis. Zodra een van beide gecleard is, gaan ze het andere team ondersteunen.'

Masson was in de auto blijven zitten. Ze hadden dat niet moeten afspreken.

'Wees voorzichtig', bromde hij.

Ze knikte.

Liese liep achter het team aan dat naar het gebouw aan de uiterste rand van het terrein sloop.

De grote deur was niet op slot en gleed open. De gemaskerde mannen liepen achter elkaar naar binnen, riepen 'Politie! Op de grond! Politie!' en richtten hun zware wapens in alle richtingen.

De ruimte binnen was een goeie veertig meter lang en vijftien meter breed. Er zaten een tiental honden in kennels. Ze blaften niet maar jankten, langgerekte, zeurderige geluiden die van hoog naar laag gingen.

Maar Carlo Demayer was er niet.

Links van hen was met spaanplaat een soort ziekenboeg gemaakt. Er stonden rekken met allerlei gereedschap en een klein aanrecht met daarop allerlei flesjes.

In het midden van de ruimte lag Saskia Vanweelden naakt op een metalen tafel. Haar ogen waren gesloten en haar hoofd lag naar één kant. Haar armen en benen waren gespreid en vastgebonden aan de tafelpoten.

Liese voelde met haar vingertoppen aan haar hals.

'Ze leeft nog', zei ze. 'Ze is verdoofd, maar ze leeft nog.'

Liese begon het meisje los te maken. Toen ze bij haar benen kwam, zag ze dat er wat bloed tussen haar billen hing.

'Benedenverdieping clear, bovenverdieping clear', fluisterde een stem. Het kwam uit een zendertje op de jas van de overste. 'We gaan naar de kelders. Assistentie gevraagd.'

'Wilco', zei de overste.

Het team was al buiten en liep in de richting van het huis toen Liese een geluid hoorde.

Het kwam niet van binnen maar van buiten, achter een van de kleine ramen in de achterste muur. Het was alsof iemand over steengruis stapte.

Ze sloop naar buiten, liep naar de rechterkant van het gebouw en draaide de hoek om.

Demayer stond tegen de muur geleund. Naast hem lagen lege zakken hondenvoer en een slordig hoopje bouwafval.

Toen hij Liese zag, kwam er een angstige, verwilderde blik in zijn ogen. Toen liet hij zijn schouders zakken en ontspande zijn lichaam zich.

'Ze komt steeds terug', zei hij.

Hij zag er moe uit. Zijn ogen zaten diep in hun kassen en zijn mondhoeken hingen naar beneden.

Liese hield haar pistool met gestrekte armen voor zich uit en mikte op zijn hart.

'Ik blijf haar vangen, maar ze komt steeds terug.'

Toen draaide hij zich om en probeerde weg te rennen.

Liese haalde de trekker over.

17

’s Middags lag het kerkhof van Deurne er zo goed als verlaten bij.

De zon had besloten dat de jaarlijkse oefenperiode voorbij was en het eindelijk tijd werd om aan het echte werk te beginnen. Het was nog verre van warm, maar het licht was helder en de lucht stond strak.

Voor de rest was het een dag als alle andere.

Mensen waren ’s ochtends opgestaan met de krant of het nieuws op de radio en hadden voor de tweede dag op rij verslagen gehoord over de laatste ontwikkelingen in de zaak van de ‘Linkeroevermoorden’, zoals iedereen het ondertussen was gaan noemen. Het leek of de dood van Maria Rivera en Hannelore Dorfmann te ver van iedereens bed was en zij alleen maar zijdelings genoemd werden om duidelijk te maken wat voor een monster er in het Antwerpse rondgelopen had.

Zij die de krant lazen, hadden met verbazing en afschuw de reportages van Jurgen Cleyveldt gelezen, de journalist die op een of andere manier de primeur van de zaak te pakken had gekregen en die voor de tweede dag op rij maar liefst zes bladzijden had volgeschreven.

Het parket was uitgebreid geïnterviewd en had zichzelf op de borst geklopt. Myriam Carlens had in interviews benadrukt dat alleen het krachtdadige optreden van haar diensten tot dit resultaat had geleid.

In enkele kranten werd ten slotte ook Frank Torfs om zijn mening gevraagd. Hij noemde man en paard en onderstreepte hoe goed zijn Moordteam had gewerkt, maar om dat te vernemen moesten de lezers al tot een van de laatste alinea's van de reportage zijn gekomen.

Saskia Vanweelden had geen enkele verklaring willen afleggen. Haar familie benadrukte dat het goed met haar ging en dat ze snel het ziekenhuis zou mogen verlaten.

Op het kerkhof liep een mollige vrouw met een kleuter aan de hand tussen de paadjes en bleef staan voor een eenvoudige steen. Ze opende de plastic boodschappentas die ze bij zich had en gaf het kleintje een plantje met een felrode bloem. De kleuter greep het potje met beide handen vast en zette het precies in het midden van de grafsteen.

Aan het graf van Stan Ockers stond een groepje wielertoeristen. Het waren stuk voor stuk oude mannen. Onder hun korte, zwarte wielerbroeken staken hun knokige benen uit. Ze droegen alle vier hetzelfde truitje, blauw en zwart met 'Etixx Quickstep' in grote letters over hun smalle borstkas.

In de grafkelder van Paul Meerhout, aan het einde van een van de paadjes, zat Liese op haar stoeltje tegen de muur.

Ze was er al een kwartier en ze had alleen maar voor zich uit zitten staren.

Af en toe keek ze naar zijn graf.

Het ene moment voelde ze hoe ze tot rust kwam in haar vaders aanwezigheid, het volgende kwam het onbegrip en het verdriet toch weer naar boven.

'Je hebt mij niet geholpen, papa', zei ze.

Het waren haar eerste woorden.

'Je had mij gewoon eens kunnen vastpakken en me troosten in plaats van te vluchten naar die vrouw, dat had je kunnen doen!' riep ze. De tranen liepen over haar wangen. 'Mij gewoon eens vastpakken, hoe moeilijk was dat nu!?'

Ze huilde een tijdje.

Wat later veegde ze haar neus schoon en zei: 'Ik heb eergisteren bijna een man doodgeschoten. Ik heb getwijfeld.'

Ze knikte alsof ze antwoordde op iets wat hij in haar hoofd had gezegd.

'Echt waar. Iets in mij wilde hem echt doodschieten. Ik heb hem in zijn dijbeen geraakt, zoals Laurent. Ik hoop dat hij nooit meer normaal kan lopen.'

Ze staarde zwijgend naar zijn graf.

'Hoe moet het nu verder tussen ons?' fluisterde ze.

Maar ook in haar hoofd antwoordde hij niet.

Toen ze weer naar buiten kwam, stond Michel Masson haar op te wachten.

Hij droeg een donkerblauw pak en hij had blijkbaar veel tijd aan zijn das besteed, want de knoop zat perfect.

'Kom,' zei hij, 'ik wil je iets laten zien.'

Liese knikte. Ze nam haar zakdoek en veegde de laatste tranen van haar wangen.

Ze liepen tussen de paadjes door en kwamen uiteindelijk bij een eenvoudige, grijze grafsteen.

Daniël Covelinckx, stond er op te lezen. *1972-1991*.

Hij was inderdaad maar negentien geworden.

Links van zijn naam hing een kleine, geëmailleerde foto. Een lachend, smal gezicht, zwart golvend haar dat bijna over zijn ogen viel.

'Elk jaar op zijn verjaardag kom ik bloemen leggen', zei Masson. 'De dag erna zijn ze weg. Elk jaar opnieuw.'

Liese keek rond. Ze moest haar ogen tot spleetjes knijpen door het heldere licht. In de verte maakten de oude wielertoeristen eindelijk aanstalten om hun idool alleen te laten.

Ze wreef voorzichtig met de palm van haar hand over Massons rug.

'Kom', zei ze. 'De levenden wachten.'

Van Toni Coppers verschenen
bij dezelfde uitgever:

Niets is ooit
Genomineerd voor de Hercule Poirotprijs

Engel

De geheime tuin
Genomineerd voor de Diamanten Kogel

Iris was haar naam
Genomineerd voor de Diamanten Kogel

Stil bloed

Zwerfvuil

Dood water
Winnaar van de Hercule Poirotprijs 2014

Het laatste oordeel

De vleermuismoorden
Winnaar publieksprijs Hercule Poirot 2015